ユリシーズ0《ゼロ》
ジャンヌ・ダルクと姫騎士団長殺し
春日みかげ | illust メロントマリ

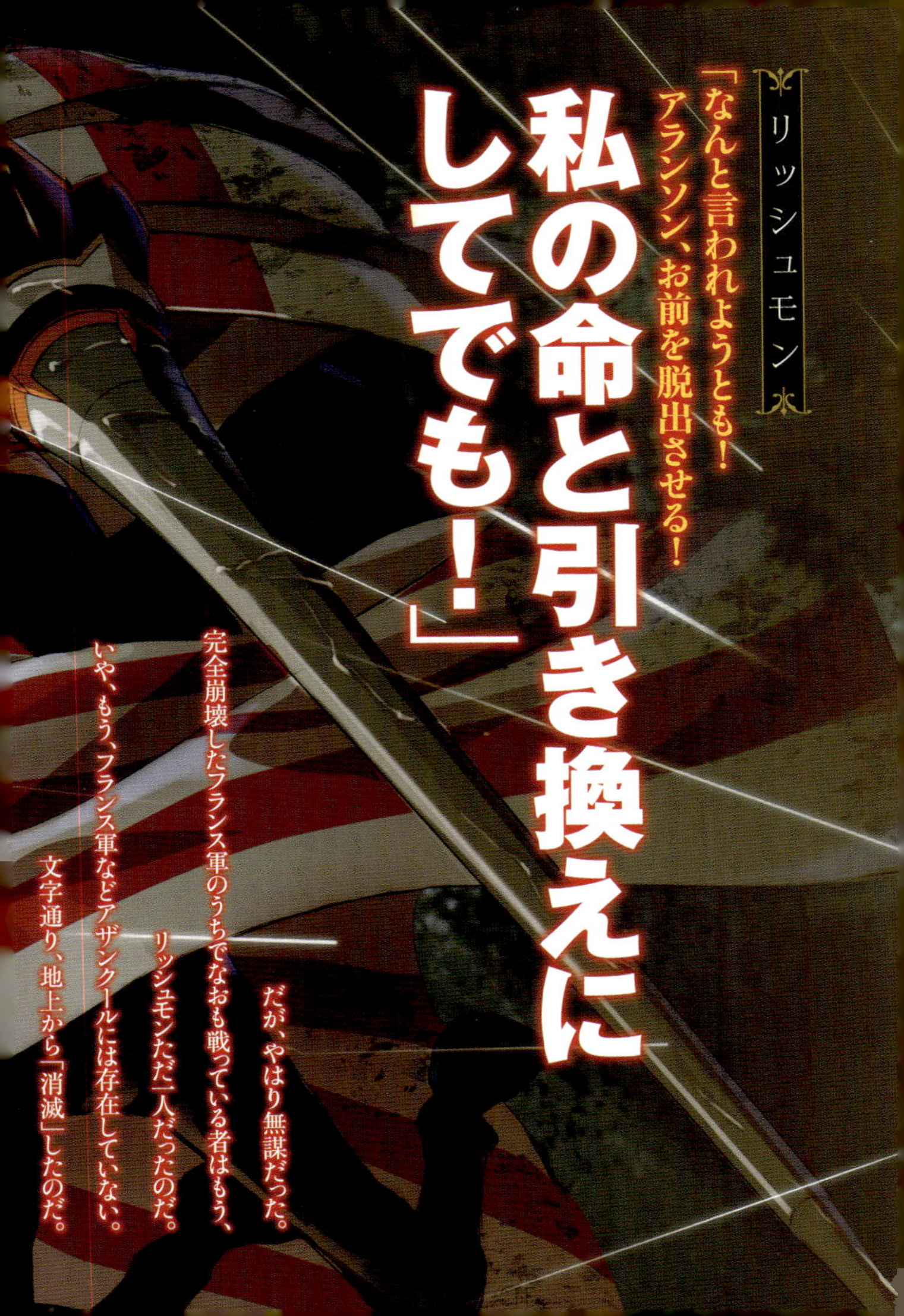

リッシュモン

「なんと言われようとも！
アランソン、お前を脱出させる！
私の命と引き換えに
してでも！」

だが、やはり無謀だった。

完全崩壊したフランス軍のうちでなおも戦っている者はもう、
リッシュモンただ一人だったのだ。

いや、もう、フランス軍などアザンクールには存在していない。
文字通り、地上から「消滅」したのだ。

ダッシュエックス文庫

ユリシーズ0
ジャンヌ・ダルクと姫騎士団長殺し

春日みかげ

人物相関図

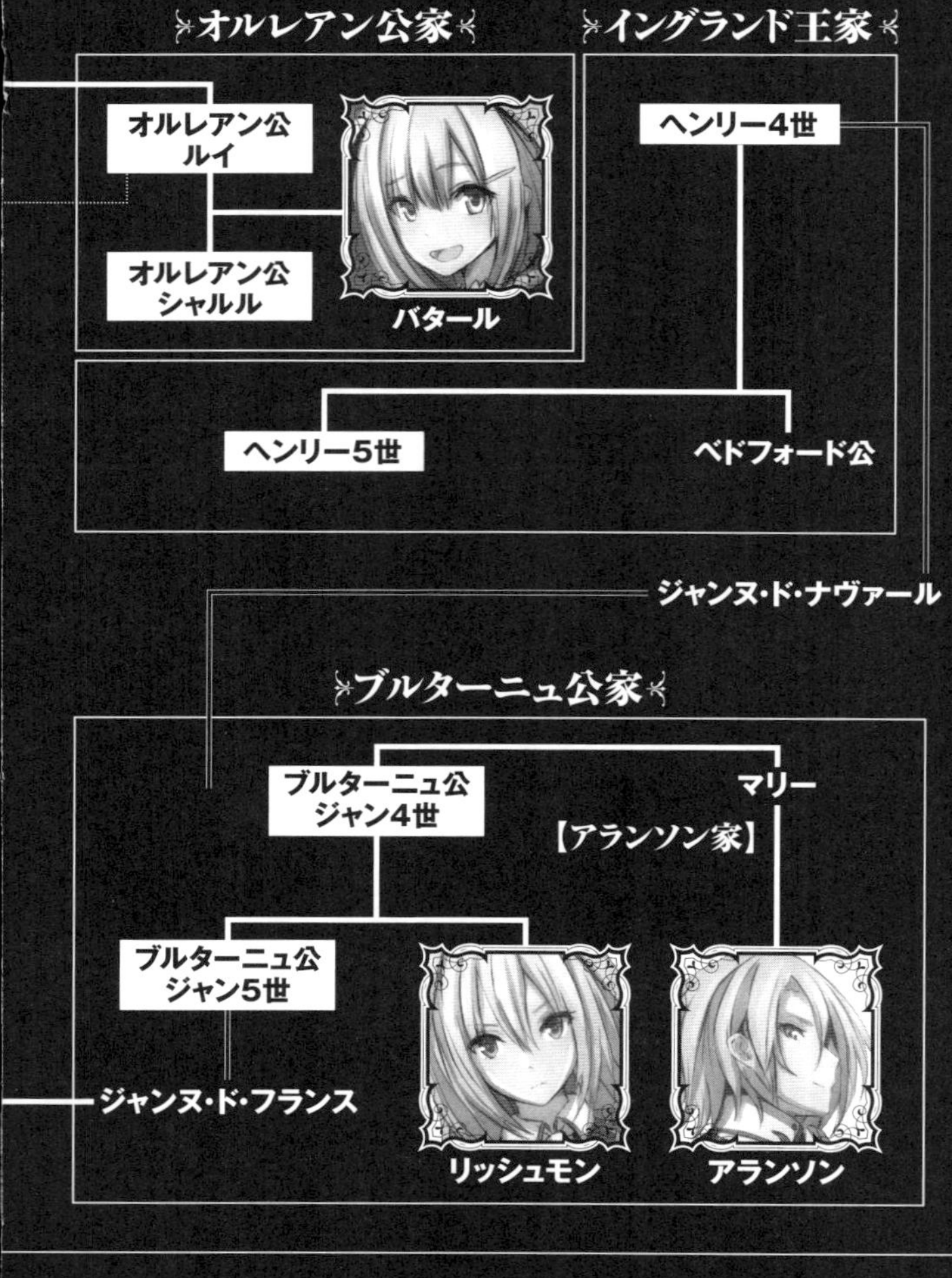
オルレアン公家
オルレアン公
ルイ
オルレアン公
シャルル
バタール
イングランド王家
ヘンリー4世
ヘンリー5世
ベドフォード公
ジャンヌ・ド・ナヴァール
ブルターニュ公家
ブルターニュ公
ジャン4世
マリー
【アランソン家】
ブルターニュ公
ジャン5世
ジャンヌ・ド・フランス
リッシュモン
アランソン

ブルゴーニュ公家
フランス王家
ブルゴーニュ公
フィリップ豪胆公
ブルゴーニュ公
ジャン無怖公
賢王シャルル5世
シャルル6世
イザボー
王太子ルイ
ジャン王子
フィリップ
シャルロット
村娘
妖精
フランス貴族
ジャンヌ
アスタロト
赤髭のジャン
アモーリ
マリー
ギ・ド・レ
ガスコーニュ傭兵
ラ・イル
ザントライユ
モンモランシ

「アザンクールの戦い」前後のヨーロッパ地図

ウェールズ
イングランド
ロンドン
フランドル
カレー
アザンクール
英仏海峡
ルーアン
ランス
ノルマンディ
シャン
パーニュ
セーヌ川
ヴォークルール
パリ
メーヌ
ブルターニュ
トロワ
ドンレミ村
アンジュー
オルレアン
ロワール川
ブールジュ
ブルゴーニュ
シノン
ポワトゥ
アキテーヌ
ガスコーニュ
アルマニャック
ラングドック
ブルターニュ公の支配領域
イングランドの支配領域
ブルゴーニュ公の支配領域
フランス王の支配領域

第一話　ジャンヌと妖精たちの冒険

十四世紀から十五世紀にかけて続いた「仏英百年戦争」は、フランス王家カペー朝が突然断絶したことからはじまった。フランス王は、東方で十字軍として戦い続け錬金術《アルシミー》の秘儀を修めていた「テンプル騎士団」を潰《つぶ》して団長ジャック・ド・モレーを焼き殺したために、カペー家は断絶したのだ。フランスの人々はそう信じて恐れた。

ジャック・ド・モレーは焼き殺される間際《まぎわ》に、フランス王家を呪ったのである。

王家の断絶に慌《あわ》てたフランス宮廷の貴族たちは、カペー家の分家であるヴァロワ家から新たな王を招き、ここに「ヴァロワ朝」が成立した。

だが、カペー家の血を引いていた当時のイングランド王エドワード三世が、フランス王位継承権を要求して大陸に攻め込んできたのである。

百年戦争の序盤戦では、イングランドの若き英雄・エドワード黒太子《ブラック・プリンス》が、旧態依然《きゅうたいいぜん》の「騎士道精神」にこだわって突撃戦法を繰り返すフランス騎士団を圧倒した。「ポワティエの戦い」では、フランス軍は黒太子が投入したウェールズ人のロングボウ部隊に一蹴《いっしゅう》され、フランス王自身が捕虜《ほりょ》になるという絶望的な敗北を喫《きっ》した。

しかし、このフランスの窮地《きゅうち》に賢王シャルル五世が登場し、フランス王室の税制改革と常備軍編制に着手。ブルターニュ出身の傭兵《メルスネール》ベルトラン・デュ・ゲクランを大元帥《だいげんすい》に抜擢《ばってき》してゲリラ戦を行わせ、次々と失地を回復した。最強のライバル・エドワード黒太子が病《やまい》で早世するという幸運も舞い込み、イングランド軍のほとんどを大陸から駆逐《くちく》。一時はフランスが逆転勝利するかに思われた。

しかし、そうはならなかった。

シャルル五世は、仏英両国の狭間《はざま》に位置し、常に二国間で揺れ続ける「問題の国」ブルターニュ公国を武力併合《へいごう》しようとした。ブルターニュが独立国である限り、イングランドとフランスの戦争は終結しない、とシャルル五世は考えていたのだ。その洞察は正しかった。

だが、ブリテン島から渡ってきたケルト系移民であり独立心旺盛《おうせい》なブルトン人たちは、フランスに「領邦国《りょうほうこく》として忠誠は誓えど、属国にはならず」と激しく抵抗し、ブルトン人であるデュ・ゲクランとシャルル五世の主従関係にも修復不可能な亀裂《きれつ》が入った。

ブルターニュ問題に足をすくわれたシャルル五世は、戦争終結を果たせずに死んだ。

税制改革も常備軍も、賢王シャルル五世の死とともにすべてが失われた。

フランスは、再び旧態依然とした「騎士道精神」に憑《つ》かれた「中世の国」へと逆戻りした。

一方のイングランドでも、フランスとの戦争に敗れ続けて軍費が増大したことから、ついに政変が起こった。プランタジネット朝が倒され、ランカスター朝がこれにとって代わった。このイングランドの政変は、フランスにとっては長きにわたるイングランドとの戦争を終結させるチャンスだったが、フランスの貴族たちはブルゴーニュ派とオルレアン派（後のアルマニャック派）に分裂して激しく対立するばかりだった。

世紀が改まり、十五世紀。イングランドではエドワード黒太子の再来と謳《うた》われる若き軍事の天才・ヘンリー五世が登場。フランス征服戦争を再開しようとしていた。

対するフランス王シャルル六世は精神疾患を患《わずら》い、政務を執《と》れず、フランス王室は混乱。シャルル六世の妃《きさき》イザボーは、王弟オルレアン公と公然と浮き名を流した。イザボーを巡ってフランス貴族たちはますます派閥《はばつ》争いにのめり込んでいく。「一人の女がフランスを滅ぼす」、と民衆の間ではひそかに囁《ささや》かれていた。

フランスという国が、イングランドに飲み込まれようとしていたその頃。

そんなフランスの片隅に、ドンレミ村という小さな村があった。

神聖ローマ帝国（ドイツ）とフランスの狭間、ロレーヌ地方に位置する、ちっぽけな田舎村である。ドンレミ村の村人たちはフランス王家に忠誠を誓っていたが、村はブルゴーニュ公国、神聖ローマ帝国、フランス王国の三国が国境を接する紛争地帯。

その上、仕事にあぶれて餓《う》えた傭兵たちが村を襲撃してくることもある。

かつてシャルル五世が対イングランド戦争を勝ちぬくために創設した「常備軍」は霧散《むさん》し、フランスやブルゴーニュの貴族たちは戦争となると傭兵に頼っていたのだ。

傭兵たちは、戦時には働くが、戦争がなくなると職を失う。この時代のヨーロッパは、黒死病（ペスト）が流行している真の「暗黒時代」。フランスの人口は黒死病によって減少し、そこに長期に及ぶ戦争が加わり、国土は荒れ果てていた。だから戦争が中断されれば、傭兵たちは食うために近隣の村や町を荒らすのだ。

やむなく、ドンレミ村では村人たちが中心となった「自警団」が発達していた。

村の自警団を仕切っている男が、ジャック・ダルク。

村でも有数の豪農で、騎馬にも長《た》けた一種の豪傑《ごうけつ》だった。

その容貌と性格をたとえれば、

「筋肉はゴリラ！　牙《きば》は狼《おおかみ》！　燃える瞳は原始の炎！」

この男、あまりにも強いので、「どうかうちで傭兵に」と村を訪れた傭兵団から何度も誘われているのだが、どうしても妻のイザベルが「いいですよ」と言ってくれない。

イザベルは敬虔《けいけん》なカトリック信者で、ローマへの巡礼を果たしたこともある。ジャックが「わし、やっぱり傭兵になってもっと稼ぎたいのだが。家族もまた増えたしな」と言いだすたびに、イザベルは「村と家族を守るために自衛するのは仕方がなくとも、自分から傭兵になって戦場に出るだなんてとんでもありません！」と叱《しか》りつけるのだった。

戦えば無双の強さを誇るジャックも、この敬虔な妻には頭があがらない。

その日の夜。

ジャックとイザベルは、ドンレミ村郊外の森を散策していた。

カトリック教会から「異端の魔物」と指定されている「妖精」フェイ族たちがコロニーを作っているので、村人は森にはあまり近づかない。妖精と関《かか》わったせいで自分まで異端としてカトリック教会に狩られては困るからだ。それに、フェイ族は人間の赤ん坊を自分たちの赤ちゃんと勝手に交換したがるという妙な癖《くせ》を持っている。

だがその日は、なぜかイザベルが森を散策したいと言いだしたのだった。イザベルは身重である。ジャックは心配したが、なにしろこの男、妻に頭があがらない。「わかった」とイザベルを森へいざなった。

「ジャクマン。ジャン。ピエール。三人の息子に加えて、また一人妊娠したか。さすがだ！　そろそろ女の子が欲しいところだな」

「ええ。次は女の子よ。そんな気がするの。名前も決めてあるわ。カトリーヌ、よ」

「そうか。勘がいいお前がそう言うのなら、間違いない。おかげで、わしは浮気もできん」

「ふふ。ローマ巡礼の折に、そういう力を得たのかも。三カ月後には、わかるわ」

「だが子供が四人となると、いよいよ家計は苦しくなるな。おお、そうだ。ちょうどいい単発の傭兵仕事が……」

「ダメですよ！　あなたのせいで、ジャクマンたちはみんな『俺、大人になったら騎士《シュヴァリエ》になるんだ！』って騎士ごっこばかり！　残念だけれども農民の子は一生農民。傭兵にはなれても、決して騎士にはなれないというのに。戦場で捕らわれても、高貴な貴族や騎士は身《み》の代金《しろきん》をアテにされて優遇されるけれど、貧乏な傭兵は問答無用で処刑されてしまうのよ。子供たちを戦場に向かわせるような発言は慎《つつし》んでくださらないと。あなたにはほんとう、困ったものね……まるで大きな子供だわ」

「そ、そう言うな。すまん、すまん。男の性《さが》ってやつだ。まあ近頃では、姫騎士《シュヴァリエール》や女傭兵も増えているがな」

「黒死病《ペスト》と、この長い長い戦争のために、戦士が足りないんだわ。だから、少女までが騎士や傭兵に。嫌な時代になってしまったわね……いつになればこの戦争は終わるのかしら、あなた？」

「わからん。俺たちが生まれた時にはもう、イングランドとフランスの戦争ははじまっていた。片方に英雄が登場して勝ちそうになると、その英雄が退場して形勢がもとに戻ってしまう。その繰り返しだ。あるいは、俺たちが死んだ後も、なお続くのかもしれん……」

「……あなた。このままフランスは滅びてしまうのではなくて？　あるいは、ヨーロッパそのものが十字軍の報復を受けて、イスラームに飲み込まれてしまうかも」

「……そうだな。チンギス・ハンの再来と恐れられた鉄人ティムールが死に、ティムールに押さえ込まれていたオスマン帝国が再び台頭してきた。コンスタンティノープルが落ちれば、やつらはヨーロッパになだれ込んでくるだろう。が、イングランドがフランスを滅ぼすほうが先だ。宮廷の貴族たちが派閥抗争に明け暮れているのではな。国が滅びようとしているのに、愚かな連中だ！　農夫のわしでさえわかることが、なぜわからん！」

そうなればこの村も蹂躙《じゅうりん》されます、とイザベルが星空を見上げて悲しげに呟《つぶや》いた。

「今の世界では、人は簡単に黒死病で死にます。子供も大人も貴族も農民も関係なく、理不尽《りふじん》に死を迎えます。いつ死ぬのかすら、わかりません。それなのに……なぜ同じヨーロッパ人同士が、戦争を続けねばならないのでしょう？　いったい、なんのために？」

「フランス王権というやつが、よほどイングランド王には魅力的なのだろう。王冠なんぞひとつで十分だろうにな。なぜ、二つ欲しがるのか。それこそ、王侯貴族にしかわからん……おや？」

この時。

ジャックとイザベルは、「それ」を目撃していた。

「あなた？　見て！　星が……」

「流れ星が、墜《お》ちてくる！　この森に！　いかん、巻き込まれるぞ！」

「もう、逃げる時間がないわ！　どこかに隠れる場所は!?」

そんな二人の足を、くいくいと引っ張ってくる者たちがいた。

「こっちでちゅう。森の『神木』の根元に潜《もぐ》るでちゅう」

「人間さんたち、われらフェイ族の巣穴へどうぞ」

この森にコロニーを作って暮らしている、森の小さな妖精フェイ族だった。

「なんと、妖精たちが、人間のわれらを庇《かば》ってくれるのか？　奇妙な話だが、かたじけない！」

「この穴、小さいですけれどもなんとか通れますわ。あなた。これでお腹《なか》の子は……」

「守られた！　妖精たち！　お前たちには必ず礼をするぞ！」

「礼には及ばないでちゅ。人間さん、人間さん」

「人間さんでも妖精たちでも、赤ちゃんはだいじでちゅう」

「でもどうしてもお礼したいというのなら、チーズをよこすでちゅう」

「チーズくらいなら、いくらでもくれてやる！　イザベル、目をつぶれ！　墜ちるぞ！」

その星は、森の泉を守るように立ち並ぶ、苔《こけ》むしている巨石遺跡メンヒルへと、墜ちた。

かつて妖精たちの身体と力が今よりも「大きかった」時代に、この巨石遺跡は妖精たちの手によって建造されたのだという。今の小柄《こがら》で非力なフェイ族たちからは想像もできない話だった。メンヒルは、ジェズュ・クリ（イエス・キリスト）生誕以前に作られた邪教の聖地である。だから本来ならば破壊せねばならないのだが、ドンレミのような田舎村にはまだたくさん残っている。

メンヒルの中心部分――泉の中央からは、天を貫《つらぬ》くような巨石が伸びていた。

その巨石の根元に、星が、当たったらしい。

「いったいなんだ、あの星は⁉　そもそもこのメンヒルはなんのために作られた？　妖精たちよ、お前たちならば知っているのではないか？」

「長老さんに聞いてみないと、わからないでちゅう～」

イザベルは、見た。水飛沫《みずしぶき》とともに、泉の底からなにかが浮かびあがってきた。

「あれは！　人間の赤ちゃんだわ⁉」

「まさしく人間の赤ちゃんでちゅう！　でも、なんだかフェイ族の匂《にお》いがするでちゅね？」

「……どういうことだ？　天から人間の赤ん坊が降ってくるはずがない。流星のように燃え尽きてしまうはずだ！　もしかして、泉の底に眠っていたというのか？　星が激突して、地中から浮かびあがってきたのか？」

「救出作戦、開始～！」

泉から浮かびあがってきた赤ん坊を、フェイ族たちが救助している間に――。

年老いたフェイ族の長老が、ジャックとイザベルに、教えた。フェイ族はずっと若い姿のまま生きてそして死んでいくのだが、時折、老化する個体がいる。老化する個体は群れの口で

「長老《ドワイヤン》」と呼ばれ、自分自身の「記憶」だけではなくフェイ族に言い伝えられ続けてきた大量の「記憶」を持っている。

代々の長老は、口述でフェイ族の「記憶」を伝え続けているのだという。

「この泉を守るメンヒルには、生命の『種』が埋まっておると言い伝えられていてのう。その『種』が、星の欠片《かけら》が当たった衝撃で急激に孵化《ふか》して、あの赤子が『生まれた』のかもしれぬ。聞いたことのない奇跡じゃがのう」

「種だと？　種とはなんだ？　人間が種から生まれるのか？」

「たしかに人間は、男と女がおらねば生まれぬ。が、生き物はみな『種』から生まれるのじゃ。イザベルどののお腹には、ジャックどのが蒔《ま》いた『種』が育っておるというわけじゃ。ふぉっふぉっ。いにしえの神々の時代、大洪水による絶滅の危機から生き物たちの『種』を守り保存するために、一隻の箱舟が作られたのだという。その箱舟からこぼれた『種』のひとつが、この泉に埋もれておったのじゃろう。だからこそ、ここはフェイ族の聖地として守られ続けてきたのじゃろう」

聖書に登場するノアの箱舟か!?　とジャックは声を詰まらせていた。

「だとしたら、これは処女懐胎《かいたい》だ。あの子は、ジェズュ・クリの如《ごと》き処女懐胎から生まれた、原罪を持たない聖なる子ということになる……蛇に誘惑されて楽園を追放される以前の、『汚《けが》れなき人間』ということに！　まるで神話だ！　だが、このことが教会に知れれば」

「あなた。あの子は魔女として裁かれ、焼かれてしまいますわ！　あの子を、わたしたちの子に！」

「言いくるめられるか？」

「わたしはあなたのところに嫁《とつ》いで以来、何度も赤ちゃんを産んでいますから！　教会による村人の管理も、この村では大雑把《おおざっぱ》です。ドンレミ村の神父さまさえごまかせれば、心配ありません！」

「目撃者はわしら二人と妖精しかいない。あの神父は万事適当だから、いけるか？　しかしイザベル。お前は俺よりも度胸があるな。この子に、そしてこの子を『わが子』として育てるわしら一家に、どんな運命が待っているか……」

　妖精たちが大切に担《かつ》ぎ上げて運んできた「その子」を、イザベルはぎゅっと抱きしめていた。碧《あお》い瞳。金色の髪。白い肌。邪気のない澄んだ笑顔。苦しげに泣き声をあげることもない。産道を通る苦しみを味わわなかったからか、それとも人間が楽園を追放される以前、人間が原罪を背負う以前の「無垢《むく》なる人間」だからなのか。まるで、フェイ族の赤ちゃんのような――なんてかわいい……と、イザベルは涙ぐんでいた。なぜ、涙が溢《あふ》れるのか、彼女にもわからなかった。

「あなたの名は、ジャンヌ。ジャンヌ・ダルク。だいじょうぶ。あなたはわたしたちの子。あなたは、カトリーヌのお姉ちゃんになるのよ」

ドンレミ村のジャック夫妻が、「娘」ジャンヌを授かってから数年が経《た》った――。

※

ドンレミ村の周囲はいよいよ不穏になっていた。「アザンクールの戦い」が勃発《ぼっぱつ》し、フランス軍はイングランド軍に大敗した。アザンクールに主力を集結させていたアルマニャック派貴族は無残に弱体化した。ノルマンディはイングランド軍の手に落ち、派閥争いの勝者となったブルゴーニュ公ジャン無怖公《むふこう》はイングランドに急接近した。

ついに、イングランド王ヘンリー五世がパリ入城を果たそうとしていた。

ドンレミ村は、四方をイングランド勢とブルゴーニュ勢に囲まれることになった。

だが、まだ、悲劇は起きていない。フランスは、王妃イザボーが夫の弟オルレアン公と「不義」に奔《はし》ったことから派閥争いが激化して壊滅しつつある。が、素朴な村の人々は、「一人の女がフランスを滅ぼし、一人の処女《ヴィエルジュ》がフランスを救う」という予言を信じた。いつかきっと、聖母に守護されているこの国に姫騎士が降臨して、イングランド軍をドーヴァー海峡の彼方《かなた》に追い払ってくれる、と信じていた。

村の自警団を率いるジャック・ダルクは、「こりゃいよいよ、村がイングランドの傭兵に本格的に襲撃される日も近い」とジャクマンたちダルク家の息子たちを鍛えあげていた。

だが、二人の娘。ジャンヌとカトリーヌには、剣術も馬術も教えなかった。

ジャンヌを妖精たちから受け取った夜、「実はうちには娘がもう一人いたんだ……帳尻《ちょうじり》を合わせてくれんか神父さん」と村の教会の神父に相談したジャックは、カトリックの教会組織をごまかすためにジャンヌの出生年を曖昧《あいまい》にぼかしていた。ジャンヌは今、七歳くらいだが、十三歳ということになっている。

「ふぉっふぉっ。人間、生きていればいろいろありますわいのう」と適当に相づちを打ってくれた神父との協議の上、ジャック一家はジャンヌを「ジャネット」と呼ぶことにした。かつて、生まれてすぐ黒死病で死んだ長女の名である。万が一、教会にジャンヌの出生の秘密を疑われた時には、「彼女はまぎれもなくダルク家の長女ジャネットだ」と言い張るためだった。

まさか浮気してできた子なのだろうか？　いやでもあの敬虔なイザベルさんが不義の子を引き取って育てるはずがないし……まあいいや、ジャックの旦那は善《よ》き男だ、追及するまい。こんな時代だ、子供は一人でも多いほうがいい、と村人たちは囁き合っている。村人の間では、ジャネットではなく、最初に命名された通りに「ジャンヌ」と呼ばれ続けた。

困ったことに、ジャンヌは女の子なのに父ジャックが息子たちに夜な夜な語る「騎士道物語《ロマンス》」に夢中になっていた。とりわけ、森で生まれ育った幼い「野人」ペルシヴァルが、アルチュール王の円卓騎士団に憧《あこが》れて騎士となり、聖杯《グラール》を探求するという物語に。

その日も、ジャンヌは朝からジャックに「騎士道物語」をせがんだ。

「お父さん！　昨日はいいところで眠っちゃった！　もっと聞かせて、聞かせてー！　わたしも、オトナになったらペルシヴァルのような騎士になりたーい！」

「……ジャネット。そりゃ世の中には姫騎士もいるが、お前は羊飼いの娘だ。貴族でない者が騎士にはなれん。せいぜい女傭兵だ」

「えー？　傭兵と騎士ってどう違うのー!?」

「み、身分が違う。お前は小柄で非力だし、傭兵稼業《かぎょう》だって無理だ。おかしなことを考えるなよ？」

「だってー！　冒険したいんだもんっ！　羊さんと一緒にいるのも楽しいけれど、なにかがわたしを呼んでいるような……誰かが……感じるんだ、わたし。夜空の彼方の星々から、声が聞こえるんだ！」

「……その話は母さんにはするなよ、ジャネット」

ジャックは幼い娘の背中を叩《たた》きながらため息をつくしかなかった。

やはり、平穏無事にドンレミ村の羊飼いとして生涯を過ごせる子では、ないのだ。

ジャネットは、なにかに導かれている。

星々の彼方から、「声」を聞くことができるのだ。

この子を呼び続けているものは、「運命」か。それとも「神の意志」か。あるいは。

「……冒険したいのならば、羊たちを連れて村の中で騎士ごっこでもしておけ」

「わかったよー。村の裏に広がる森で我慢するよー！」

「いかん！　森ですら危険なのだぞ。妖精のフェイ族どもがコロニーを作って棲《す》み着いている。攫《さら》われるぞ」

「えー？　森もダメなのお？　じゃあわたし、川の向こう岸に渡りたいなっ！」

「か、川を渡った向こうは、神聖ローマ帝国の領土だ。異国だぞ。やめておきなさい」

「異国といっても、同じカトリックの神さまを信じる国でしょ？　だいじょうぶだよー！」

「最近はそうでもないのだ、ジャネット。東にはフス派教徒という連中が大勢おってな。教皇さまや皇帝を相手に戦争をしているのだよ。川の向こう、東へは向かうな。いいな？」

うんわかった、お父さん！　とジャンヌは元気に返事をした。フス派、と言われてもまだ幼いジャンヌにはよくわからない。同じ神を信奉する人間たちが教義を巡って武器を取り、互いに殺し合うなど、ジャンヌの理解の範疇《はんちゅう》外にあった。

「じゃあじゃあお父さん、お隣の森ならいいでしょ？　あそこはフランスの領土なんだよね？ねっ？　ねっ？　お願い！」

「いかんジャネット。森の奥の泉には、『巨石』がある。あの巨石の群れには絶対に近寄ってはならんのだ！」

「えー、どうして？」

「う、ううむ。あ、あれはその、古代の異教徒どもが建てた邪教の施設なのだ。妖精たちが建てたともいうが、とにかく危険なんだッ！　それにな、最近の村では火事が起きたり、家畜小屋が荒らされて鶏《にわとり》が盗まれたり、野菜を掘り返されたり、となにかと物騒なのだ。どれもこれも、森に棲むフェイ族どもの仕業《しわざ》と言われている」

「人間の泥棒さんの仕業じゃないのー？」

「違う。これだけ度々《たびたび》事件が起きているのだから、犯人が人間ならば必ず目撃者がいる。わしら自警団も警備を怠《おこた》っておらんのだからな。それなのに誰も目撃者がいないということは、やはり小柄な妖精の犯行なのだ」

「ええー？　妖精さんたちがそんなことするのー？　信じられないよ、なにかの間違いだよ！」

「村人と森のフェイ族とは昔から貴重な川の水を奪い合っている関係だしな。わしら農民も村の神父もこれ以上被害を放置していては冬を越せなくなると困り果てていて、実は明日の夜明けとともにフェイ族を一斉駆除しようと準備しているところなのだ」

「え、えええええ？　ダメだよ、そんなの！」

　ジャンヌはまだフェイ族と会ったことがない。この七年間、ジャックはフェイ族とジャンヌを会わせないように気を配ってきた。出会えば、ジャンヌは妖精たちの世界に帰ってしまうかもしれない。そう、予感していたのだ。

「わ、わしらとて、妖精の駆除などしたくはない。村人と森の妖精は、長い長い間、互いの居住空間を侵《おか》すことなく黙って共存できていたのだからな。しかし、時世が変わった。フス派が宗教戦争をはじめた今、異教の妖精たちと人間とは共存できなくなりつつある。その上、今回の度重《たびかさ》なる騒ぎは、すべて向こうから仕掛けてきている……これ以上村を荒らされたら、村人たちは年貢《ねんぐ》を納めらなくなってしまう。娘を商人に売る羽目になる家も出てくる。わかってくれジャネット」

　ジャックはまた深いため息をついた。カトリーヌが無事に生まれてこられたのも、ジャンヌという得がたい娘を授かったのも、みな、フェイ族の助けがあったからこそなのだ。フェイ族が、「人間の赤ん坊と自分たちの赤ちゃんを交換したがる」といういまいち意味のわからない奇癖《きへき》をのぞけばとびきり気のいい連中だということを、ジャックとイザベルは村の誰よりもよく知っている。フェイ族には、いずれ恩を返さねばならない。が、いったいどういうわけか、その森の妖精たちが急に凶暴化して人間の村を荒らしはじめている……ジャンヌがフェイ族と顔を合わせる前にコロニーを除去しなければ、ジャンヌを傷つけることになるだろう。

「村人と妖精たちの関係を仲裁できればいいのだがなぁ……わしが森に入っても、連中は隠れたまま出てこないのだ。昔はチーズを差し出せばわらわらと集まってくる人懐《ひとなつ》っこい面々だったのだが。ましてや、妖精の根絶を教会の上層部から命じられている神父が森に入ってはなぁ。うちの村の神父は、適当な男だから、一斉駆除のようなむごい真似はしたがっていないのだが……」

わかったよー、とジャンヌは笑うと、「聖剣《サント・サーブル》エスカリボール」と勝手に名付けた棒きれを持って、「それじゃお父さん！　夕暮れまでには戻るねっ！　お散歩に行ってきまーす！」と飛びだしていった。

ジャンヌの目的地は、フェイ族たちが棲まう森だった。

ジャンヌはこっそり、決断していた。

森の妖精さんたち——フェイ族さんたちと直接お話しして、明朝行われる「森の妖精駆除」

という痛ましい事態を回避したい、と。

生まれてはじめて、緑に覆《おお》われた森を探索する。

村とは「空気の匂い」がまるで違う。

羊たちの匂いも、牧草の香りもしない。

森を満たしている空気は、人間の村の空気とはもっと違う、清浄で懐かしいなにかだった。

昔、どこかで、この香りを嗅《か》いだことが、あるような……。

妖精たちが現れない中。

恐れを知らないジャンヌは、どんどん森の中を突き進んだ。

泉に、出た。

巨石が、あった。

泉を取り囲むかのような、いくつもの巨石の群れ。古代の異教徒が、あるいは森の妖精たちが建てたと言われている「メンヒル」と呼ばれる巨石遺跡だった。

違う。村でもっとも神聖な場所とされている教会の建物とも、違う。

胸が、締め付けられるかの、ような。

「……わあ？　これは？　すごーい！　おおきーい！」

登ってみよう！　このてっぺんから妖精さんたちに声をかければ、きっと森中に聞こえるよ！　と閃《ひらめ》いたジャンヌは自分の身長の何倍も高い巨石の壁に取りついて、「うんせ、うんせ」とよじ登ろうとした。が、巨石は苔むしていて、ぬるりと滑る。半ばまで登ったところで、ジャンヌは手を滑らせて落ちてしまった。

「わあっ⁉」

その時。

「ジャンヌ、危ないでちゅう！」

「きゅうしゅーっ！」

「フェイ族、出撃でちゅう！」

わらわら、と森のあちこちから湧いてきた面々がいた。なにかに怯《おび》えるかのように巣穴に隠れていたフェイ族の妖精たちだった。大きいもので、身長一メートルくらい。いちばん多い「若い」個体が、三十センチくらい。十センチ程度の幼体もいる。

みんなジャンヌと同様の金髪碧眼《へきがん》の持ち主だったが、人間と比べると頭が大きく、胴体が小さい。二頭身から三頭身しかない。粗末な衣服を身につけているものの、一目で人間とは違う種族だとわかった。ともあれ百匹を超えるフェイ族が、転落したジャンヌの「クッション」となるためにいっせいに集まり、そしてジャンヌを救った。

巨石からフェイ族の仲間が転落することが多々あるので、救援慣れしていたらしい。

身体の大きな成体のフェイ族がクッションの中心を固め、ジャンヌの身体を支えた。「むぎゅうでちゅ」と潰《つぶ》れかける成体たちを、若いフェイ族と幼体たちが周辺から支える。

「ありがとうー！　みんな、もしかして森の妖精さんたち⁉」

「ジャンヌー！　ジャンヌー！」

「お久しぶりでちゅう！　すっかり大きくなったでちゅう！」

「ええ？　わたしのこと知ってるの？　どうしてー？」

ジャンヌは、フェイ族たちの歓迎を受けた。

子フェイたちは、「まるでフェイ族の妖精さんが人間サイズに成長したみたいな愛らしい姿でちゅう」「わたちよりも愛らしいでちゅう！」「ジャンヌはきっと、いずれフランス中の人間さんどもをめろめろにする人気者になるでちゅう」「チーズが欲しいでちゅう」と興奮して熱烈にジャンヌに懐いた。具体的にはジャンヌを包囲して襲いかかり、全力でもふもふした。フェイ族の身体は縫いぐるみのように柔らかい。

「くすぐったいよー！」

「……フェイ族の命は人間よりも短い。この七年でフェイ族も世代交代が進みましたじゃ。しかし成体の連中はみなジャンヌを知っておりますじゃ。その子供たちの世代にとっては、ジャンヌは伝説のお姫さまですじゃ」

最長老らしい年老いたフェイ族が、古めかしいフランス語でジャンヌに語りかけてきた。フェイ族の個体はサイズの大小に関係なくみな人間の幼児のようなあどけない顔をしていて肌に皺《しわ》のひとつもないが、この最長老だけは「老婆」のようである。

「なにしろジャンヌはこの森の聖なる泉で生まれたのじゃ。だから、われら森のフェイ族にとってもジャンヌはお姫さまなのじゃよ。おっと、これは秘密じゃったのう」

「ええー？　知らなかった！　わたしがここで？　森の？　泉を？　産湯《うぶゆ》に使い？　どうして

ー？」

「さて、どうしてじゃったかのう……わしゃあ、すっかりもうろくしてしもうてのう……そうそう。お母さんが森を散策中に急に産気づいたんじゃよ。ふぉっふぉっ」

「へえええ～。それでわたし、この巨石を見て急に懐かしい気分になったんだね！　もしかしてわたし、心の片隅で生まれた時のことをうっすらと覚えているのかな？」

「そうかもしれぬのう。が、なにをしに来たのじゃ、ジャンヌ？　今の森はとても危険な場所じゃぞ」

「妖精さんたちと話し合いたくてー！　村を荒らされている村人さんたちが困ってるらしいんだよー！　このままだとお互いに悲しいことになっちゃうから！　でも、みんな、そんな悪いことするはずないよね！　見ればわかるよ！　こんなにかわいいいんだからー！　いったいどういうことなのー？　森でなにが起きているのー？」

長老が苦笑していた。

「ジャンヌよ。こうして再会を果たしたのじゃから、フェイ族と妖精についていろいろ教えてあげようぞ。カトリック教会はわしらを『古代異教の神々が落ちぶれたなれの果てで、悪魔にもなれず天国にも地獄にも行けない永遠に救われない魂』とか『発見したら即座に駆除対象』とか『一匹妖精を見かけたら裏には百匹おる』とか適当なことを言うておるからのう。まあ、だいたい当たっておるがの」

「お父さんお母さんは、妖精さんたちはいい生き物だって！　いつか恩返しをしたいって言っていたよー？　だからわたし、こっそり森に来たんだよ！　恩ってもしかして……わたしがこの泉で生まれた時に産湯を貸してくれたことかな？」

手乗りサイズの子フェイたちがジャンヌの肩に、頭に、掌《てのひら》の上に乗って、「フェイ族の世界をご案内するでちゅう」とはしゃいでいる。

ジャンヌは、巣穴の中へと案内された。森のあちこちに、小柄なジャンヌがかろうじて通り抜けられるサイズの穴がいくつも開いているが、その中は巨大な「地下コロニー」になっていた。地下にいくつもの「部屋」があって、その部屋と部屋の間は通路で繋《つな》がっている。

蟻《あり》の巣穴が何百倍もスケールアップしたようなものだと考えてくれればいい。

その地下コロニーのあちこちを、泉を守るように何本も立っている「巨石」の根元の部分が、どん、と柱のように貫《つらぬ》いている。

「ええ、これ、あの巨石群なんだ？　こんな地下まで伸びてるの？　すごーい！」

「ぷぷぷ。巨石たちがこうして地下の巣穴を支えてくれているでちゅう」

「巨石の柱のおかげで、地下の巣穴は崩れ落ちないのでちゅう」

「だからわれらフェイ族は、巨石遺跡の周辺を好んで棲《す》み処《か》にするのでちゅう」

「他にも理由はありまちゅけどね。巨石はわれらにとって神聖なる宗教施設なのでちゅ」

通路で連結されている多数の「部屋」はそれぞれ、役割が異なっていた。

越冬のために食糧の木の実を貯蔵する「貯蔵庫」や、石ころや木切れが積まれているだけで意味があるのかどうか疑問な「武器庫」。「木の実狩り」にオトナが出かけている時などに一時的に子供を預ける育児ルーム。木の葉っぱで作った冠を被ったフェイ族が奇妙な呪文を唱えている「呪術師部屋」。日の光を入れるための「天窓部屋」。怪我《けが》をしたり病を抱《かか》えたフェイ族を治療するための「病院」。そして圧倒的に数が多いのが、「家族のお部屋」。それぞれの家族部屋には、表札のようなものがかかっている。が、人間の文字とはかなり違う。「聖書」や騎士道物語の本で使われているアルファベットではなかった。楔形《くさびがた》で刻まれた、実に奇妙な文字だった。むろん、ジャンヌにはその文字を読むことはできない。

「家族部屋かあ〜！　お父さん、お母さん、子供が生活しているんだねー！　村人の家みたいなものなんだね！」

「ぷぷぷ。ジャンヌ、ハズレでちゅう〜」

「ざんねーん！」

「われらフェイ族の世界では、お母さん、お母さん、子供で家族一組なんでちゅよ」

「ええええ？　お母さんが二人いるのー？　お父さんはどこ？　赤ちゃんを産むのはお母さんの役目だけれど、家にお父さんがいないと赤ちゃんは生まれてこないって、お母さんが言っていたよー？」

「それは人間の家族の話でちゅう」

「われらフェイ族は、人間とはちょっと仕組みが違うのでちゅ」

「フェイ族にはお父さんはいないのでちゅ。雄《おす》のない種族なんでちゅよ」

「みーんな、雌《めす》なんでちゅ」

「え、えええええええ～!?」

意味がわかんない！　どーゆーこと？　とジャンヌは思わず子フェイたちにたずねた。

「フェイ族は巨石にお腹《なか》をこすりつけると、赤ちゃんを授かれるのでちゅ」

「でも番《つがい》になって赤ちゃんを育てる習性があるのでちゅ。親が一匹だと、赤ちゃんにとってあまりよくないそうなのでちゅ。お母さんが一匹だけではアイが足りないのでちゅ」

「木の実を狩りに出かけている間、赤ちゃんを放置しておくのはよくないでちゅちね」

「なので、赤ちゃんを育てたいならばお母さんは最低二匹必要、と掟《おきて》で定まっているのでちゅ」

「でちゅから、赤ちゃんが欲しくなったら、仲のいい雌同士で結婚して家族になるのでちゅう～」

「たいていは子育てするには二匹で十分なのでちゅが、とっても仲良しさんの三匹がいる場合、三匹で結婚することもあるでちゅよ」

「赤ちゃんをいっぱい産みすぎた場合も、お母さんを増やすことがあるでちゅう」

「へええ～？　お父さんがいないんだー！　でも、女の子だけで赤ちゃんを産めるのなら、どーして人間の世界には男の人がいるのかなあ？　それって、男と女という二種類の生き物が一緒に家族になっているってことだよね？」

ジャンヌはますますわからなくなった。

「われらも知らないでちゅう」

「ほんとかどうかわからないでちゅが、長老さまによれば、でちゅ」

「昔々。人間さんたちの間でも有名な大洪水が起きて、生物がいったん滅んでしまう以前の楽園の世界──『キエンギ』では」

「人間さんとわれら妖精族は、ともに、巨石遺跡を魔法の力で動かしていた偉大でお優しい『神さまたち』にお仕《つか》えするお友達同士だったのだそうでちゅう」

「もともとは、妖精族も人間さんも、同じ種族だったのだとか」

「雌だけで家族を育てる種族が妖精に。雄と雌とで子供を作る種族が人間さんに。枝分かれしていったのだそうでちゅう」

「お優しい一柱《ひとはしら》の神さまが──われら妖精の『女王』さまが、洪水から生物を救うために箱舟に生き物の『種』を積んで、われらを絶滅から救ってくれたそうでちゅう」

「……妖精族の……女王さま……？　ノアの箱舟を作った人は、たしかノアさんという人間のおじさんだよ？　神父さまが、そー言っていたよー？」

「フェイ族の言い伝えでは、大洪水が起こるから船を造れ、生き物の『種』を守れ、と人間さんに命じた女神さまがいたのでちゅう。それが、妖精の女王さま。われらが今なお崇《あが》め続けている、偉大でお優しい神さまでちゅう」

「女神さま？　ええ？　そうなの？」

「とっても美しい黒髪と綺麗な翼をお持ちなのだとか。この世でもっとも美しいお方なのだそうでちゅう。いにしえの神さまたちも、女王さまにめろめろだったそうでちゅ。いちどでいいから、会ってみたいでちゅ～」

「もう長い長い間、お姿を現してくれないのでちゅう〜」

「噂《うわさ》では、今の長老さまも、お会いしたことないらしいでちゅよ」

「本人は会ったことがあると言ってまちゅが、もうろくしているので信用ならないでちゅう」

「……うーん。なんだかちょっとだけ聖書と違うなー？　神さまが女神さまだったたって、初耳だよ〜。それに、神さまがたくさんいただなんて……まあ、いいや！　大昔の話だもんねっ！　種族が違えば、言い伝えも違ってくるんだよねっ！」

ジャンヌが自分たちの話を信じてくれた、とフェイ族は歓喜した。

「さすが、ジャンヌはわかってくれるでちゅね！」

「あの『聖書』とかいう本に書かれていることをぜんぶ真実だと思い込んでいる頭の固い神父どもとは大違いでちゅ。ぷぷぷ」

「聖書よりも、われらの言い伝えのほうがずっとずっと古いのでちゅう！　洪水の話は、人間さんにパクられたのでちゅう〜」

「そーゆー言い方は揉《も》めるからダメだよ〜。それじゃ妖精さんたちは、神さまでも悪魔でもないんだ？　大昔は、人間とお友達だったんだね？」

「そうらしいでちゅう。でも、われらは時代が下るごとにどんどん身体が小さく縮んでいるでちゅ。昔の妖精族は、人間さんよりずっと大きかったらしいでちゅう」

「なので、かつてはわれわれのご先祖を神と崇めていた人間さんもいたかもしれないでちゅよ」

「われわれには雌しかいないために、世代を経《へ》るごとにだんだん身体が弱くなり退化しているとか言われているでちゅが、よくはわからないでちゅ」

「人間さんが村や町を作るために森をどんどん切り開いているので、妖精族は棲み処や食べ物に困って身体を小さくするしかなかった、と唱える学者さんもいるでちゅう」

「妖精さんの中にも学者さんがいるのー!?　おもしろーい！」

「一応いるけどダメダメでちゅ、太古《たいこ》の黄金時代にわれら偉大な妖精族の優れた文明を支えていたレンキンジュツの技術もぜーんぶ洪水で失われたでちゅ」

と、ジャンヌの肩に乗っているとびっきり生意気な子フェイが丸い手をぶんぶんと振りながらきいきい叫んでいた。

「ジャンヌ～！　今では、巨石遺跡のほんとうの使い道もよくわからないでちゅう。その一方で人間どもがどんどんかしこく強くなり、われらが崇める妖精の女王を異教の悪魔扱いするカトリックの教会がどんどん増えて、われらは駆除動物にされてしまったでちゅう」

「そーなんだー。駆除動物って……酷《ひど》いよねー！　人間のお友達だった妖精さんたちを、そんな、害獣みたいに……かわいそうだよ……」

「いいのでちゅ、ジャンヌ～。われらフェイ族は、毎日のほほんと歌って踊って家族と一緒に暮らせればそれで幸せなのでちゅ～」

「ほんと？　わたしも同じだよー！　気が合うねっ！」

「でちゅが……妖精族を地上から根絶しようとしている非道な人間どもから地上の覇権《はけん》を取り

戻すのだ！　と騒いでいる過激派の妖精族が、森に入ってきたのでちゅう……このあたりでは見慣れない姿で、北から来た種族でちゅ。ドイツ語訛《なま》りなので、神聖ローマ帝国の黒の森あたりからぞろぞろと南下してきたらしいでちゅね」

「最近、いろいろ悪さをして村から人間さんを追い出そうとしているのは、そいつらなのでちゅう。われらフェイ族も完全服従を迫られていて攻撃されているので、止めるに止められないのでちゅう……」

「フェイ族は、よわよわな妖精族の中でも最弱の種族でちゅからねえ」

「え、ええええ？　過激派……？　妖精さんにもいろいろいるんだね。人間がフランス、イングランド、ドイツとばらばらに分かれているのと同じかああ。ああ、そっかあ！　お父さんが、川の向こうはもうドイツ領だって言っていたよ！」

「そうでちゅ。ジャンヌはまだ子供なのに、かしこいでちゅう！」

「しかもわれら妖精族に優しいでちゅう！　人間さんとは思えないでちゅう！　まるで妖精族の子供のような……」

「フェイ族にしては、身体が大きいでちゅけどね。でも、ジャンヌならば家族にしてあげてもいいでちゅよ？」

　急いでそのドイツから来た妖精さんたちと話し合って止めないと！　フェイ族もその妖精さんたちもみんな、明日になったら村人たちに一斉駆除されちゃうよ！　とジャンヌは思わず声をあげていた。

「ジャンヌー！　ドイツから来た面々は、ゴブラン族という連中なのでちゅう！」

森の奥に要塞《ようさい》を築いたゴブラン族は、まさか明朝に妖精族の一斉駆除がはじまるとは夢にも思っておらず、決起集会を開催していた。

ジャンヌは、子フェイたちに道案内されてこのゴブラン族の要塞へと潜入した。

「ゴブラン族は、ドイツではコボルト族と呼ばれていた面々なのでちゅ」

「妖精族にしては好戦的で、冶金《やきん》が得意なのでちゅ」

「ドイツでは、鉱山に暮らし、人間の錬金術師《アルシミスト》さんと一緒にレンキンジュツを仕事として生活していたらしいのでちゅが」

「どういうわけか『軍人妖精』を名乗り、ドンレミ村に狙いを定めてフランス征服戦争を開始したのでちゅう」

「われらと同じ祖先を持つはずの妖精族の仲間でちゅが、いろいろと変わってるのでちゅ」

ジャンヌは白旗を掲《かか》げて、ゴブラン族との和平交渉大使を務めるつもりであった。

だが、到着した時にはすでに決起集会がはじまっていた。

フェイ族よりも一回り身体が大きい数百匹のゴブラン族が「ジーク・ゴブラン！」「ジーク・ゴブラン！」とドイツ語訛りの大歓声をあげる中、人間の貴族のようなマントを羽織った隻眼《せきがん》のゴブランが壇上に登って演説を開始した。

「あれが、この森のゴブラン族を率いる総大将。マンシュタイン将軍でちゅう」

「その後ろにいるのが副官のフニャディとヴラド」

「同じ顔、同じ姿を持つ妖精族は、家族やお友達の間であだなを呼び合うことはあっても、正式な名前は持たないのでちゅが」

「ゴブラン族はおのおの、人間さんのような名前を持っているのでちゅ」

「えらく人間かぶれしているのでちゅ。ヘンな連中でちゅ」

「ちなみにマンシュタイン将軍は片目に眼帯をしていまちゅが」

「伊達《だて》眼帯でちゅ。『隻眼だと猛将っぽく見えるから』という理由でちゅ」

マンシュタインが、「ジーク！」とけたたましい声で叫び、興奮して止《や》まない一族を鎮《しず》まらせた。

「ゴブラン族の諸君！　われら妖精族は長年、人間どもに小間使いとして使役《しえき》されてきたのだ～！　しかし、思い出すがいいのだ～！　栄光あるゴブラン族の伝承を！」

「「神々の時代！　氷に覆《おお》われた北の世界で、われらは巨人ノルズの身体から生まれたのだ～！」」

「「はじめはウジ虫のような姿だったが、神がわれらに力を与えてくれたのだ～！　だから圧倒的にかしこくて強い妖精族となったのだ～！」」

「しかり！　われらを生みしは、今は滅び去った巨人族！　ゴブラン族こそは栄光ある巨人族の末裔《まつえい》なのだ～！　かつて巨人族は、真の地上の覇者だったのだ！　人間という狡猾《こうかつ》な野ねずみどもがヨーロッパの大地に繁殖しはじめる以前は！　北方の神々の世界で生まれたわれらは本来、錬金術師の小間使いではないのだ～！　巨人族の末裔として！　正統なるヨーロッパの支配者として！　小賢《こざか》しい人間どもとの闘争に勝利し、全妖精族を解放して妖精族の頂点に立たねばならないのだ～！　カトリックを信奉する人間どもは、ヨーロッパの先住民族たる妖精族を根こそぎ駆除するつもりなのだ！　このままでは妖精族が保《も》たない時が来ているのだ～！ならばこそわれらは、妖精の理想郷アヴァロンをこのヨーロッパに再興するのだあああ！」

うおー！　とゴブラン族が大歓声をあげる。しかし、マンシュタインたちゴブラン族の妖精は、雄っぽい言葉遣《づか》いだが、声はフェイ族とあまり代わり映《ば》えがしない雌の声である。

巨人族ってなに？　とジャンヌが子フェイにたずねたが、子フェイたちも「長老さんに聞いてみないとわからないでちゅう」「その昔、人間さんよりもずっと身体の大きな種族がいたとか……その巨人こそが神さまたちだった、とか」「われらフェイ族のご先祖も太古の昔はもっと大きかったそうでちゅが」「信じられないでちゅね」と首を捻《ひね》っている。

北方からドイツへと南下してきたゴブラン族は、昔からフランスに棲み着いているフェイ族とは少し違う伝承を持っているらしい。

「われらの調査によれば、『妖精の女王』が統治していた妖精の国アヴァロンは、かつて西方のブルターニュに実在したというのだ！　しかしそのアヴァロンは失われたのだ！　なぜなのだ！」

「「ブルターニュの妖精どもが弱っちいから、なのだ～！」」

「その通りなのだ～！　われらは、人間どもが聖地エルサレムを求めて十字軍を興《おこ》したのを真似して……いや、ごほんごほん、参考にしてブルターニュへと移住し、ブルターニュで惰眠《だみん》をむさぼっているぐーたらなコリガン族を服従させてアヴァロンを再興すると決めたのだ～！　故《ゆえ》に、コボルト族というドイツ臭《くさ》い種族名を捨ててフランス風にゴブラン族と改称したのだ！　これは不退転の決意を示すわれら種族の誓いなのだ！　だが！　ドイツからブルターニュへと種族大移動を果たすためには、両国の間に挟まっているフランスを横断せねばならないのだ～！　フランスの人間どもがイングランドとの戦いで疲弊《ひへい》している今こそが好機なのだ～！」

「「聖戦なのだああ～！」」

「そうとも、これは人間どもと妖精族との間で行われる種族間闘争なのだ！　ヨーロッパの覇権を懸《か》けた聖戦なのだ～！　だが諸君、ブルターニュへの道のりは遠いのだ！　まずはドンレミ村の聖なる『泉のメンヒル』を原住民のフェイ族どもから奪取し、フランス征服のための拠《きょ》点《てん》と成し、フェイ族をわれらが軍に組み込んでドンレミ村から人間どもを追い出しフランスにおける最初の植民地とするのだ！　モーセが成したように、私は必ずやセーヌ川を二つに割ってブルターニュへと諸君を導くのだ～！　おそらくわれらがブルターニュに到達する前に、このマンシュタインの寿命が先に尽きるのだ！　が、それでいいのだ！　その時、私の魂は妖精の女王のもとに召されるのだ～！　ジーク・ゴブラン！」

「「ジーク・ゴブラン！」」

副官のフニャディが、「われらには秘密兵器ターボルがある！　われわれは身体こそ人間より小さいが、冶金術の作業では人間よりも器用である！　このターボルを量産化した暁《あかつき》には、フランス王国軍にも勝てるのである！　わが軍は圧倒的である！　人間どもを恐れるな、である！」と軍旗を振っている。

フランスとイングランドが百年戦争を戦っているこの時、神聖ローマ帝国（ドイツ）では、カトリックを信奉する教皇、皇帝と、ボヘミア・ポーランドを中心に盛り上がっていた異端フス派の民衆が、「フス戦争」と呼ばれる内戦を繰り広げていた。

ターボルとは、そのフス戦争でドイツ十字軍と戦っている異端フス派が戦場に投入した新兵器で、一言で言えば「戦車」だ。が、移動して歩兵を支援する兵器ではなく、複数のターボルを組み上げて「要塞」を構築するためのものだ。フス派を率いる野戦将軍ヤン・ジシュカが、フス派の中核を成す民兵の力だけで十字軍の重装騎兵を倒すために考案した。

ヤン・ジシュカは、ターボルによる強固な陣を構築して騎士たちの突撃を阻《はば》み、ターボルの内側からマスケット銃やクロスボウで騎士を狙い撃ちするというゲリラ戦法を考案し、圧倒的な兵力と武装を誇る十字軍を相手に連戦連勝。ヤン・ジシュカに訓練された民兵たちは徹底的にヨーロッパの「騎士道」を無視することで愚直に騎兵突撃を繰り返す十字軍に勝ち続けたため、教皇、皇帝、そして騎士たちの権威は完全に失墜《しっつい》していた。

ゴブラン族は、「妖精根絶」を唱えてきたカトリックを掲げる帝国が、新兵器を駆使する異端の民兵たち（男だけでなく少女たちも大勢加わっている）に大敗し続けているさまを見て、「兵器を作る技術ならば、冶金術に優れたわれらのほうが上なのだ！　いけるのだ！」「ターボルを量産した暁には、勝利は確実である！」とその気になったらしい。

だが、そのお手製の「ターボル」は、フス派が使っているほんものの戦車と比べるとずいぶんと小さい（妖精サイズなので）。その上、資源不足のために数も少ない。

マンシュタインの戦略は、まずはターボルを量産できる体制を整えるために、南下しながらフランスの鉱山を押さえて資源を確保する、という無謀なものだった。

また、致命的なことに、「要塞」としてのターボルの有効性には気づいたマンシュタインだったが、肝心のフス派の必殺兵器であるマスケット銃やクロスボウといった殺傷兵器の生産には着手していない――「ひいい。こんなものが当たったら血が出るのだ。人間さんが死んでしまうのだ。残酷すぎるのだ」という人道的、いや、妖精道的な理由だった。

つまり、軍人妖精ゴブラン族の武装は、爪楊枝《つまようじ》のような剣やピコピコハンマーのままだった。

「……ドイツの妖精さんは好戦的だとは聞いていまちたが、想像以上でちゅう」

「とても妖精とは思えないでちゅう～。すっかり軍人になりきっているでちゅね。でも、武器が相変わらずしょぼいでちゅう」

「あんな武装で人間さんと戦って勝てるはずがないでちゅう～」

「ねえねえ。ゴブラン族って勇ましいけれど、みんな男の子なの？」

「ジャンヌー！　妖精族には雄はいないでちゅう。あいつらも全員雌でちゅう」

「ええ～？　そーなの？」

「あいつらは、雄のふりをしているほうが強く見えるので、雄っぽく振る舞っているのでちゅう」

「ゴブラン族は身体が一回り大きいのでフェイ族よりは強いでちゅが、そもそも妖精族には人間さんを殺せるような武器は造れないでちゅう」

「だから、妖精よりはるかに好戦的な人間さんにはとてもかなわないでちゅう」

「たぶん、その弱点を克服するために、わざわざ雄のふりをして軍人妖精を名乗っているのだと思いまちゅが」

「そう簡単には、生まれ持った性格は変えられないでちゅう」

「えええ～？　そんなあ……このままじゃ、明日の朝に森の妖精さんたちはみんな駆除されちゃうよ……わたしがマンシュタイン将軍さんを止めてくる！」

「ダメでちゅジャンヌー！　危ないでちゅー！」

「剣でちくちく刺され、ハンマーでピコピコ殴《なぐ》られるでちゅう！」

「だいじょうぶ！　みんなはここで待っていて！」

ジャンヌは、ゴブラン族たちの前に白旗と、そして「聖剣エスカリボール」を掲げて姿を現していた。

「ぎゃー！」

「出たー！」

「人間なのだー！」

「本拠地を突き止められたのだあああ！」

「奇襲である！　恐るべし、人間である！」

「聖剣を掲げているのだ！　全員、虐殺されるのだあああ！」

「うっ、うろたえるなーなのだ、諸君！　全軍、ターボルへと戦略的待避〜！」

「しまったのだ！　ターボルの数が足りないのだ、入りきれないのだ〜！」

「ええい。ターボルの量産化さえ実現していれば！　一人の人間ごときにやらせはせん、やらせはせんのである！　むっ、無念である！」

ターボルの天板の上に立った勇将フニャディが、ハンマーを振り回してジャンヌに徹底抗戦の姿勢を見せたが、ジャンヌは聖剣エスカリボール（と名付けた木切れ）で「えい」とその小さなハンマーを振り払った。ゴブラン族にはフェイ族比一・五倍くらいの体力はあるが、人間の幼女比では十分の一くらいだった。

そもそも、ジャンヌがフェイ族の妖精と見まがうような美しく愛らしい子供なので、フニャディも他のゴブラン族たちもジャンヌを本気で攻撃できない。

たとえ、「ジャンヌをマスケット銃で撃つのだ〜」という非情なる命令をマンシュタイン将軍が出しても、みんな「撃てませええええん！」と震え上がって罪悪感のあまり失神してしまっただろう。マスケット銃などないのだが。

総大将のマンシュタイン将軍は、

「こっ、この人間の幼い斥候兵《せっこうへい》……妖精族の香りがするのだ〜！　姿は人間でも、魂はわれらの同胞《どうほう》なのだ〜！　しかもまだ幼女なのだ！　おのれ人間、どこまでもあくどいのだ〜！　子供に対して、容赦《ようしゃ》のない攻撃などできないのだ！」

とフェイ族同様、ジャンヌの愛らしさと不思議な「妖精族らしさ」に心をときめかしてしまい、攻撃命令を出せないで「ああ罪悪感が」と胸を押さえて転がっていた。

「しまったのだ！　今まで考えたこともなかったのだ！　村人には、髭《ひげ》もじゃのおっさんばかりでなく子供もいたのだ……！　罪のない子供を戦争に巻き込むのは心苦しいのだー！　われらの真の敵はオトナの人間のみ！　しばしターボルにみんなでぎゅうぎゅう詰めに詰まって、守りに徹するのだ～！　見逃してもらえるよう、全力で神に祈るのだ！　見逃してください、見逃してください！」

「「「ジーク・ゴブラン！　全軍、ターボルにすし詰めになるのだ～！　ゴブラン族に栄光あれ～！」」」

「わー！　みんな、待って待って！　落ち着いて！　そんな無理矢理詰め込んだら、みんな潰れちゃうよー！　わたしは敵じゃないから、だいじょうぶだよ！」

ジャンヌは、聖剣エスカリボールを副官フニャディに手渡すと、両手を「ばんざい」した。

「と、投降であるか？　それともまさか和平の証《あかし》に、聖剣をわれらに預けてくれるのか？　この子は、妖精よりも妖精らしいのである！」

「たいへんなんだよ！　みんなが村にいろいろ悪さしているから、明日の朝、森に妖精駆除隊がやってくるんだよ！　フェイ族もゴブラン族も、このままだと巣穴ごと焼かれちゃうよ！」

「「「え、えええええっ？」」」

「われらがターボルの量産体制を確立する前に、いちはやく掃討《そうとう》作戦をっ？　ま、ま、まだ、われらは畑から野菜を盗んだり、家畜を襲ったりといういたずらレベルの悪事しか働いていないのに、もう、世界最終戦争ハルマゲドンを開始すると？」

「うーん。ハルマゲドンじゃないと思うけど、まあ、そーなんだよ〜」

「騎士道精神に基《もと》づいて、もうちょっと待ってほしいのである！　せめて、われらが鉱山資源を確保してからに……」

「ごめんね！　フランスの人たちは今、イングランドとの戦争でみんな食べ物にも困っているから……ドンレミ村もそーなんだ。余裕がないんだよ〜！」

「なんと、である！」

「だいじょうぶ！　わたしが、村人や神父さんたちにお願いして、駆除は中止してもらうから！　だから、ドンレミ村を征服するなんてことは考えないで！　お願い！」

ジャンヌさま〜！　われら妖精族の救世主が現れたである〜！　と、フニャディたちはジャンヌの足下にすがりつきひれ伏していた。

「まだ幼いけれど、このお方はとてつもなく利発な人である！　人間と妖精族との架け橋になっていただけるお方である〜！　もしも神父が来ていたら、われらは徹底抗戦したのである！しかし、ジャンヌさまは信用できるのである！　人間でありながら、まるで妖精の子供のような……まことに不思議なお方なのである！」

「任《まか》せて！　自警団の団長はわたしのお父さんなんだ！　だから、きっと話を聞いてくれるよ！　村人たちだって、長年隣り合って暮らしてきた妖精さんを駆除するなんてイヤなんだよ。

フェイ族が悪さしていたわけじゃない、と事情を説明すれば」

「じじ事情って。ドイツからわれらがフランス征服のために攻め入ってきたことをバラされたら、われらゴブラン族だけが駆除対象になるのである!?」

「だいじょうぶ！　境界線を定めて、川の向こう岸をゴブラン族の棲み処に。川のこちら側の森は今までどおりフェイ族の棲み処に。村には悪さをしない。あと、川の水を使う順番を、三者できちんと決める。そう約束すれば、誰も傷つかずにすむよ！」

「……ジャンヌさま……なんてお優しい……！　世界には、こんな人間さんもいたのである……感激なのであるー！　だが、妖精の理想郷アヴァロン復興の夢は捨てがたいのである。やっぱり、いちどでいいからブルターニュへ行きたいのである……」

「わたし、オトナになったら姫騎士になって冒険するんだ！　馬に乗れば、ブルターニュにも行けるよ！　ブルターニュって、円卓騎士団を率いていたアルチュール王さまの伝説がある騎士の国だよね？　いつか一緒に行こう！」

「し、しかし人間が妖精と仲良くしていると、教会から異端扱いされて危険なのである。最悪の場合、ヤン・フスどののように焼き殺されるのである」

「だいじょうぶだよー！　村の神父さんは優しいし！　人間だって聖地巡礼の旅に出るんだから、妖精さんだって聖地巡礼してもいいよね？　ってお願いすれば、許してもらえるよ！　もしもの時には、わたしがみんなを守るから！」

「じゃっ、ジャンヌさまあああ！　われらのような村の侵略者のために、そこまで……！」

副官フニャディたちが「ジャンヌさま！　われらをお助けくださり、感謝感激である！」と女神を崇めるかのように祈っているこの時。

ターボルに飛び込んで良心の呵責《かしやく》に苦しみゴロゴロしていた総大将のマンシュタイン将軍は、

「ぐぬぬ。わが軍が誇る最強の将軍フニャディがジャンヌに籠絡《ろうらく》されたのだ～！　恐るべしジャンヌ！　だが総大将はこれしきのことで……聖地奪還という大義のためには、断じてここで和睦《わぼく》などできないのだ～！　耐えるのだ、わが心！　『雄』になりきり、幼子を戦争に巻き込む『悪』の心すなわち『攻撃性』を手に入れてこそ、妖精族ははじめて人間に対抗できるのだ～！」と必死でジャンヌとの和睦を拒《こば》み続けていた。

「将軍。部下たちはフニャディをはじめ、ことごとくジャンヌと和睦してしまったぞ。まもなくこの要塞にフェイ族が、さらには人間が来るぞ。ここはいったん退路を切り開き、他日を期するぞ」

もう一匹の副官ヴラドが、マンシュタイン将軍に進言する。

「ぐぬぬぬぬ～！　だ、だが必勝を信じていたので、退路を確保していなかったのだ！　たった二匹での脱出は危険きわまりないのだ！　蛇とか蛙《かえる》とか鶏に襲われたら大惨事なのだ！　退路の探索を頼むのだ、ヴラド！」

「うむ。斥候と索敵《さくてき》はこのヴラドにお任せあれだぞ。安全な退路を見つけたら、すぐに戻るぞ。それまでの間、妖精の雌心を蕩《とろ》かすジャンヌの魔力に耐えるのだぞ、御大将《おんたいしょう》」

「耐えてみせるのだー！　ジーク・ゴブラン！　急ぐのだ！」

「ジーク・ゴブラン！」

マンシュタインを落ち延びさせるために、ヴラドはひそかに森の奥深くへと脱出していた。

妖精としての善良な心と、戦いに勝つために人間から学んだはずの「悪」の心との間で悶《もだ》える
マンシュタインを見るに見かねたのだ。

「こ、これはあくまでも戦略的撤退なんだぞ。愚かなる人間どもめ。ターボルの強大な力の前にひれ伏すがよいぞ。神々と暮らしていた黄金時代を忘れた人間どもよ。この世に真の神は一つしかいない、あとの神はみな『悪魔』だ、などとたわけたことを言っていられるのも今のうちだぞ」

ヴラドは、小柄な身体を利して森を抜けていた。ドイツ領側へとマンシュタイン将軍を脱出させるルートを発見するために。

だが不運にも、まだゴブラン族は入植したばかりの森全体の探索を終えていなかった。

その上、太陽が木々の葉に覆われて見えない。

ヴラドは、方角を間違えて突き進んでしまったのである。

マンシュタイン将軍がなおもターボルに立て籠《こ》もり「うぉ～和平などやらせはせんのだ～！」

と粘る中、ジャンヌから「和平の証」として聖剣を預けられた副官フニャディは「総大将もそのうちお腹をすかせて出てくるのである」とゴブラン族をまとめ、フェイ族を要塞へと招待し

ていた。明朝に迫る「一斉駆除」を回避してゴブラン族、フェイ族、ドンレミ村の村人の三者和平会談を実現するために、とりあえずフェイ族を宴会に招いて歌って踊ることにしたのだった。

「みんなー！　仲直りの宴会だよ！　踊ろう～！　キノコもいっぱいあるよー！」

「あの凶暴だったゴブラン族が、ジャンヌに懐いているのでちゅう」

「さすが、ジャンヌでちゅう！」

「ジャンヌはすごいでちゅう！」

「ゴブラン族さん、ゴブラン族さん。どうして雌なのに、雄のふりをするのでちゅか？」

質問されたフニャディは猛将だが、小難しい理屈はよくわからない。

「む、むむむ。『フス戦争』で農民や女子供たちが新兵器を用いて十字軍の騎士を蹴散《けち》らしている光景を見た、われらが総大将――マンシュタインどのが考えだした『雄性回帰思想《ゆうせい》』に基づく戦略なのである。ええと、たしか……妖精族が人間に勝てないのは、暴力性という『悪』の力を持った『雄』がいないから、なのである。妖精族が絶滅を免《まぬか》れるためには、『雄』の攻撃性を身につけた戦闘種族、人間にも対抗できる兵器を自在に操ることができる『軍人妖精』が必要なのである。いわば『超妖精』なのである！　われらゴブラン族は鉱山で働いてきたので、他の妖精族よりも身体が大きいのである。兵器を製造する技術力もある。だから、敢《あ》えて妖精族を導き人間と戦うために雄に！　『軍人妖精』になりきることにしたのである」

「はえ～難しい話でちゅう」

「マンシュタインさんは天才でちゅう」

「妖精族の救世主でちゅう」

と子フェイたちが歓声をあげた。

そんな程度では騙《だま》されないのだ〜！　とターボルの入り口を守りながらマンシュタインは身悶えしだした。

「でも。みんな雄になっちゃったら、赤ちゃん産めなくなっちゃうでちゅよ？」

「そうでちゅ。戦争大好きな人間さんにだって、女の子はいるでちゅ。ジャンヌだって女の子でちゅう」

「軍人らしい格好をして雄のふりをしているだけだから、問題ないのである」

ジャンヌはフニャディの頭を撫《な》でながら、悲しげにたずねていた。

「……でも……人間と戦争をはじめて、いったいいつまでその戦争を続けるつもりなの？　ヨーロッパにはねー。人間が、たくさん、たくさん、たくさんいるんだよ？　フランスとイングランドの戦争ってね、お父さんが生まれる前からずっと続いているんだって。この上、妖精さんと人間の戦争まではじまっちゃうなんて、イヤだよ……小柄で優しい妖精さんたちは、戦争になんて向いていないよ。人間との戦いをはじめたら、駆除されちゃうよ」

「……ジャンヌさま……お優しきお言葉である。しかしマンシュタイン将軍いわく、これは妖精族の存亡をかけた聖戦なのである。いにしえの伝説にいわく。妖精の魂は、死ねば理想郷アヴァロンの彼方へと誘《いざな》われるのである。死を恐れてはならないのである、と……」

戦わなくても、人間も妖精さんもいつか必ず命が尽きて死んでしまうのに。それに、ほんとうなのだろうか。ジャンヌには「死後の世界」というものが実在するのかどうか、確信できなかった。今生きているこの瞬間よりも、あるかどうかもわからない「天国」や「アヴァロン」のほうがたいせつだなんて、そんなもののために戦って死なねばならないだなんて、どうしても思えなかった。神父さまには言えないことだが……。

「きりがないよ。それにお父さんが言うには、人間の軍隊は戦争を重ねるごとに新兵器を開発してどんどん強くなっているって。甲冑《かっちゅう》で完全武装したフランスの強い騎士さんたちだって、ロングボウ部隊を率いたイングランド軍には勝てないんだよ？」

「うぬぬ。たしかにターボルだけでは勝算はないのである。われらが総大将マンシュタイン将軍にも、マスケット銃やクロスボウを戦線に投入するような『悪』の心はないのである……」

「いやっ、待つのだ猛将フニャデイ！　人間の幼児一人に奇襲されて敗北したわが軍を見て、このマンシュタインは考えを改めたのだーっ！　対人間戦では、マスケット銃とクロスボウを量産投入すると決めたのだーっ！　私は、妖精族を未来へと導くためにならば、悪魔にでもドラゴンにでもなるのだーー！」

マンシュタインが思わずターボルから飛びだしてきて、

「諸君！　人間どもの恐るべき強さはよくわかった！　認めたくはないが、ターボルで守りを固めれば勝てると思っていたこのマンシュタインの若さ故の過《あやま》ちを、ここに認めるのだー！　まだまだ甘かったのだ！　人間との聖戦を勝ちぬくには、殺傷兵器の量産と実戦投入が必要なのだと理解したのだあああ！　われらの同胞・妖精族に対しては殺傷兵器の使用を禁ずる！だが強大な武力を誇る人間相手ならば必要なのだ！」

と、再び大演説を開始した。

「さらに！　聖戦を継続するためには、優秀な戦士を産み育てる仕事も欠かせないのだ！　手始めにこの森のフェイ族とゴブラン族との間でそれぞれ番《つがい》を作り、子を産んで育てるのだー！　ドイツ錬金術師仕込みの知恵を持ったわがゴブラン族の学者どもを総動員して、繁殖力旺盛なフェイ族と戦士に相応《ふさわ》しい体力を誇るゴブラン族の血統を融合させる方法を考えるのだー！」

ゴブラン族と番？　集団お見合いでちゅう？　わくわくするでちゅう！　と、どこまでもお気楽なフェイ族たちは黄色い歓声をあげているが、フニャディたちゴブラン族の面々は「殺傷兵器って？　そんなあ、である！　総大将、お考え直しを！」「マスケット銃を扱う妖精族が現れれば、今はわれらをただの害獣扱いしている人間も対妖精戦に本気になるのだ。フス戦争よりもおそろしい殺戮戦《さつりくせん》になるのだ」と慌てふためいた。

ジャンヌは、マンシュタインを止めなければならない、と思った。ジャンヌはまだ幼いが、村の周囲には戦争と傭兵とそして黒死病という「死」の匂いが濃厚に満ちている。平和に生きていられる時間がどれほどたいせつかも、わかりはじめている。なによりも、明朝、この愛らしい妖精たちが駆除されてしまうのだと思うと、この「戦い」を絶対に止めなければならない、という「内なる声」に突き動かされていた。自然と、言葉が出てきた。

「人間と戦争させるために赤ちゃんを作ろうだなんて、そんなの間違ってるよ！　ダメだよ！

順番が逆だよ、妖精さん！　あなたのお母さんだって……あなたを人間と戦わせて死なせるためにあなたを産んだんじゃないよ……！　あなたに幸せになってほしいから、あなたの笑顔を見たいから、だからあなたを産んだんだよ？　少なくとも、わたしのお母さんはそうだよ！」

「……ぐ、ぐぬぬぬ。子供のくせにお母さんの話をするなーずっこいのだ泣けてくるのだ！　ぐすっぐすっ……そ、そう言うジャンヌも騎士を目指しているではないか、なのだー！」

「……わたしだって、冒険はしたいけれど……でも戦争はイヤだよ……妖精さんは、きっと戦いを捨てて命を守る道を選んだんだよ。だから雌だけで生きると決めたんじゃないかな……人間だって……女の子だけの種族だったら、こんなに戦争好きな種族にはならなかったと思うよ……」

「……ジャンヌ……だから妖精族は……絶滅する運命に陥《おちい》ったのだ……この世界で生きるためには……力が……武力が……『雄』性が必要なのだ……雌だけで平和に生きるなんて、おとぎ話にすぎないのだ……妖精族の選択は、失敗だったのだ……カトリック教会の連中に、異教の神々のなれの果ての害獣と指定されたその時から……」

「そんなこと、ないよ！　神父さまたちだって、本気で妖精さんたちを絶滅させたいだなんて思っていないよ。カトリックの神さまはただ一つだから、妖精さんたちを表立って認められないだけだよ。人間は残酷なだけじゃないよ！　駆除だって、いやいややっているんだよ！　妖精さんたちと共存できるよ！」

　このイングランドとフランスの戦争が終わればきっと。フランスの人間たちも、優しい心を思い出してくれるよ、だいじょうぶ、とジャンヌはマンシュタインの頭をそっと撫でていた。

「う、う、う……ヴラド、もうダメなのだ～！　この子は優しすぎるのだあああ！　われらが川を越えてフランス領に渡ってきた理由は、もしかしたら、ジャンヌに出会うためだったのかも……ジャンヌに懐きたいという衝動をもう、抑えられないのだあああ！」


しかし。

脱出ルートを探していたヴラドは、方角を間違えてドンレミ村の教会へと飛び込んでしまっていた。

見慣れない妖精の出現に驚いた村人たちは、ドイツ側から北の妖精族が武装して森へと侵入していたこと、村人にいたずらを繰り返していたこと、そしてジャンヌが妖精族の要塞へと飛び込んでしまっていることを知り、大騒ぎになった。フェイ族と違い、ドイツのゲルマン魂を宿しているらしい北の妖精は知恵も体力もあり、しかも性格が凶暴で人間と同等の武具を用いるという。隣国ドイツの噂は、フランスの田舎村には実像よりも大げさに伝わっていたのだ。

ジャンヌが人質にされた！　と慌てた村人たちは、明朝に予定していた「一斉駆除」を前倒しにした。ジャンヌを救出するために、自警団の面々がいっせいに森へと進撃を開始したのである。

「ジャネット……あの子は人を疑うということを知らないが、妖精族に対してもそうなのか。妖精族に近づけてはならないという悪い予感はあったが……困ったことになったのう」

まさか怪我を負わされたりはすまいが、イザベルにバレる前にジャネットを救出しないとわしが大目玉を食らう！　と冷や汗まみれのジャック・ダルクが指揮官を務めた。

「妹を救出する冒険の旅へ出発だー！」

「おー！」

「待ってろジャネットー！」

騎士に憧れるジャンヌの兄たち。ジャクマン、ジャン、ピエールも、「お母さんにバラされてもいいのかな親父？」とジャックを脅《おど》して無理矢理に駆除隊に参加していた。

「ドイツの妖精たぁ、ふてえ野郎どもだ！」

「われらのジャンヌちゃんに怪我でもさせてみろ。生かして帰さねえ〜！」

「うわあああ！　邪悪なる人間どもの罠に落ちてしまったのだぞおお！　申し訳ない総大将！　にっ、逃げろおおおおだぞ！　ジーク・ゴブラン！」

ヴラドは、籠《かご》に入れられて護送されていた。ジャンヌが捕らわれている要塞への案内役である。断ったら、「足の裏を山羊《やぎ》の舌で舐《な》められる」という世にもおそろしい拷問《ごうもん》が待っていたので、心ならずも泣きながら要塞への道を教えてしまった。

十字架を掲げる村の神父も、「ふごふご」と半ば眠りながら行軍している。

その「駆除隊」が、ゴブラン族の要塞へと到達した。

「あーっ？　お父さん？　お兄ちゃんたちまで？　なにしに来たのっ？　駆除は明日の朝じゃなかったの？」

出たでちゅうう！　おしまいなのだー！　と妖精たちが慌てふためいて腰を抜かし、籠に入れられたヴラドは「み、みんな……すまないのだぞ！　この上は、自決するのだぞ！　不名誉より、死を！　……あ、あれれ。歯がふにゃふにゃで、舌を嚙み切れないのだぞー!?」と頭を抱えていた。

ジャックたち自警団の大人たちは、ジャンヌが捕らわれているどころか妖精たちと一緒にキノコを食べて踊っている姿を見て、

「なんだ。遊んでおったのか。心配させおって」

「毒キノコだったらやべーぞ。誰かキノコに詳しいやつ、味見しろ！」

「ジャンヌちゃんは誰とでもすぐ友達になるのう、ふごふご」

と安堵《あんど》した、のだが……。

「ドンレミ村の少年騎士ピエール、いざ参上！　ジャネット、救いに来たぞー！　やいやい！妹を攫ったドイツ妖精ども！　おめーら人間なみに武装してんだってな！　だが！　弓の練習を続けてきた俺のこの矢に対抗できるかな？　そらっ！」

ジャックに無理矢理ついてきた子供たちは、冒険の旅に加わって興奮していた。中でもいちばん血の気が多いジャンヌの一番下の兄ピエールが、挨拶《あいさつ》代わりにひゅっと放った矢が――。

「いっけね！　手許《てもと》が狂った〜!?　悪《わり》ぃ！　ジャネット、逃げろおおお！」

ああああわわわわと地べたを這って震えている子フェイたちを抱き上げようとしていたジャンヌの頭めがけて、まっすぐに飛んでいた。

日頃はへろへろの矢しか射れないピエールがなぜ、これほど強い矢を放ててしまったのかは、わからない。冒険の最中に妹を発見して「救ってみせる！　騎士として！」と興奮していたためだろうか。ピエールの悲鳴を聞いたジャンヌが「あっ？」と振り返った時にはもう、鏃《やじり》は目の前にあった。身体がすくんで、避けられない。

マンシュタイン将軍が思わず「妖精の女王よ、ジャンヌどのをお助けくださいなのだあ！」と叫んでいた。

この時。

フニャディが聖剣（とジャンヌが名付けた木切れ）を颯爽《さっそう》と振り下ろして、ピエールが誤射した矢をぴしりと薙《な》ぎ払っていた。妖精族たちの目から見ても、信じられない早業《はやわざ》だった。

「ジャンヌさまからお預かりしている聖剣エスカリボール、ここにありである！　猛将フニャディが、ジャンヌさまをお守りするのである！」

フニャディは猛将だが、それにしてもその剣を振るう速度も膂力《りょりょく》も、あまりにも妖精離れしていた。ジャンヌを間一髪《かんいっぱつ》で守ったフニャディ自身が、信じられなかった。まさに奇跡でちゅう、とフェイ族たちが歓喜のあまり立ち上がっていっせいに拍手をはじめた。

「……やはりこの剣は……ただの木切れではないのである……ジャンヌさまの聖性が備わった、まことの聖剣である……！」

フニャディが聖剣を掲げながらジャンヌに「あなたこそ妖精族の救いの主である」と拝礼し、マンシュタインが「奇跡を見たのだー！　あと少しで、誤ってジャンヌどのを死なせてしまうところだったのだ！　フランス征服は中止するのだー！　これよりジャンヌどのを……いや、妖精族の救世主ジャンヌさまを仲立ちとして、人間およびフェイ族たちと和平協定を結ぶのだ！」とゴブラン族たちに向けて「和睦」を宣言していた。

かくして、ジャンヌの身柄と交換でヴラドが解放され、ジャック・ダルクとフニャディ、そしてフェイ族の長老との間で、ドンレミ村周辺の地図を広げながら「協定」が締結されたのである。

ジャンヌが当初に提案した通り、ゴブラン族は川向こうのドイツ領内に戻り、森はフェイ族が、村は村人たちが暮らす土地とする。川の水の使用権についても、紛争が起こらないように細かく、そして平等に定められた。ゴブラン族がブルターニュ詣《もう》での旅に出る際には、森と村を安全に通過させ、ゴブラン族の生命を保障するという取り決めも行われた。

人間と「害獣」にすぎない妖精族が正式な「協定」を交わすなど、この時代のヨーロッパでは前代未聞《みもん》の事態だったが、黒死病や戦争といった様々な厄災《やくさい》に見舞われている村人たちにとっても、この協定から得られる利益は大きなものだった。

とりわけ、フェイ族との間で常に揉《も》め事の種となっていた水資源問題の解決は大きい。「協定」を結ぶだけでなく、村と森の間に小さな用水路を通せば、傭兵やイングランド軍に村を包囲されても村の水源を確保できるよ、とジャンヌは自分なりの言葉でたどたどしくも意見し、ジャックが「それだ」と膝《ひざ》を打った。もちろん、森から用水路を通してこれを保全し続けるにはフェイ族の認可と協力が必要になる。協定なくして勝手に用水路を通せば、今まで以上に揉《も》める。が、ジャンヌの意見に異を唱えるフェイ族はいなかった。みな、ジャンヌを信じ、ジャンヌに懐いている。

「妖精族といえば駆除、などという教会の指示は短絡的にすぎた。そもそも妖精族は繁殖力旺盛で、森そのものを焼き払わねば完全に駆除することはできん。が、森を焼き払えば村人たちの暮らしが成り立たなくなる。ならば最初から、妖精族と共存すればよかったのだ」

ジャックがうなずき、神父が立会人として「ふごふご」とこの協定の内容を神と教会の名のもとに保証した。

しかしフェイ族とゴブラン族は「ジャンヌー！」「ジャンヌさまの名のもとに保証してほしいのだー！」とジャンヌを推《お》したので、万事適当な神父は「ふごふご」とこれもまた了承した。

村人、フェイ族、ゴブラン族。

三勢力の和平が、成立した。

小さな小さな田舎村でのちっぽけな奇跡ではあったが、ジャンヌにとっては大きな奇跡だった。

「ごめんよ。ごめんよジャネット～！　俺がへっぽこだったんだ、うわあーん！」

「まあまあ、お兄ちゃん。当たらなかったんだから、もういいよ～」

「聖剣をお貸しくださいなのだ、ジャンヌさま！」

「ジャンヌさまの代わりに、われらゴブラン族は、あなたの聖剣を森の神殿に安置して崇めるのである！」

「われらゴブラン族はこのご恩を決して忘れないぞ。ドイツの森に、姫騎士ジャンヌさまの伝説を広めるぞ」

「聖剣って……ただの木切れだよ？」

「ジャンヌさまが聖剣といえばそれは聖剣なのだー！　われらは、外征はやめるのだ！　これからは自警団を結成して故郷の森を守るのだー！」

「いずれブルターニュ詣でへ。その時はジャンヌさまとご一緒に、である」

ゴブラン族たちはターボルに入って「もごもご」と騒ぎながら川を渡り、故郷のドイツの森へと帰還していった。

若いフェイ族が何匹かついていったのは、お祭りの最中に一目惚《ひとめぼ》れした相手がいたからかもしれない。


騒動が一段落した夜。

ジャンヌが妹のカトリーヌと一緒に眠りについた後。

事の顚末を聞いたイザベルは、憂《うれ》いに満ちたため息をついていた。

「……あなた。やはりジャネットは、人間の子でありながら、どこかに妖精族の香りが……人間の種から生まれたあの子の身体には、もしかしたら、妖精の種もひとかけら混じっていたのでしょうか？」

「いや。あの子は人間だ。妖精たちが泉の奥に眠る種を守り続けていたために、『香り』がついたのかもしれん」

「人間でありながら妖精に近い子なのです。フェイ族と同じ髪の色、同じ瞳の色を持っていることが、証かもしれませんね……わたしは、悪い予感がするのです。あなた、今日起きたことは、ジャネットの『運命』のひな形のようなものではないのか、と。いずれ、あの子が成長した時に……」

いずれジャンヌは羊飼いの少女から救国の姫騎士となり、フランス王国、ブルターニュ公国、ブルゴーニュ公国という互いに相容《あいい》れない三国を歴史的和睦へ導くという偉大な奇跡を成し遂《な》《と》げ、フランスの王族、貴族、民衆をひとつにして百年戦争を終結させる「フランスの救世主」になる。

兄ピエールが誤射した一本の矢が、「聖戦」に憑かれていたマンシュタイン将軍に戦争の残酷さ・不条理さを悟らせることとなり、この田舎村での小さな奇跡に繫がったことを、まだ幼かったジャンヌはすぐに忘れた。

だが、心の片隅に、この奇跡の記憶は、残り続けた――。

しかしそれは、ジャンヌにとって幸運だったのか、あるいは不幸だったのか。

まだ、この時のジャンヌには知るよしもない。

「あの子は森の騎士ペルシヴァルのように、きっと村から去ってしまいます。そして、ペルシヴァルがそうしたようにあの子は無垢な処女の姫騎士として聖杯を探索し、発見するのです……聖杯を発見した騎士は、この罪深い現世から魂を呼ばれて、天国へと導かれていくといいます。もはや人間として生きてはいられないのです」

とイザベルは顔を覆っていた。ジャンヌをはじめて抱いた時と同じように。涙が、止まらなかった。

「……あの子は、天使のように無垢な子です……罪というものを知らず、悪というものを知らず、誰よりも優しく、人々や妖精たちを救うためならば勇気を奮《ふる》い起こせる……あの子は、知恵の実を齧《かじ》る以前の『原初の人間』そのもの。それなのに、なぜ、それが悲劇の運命の原因になる、とわたしは恐れているのでしょう……きっと、わたしたちのもとからあの子は足早に去ってしまう……突然星空から墜ちてきたかのように突然わたしたちの前に現れたあの子は、聖杯を発見し己の使命を全《まっと》うするや否《いな》や、この地上の世界から去っていってしまう。星空の世界へと、還《かえ》ってしまう。そう思えてならないのです」

ジャックは、イザベルの肩を抱きながら、

「すまないイザベル。ジャネットはいずれ、運命に導かれて姫騎士になるのだろう。結局は妖精族と出会ってしまったのと同じに。止めることはできん。せめて冒険の途上の戦いで殺されることのないよう、姫騎士の手ほどきをしてやることくらいしか、わしにはできん」

と呟いた。

「アザンクールの戦い」でヘンリー五世に大敗を喫したフランスの王都パリではこの頃、政局が二転三転している。兄の王太子たちが次々と謎の死を遂げ、フランス王位を継承した姫太子シャルロットは、パリから追放されて南仏へと亡命する運命に陥《おちい》る。アザンクールの戦いに参戦せず、アルマニャック派をヘンリー五世の手で壊滅させてフランス宮廷の派閥争いに勝利したブルゴーニュ公・ジャン無怖公もまた、暗殺されることになる。

アルマニャック派とブルゴーニュ派の派閥対立に加え、イングランドとフランスの間で揺れるブルターニュ公国の帰趨《きすう》も定まらぬ中、フランスの混迷はここに頂点に達し――。

イングランド王ヘンリー五世のパリ入城が、目前となっていた。

第二話　姫騎士団長殺し

これは「アザンクールの戦い」がはじまる以前のフランスの物語。

パリの騎士《シュヴァリエ》養成学校では、年に数度、騎士候補生たちによる一騎打ち形式の勝ち抜き馬上《ばじょう》槍試合《やりじあい》「ジョスト」の大会が行われる。ただの騎士候補生と侮《あなど》るなかれ。このジョスト大会に優勝すれば、パリ中にその名が轟《とどろ》くほどの、名物大会なのである。

学校創設以来、最悪の点数を取り続ける劣等生モンモランシは、困っていた。

「モンモランシ。きみは毎回毎回ジョストで初戦敗退ばかりだ。今回こそは初戦を突破してもらう！」

優等生の姫騎士《シュヴァリエール》候補生リッシュモンが、この日も「世話焼き幼なじみ」の属性を全開にして、ジョストのための居残り特訓にモンモランシを引きずり込んで、寮へ帰してくれなかったからである。

「リッシュモン。俺はニコラ・フラメル爺《じい》さんの書店に行かなきゃならないんだよ！　あの爺さんは留守が多いんだが、今日は確実にいるんだ！　頼む、帰してくれ！」

「ダメだモンモランシ。本屋は逃げたりしない！　そもそもフランスの騎士に、魔術《マジー》と錬金術《アルシミー》は必要ない。必要なものは馬術、礼節、貴婦人への純愛、そしてランスを操る武術の腕前だ」

「お堅《かた》いなあ～。どうせ今回のジョスト大会もリッシュモンが優勝するんだから、どーだっていいだろう？」

「……はあ。今回は、大会運営委員長として『シャトー修道姫騎士団』を率いるレンヌ姫騎士団長どのが来られているのだぞ。騎士道に命と純潔を捧《ささ》げている姫騎士団長どのの逆鱗《げきりん》に触れたら、きみは放校されるぞ」

「騎士道に純潔を捧げる修道姫騎士、ねえ……二重にこじらせているな……リッシュモンが行き遅れて生涯独身が確定したかのようなお姉さんなのかな？　おっかねえな……」

「も、モンモランシ！　私にも姫騎士団長どのにも失礼だぞ、その発言は！　きみももう子供じゃないんだから、女性に対してもっと敬意を払え！　気遣《きづか》えっ！」

「はいはい。俺もお前も、子供だけどな～。同級生でちょっと女っぽくなってきたのは、そうだなあ、シャルロットくらいか。あいつ、おっぱい膨《ふく》らんできたよなあ。リッシュモンの身体は相も変わらずやせっぽちの男の子みたいだな。お前、ほんとに女の子か？」

「そ、そんなことはないぞ！　これでも脱いだら、けっこう……って、なにを言わせるのだこの無礼者！」

怒ったリッシュモンが馬上で「ぶん」とランスを突いてくると、たちまちモンモランシは、どさっ、と馬から叩《たた》き落とされていた。「弱い者いじめ反対！　しごき反対！」とモンモランシは抗議したが、さらにランスが投げ飛ばされてきたので必死になってゴロゴロと芝生の上を転がって逃げた。

美しい金髪の持ち主である姫騎士候補生リッシュモンは、フランス王国の北西部に位置する領邦国《りょうほうこく》・ブルターニュ公国を統《す》べるブルターニュ公の実の妹。対するモンモランシは、そのブルターニュ公に仕《つか》える貴族のボンクラ息子。潔癖《けっぺき》で生真面目《きまじめ》で正義感が強い優等生リッシュモンに対して、錬金術の知識を得ること以外には万事適当なモンモランシは幼い頃から頭があがらない。

「こらっ逃げるな！　乙女への侮辱《ぶじょく》、許せぬ！」

「お前のどこが乙女なんだよ！　こんな強い乙女がいるかあ！」

「ねえねえ。二人でなにやってるの～？　姫騎士団長さんに明日のジョスト大会の参加希望者リストを届けなきゃならないんだよ～？　リッシュモン、一緒に来てよ～。お願～い」

「くすんくすん。トーナメントの組み合わせは公平に決めなければいけないので……姫騎士団長さま立ち会いの下《もと》で……一応、私も立ち会います」

　クラスメイトのシャルロットとフィリップが、二人の間に割って入ってきた。

　シャルロットは、フランス王シャルル六世の娘、つまりフランスの王女というやんごとなき身分の女の子だが、イングランドとフランスの戦争が続く中で開設された騎士養成学校では一人の姫騎士候補生として他の子供たちと同じ訓練と授業を受けている。が、シャルロットは「騎士になんてならなーい。面倒くさーい」とまるでやる気がなく、その点でモンモランシと気が合っていた。

　フィリップは、フランス王室の分家ブルゴーニュ公家の娘で、年齢よりもずっと幼い。豪胆で戦争も暗殺もお構いなしという父親に似ず、極端に気が弱くお漏《も》らし癖《ぐせ》がある。なので、フィリップの幼なじみであるリッシュモンの仕切りによって、モンモランシがフィリップの「お世話役」をさせられている。リッシュモンによれば、「男女」を区別して意識することができず女性に敬意を払わないモンモランシに、今のうちから騎士道精神を学ばせるためらしい。

　ともあれ、ブルターニュ公家、フランス王家、ブルゴーニュ公家というフランスを代表する名門中の名門から集まった三人の華麗な姫騎士候補生が、今この学校に集《つど》っているのだった。

　それぞれ、いずれフランスを代表する美人に育つのだが、人間の女の子よりも錬金術の宝具《ホリツク》「賢者の石《ピエール・フィロゾファル》」に憑《つ》かれているモンモランシには想像もできなかった。

「モンモランシも来る～？　姫騎士団長さんって、とっても美人さんらしいよ～。シャルよりもおっぱい大きいってさ！」

「まだお若い方ですが、信仰と異教徒との戦いに生涯を捧げた修道姫騎士なので、生涯独身なのだそうです。お寂《さび》しくはないのでしょうか。くすん」

「へえ～。シャルロットよりも胸が……大人の女ってすごいな……でもまあ、錬金術と魔術と占星術《ホロスコピー》を極めて世界を『知識』によって支配しようと企《たくら》んでいる俺さまには関係のないことだ、ふ、ふ、フハハハハ！　……って、いてててて！　リッシュモン、さりげなく俺の腕を折るなあ！」

「折れてはいない。関節を外しただけだ。昼日中にパリのど真ん中でなにを言っているのだきみは。そのうち異端審問にかけられてしまうぞモンモランシ」

「はっ、放せえええええ！　リッシュモンにしごかれる役目はアランソンのものだろうが！　アランソン、どこにいるんだ？　助けてくれええええ～！」

「アランソンと違って、きみに対しては金的を蹴《け》らないだけ気を遣ってあげている。そ、その、将来の子作りに不具合が出ると……こ、困るからな……」

「アランソンが将来子作りできなくなるのはいいのか？　あいつ、粗相《そそう》をするたびにお前に金的を蹴られて……いずれカタキンになるぞ。バタールみたいな女装マニアになったら、どーするんだよ」

「い、従弟《いとこ》に対して、そんな危険な蹴りは入れていない！　だが、能天気でボンクラなきみに対してはうっかり本気で蹴り上げてしまいそうだから、自重しているのだ」

「バタールは女装マニアなんじゃなくて、シャルが女装させているだけだから～」

と、シャルロットが笑った。フィリップは、彼女自身の父親ブルゴーニュ公「ジャン無怖《むふ》公《こう》」がバタールの父オルレアン公を暗殺した過去を思い出して、「くすん」とまた目に涙を浮かべている。

「ま～たフィリップは一人で鬱々《うつうつ》と泣きべそかいて。ダメだよ～せっかくシャルたちとクラスメイトになったんだから～！　バタールだって、私生児でお父さんの顔も見たことないんだから、フィリップになにも含むところなんてないって！　さあさあ姫騎士団長さんが泊まっている部屋へ行こう！」

「う、うん。ありがとう、シャルロット」

しかし、姫騎士団長が宿泊している部屋に入った四人は、まったく予期せぬ事件に巻き込まれた。

「……姫騎士団長が……し……死んでる……!?　嘘だろう？」

「ただ死んでるだけではないぞ、モンモランシ！　なにか妙な魔術を行っていた形跡が」

「えええ!?　どうなってるのお？　姫騎士団長さんが死体になっているだなんて！　しかもこの部屋の様子……怪《あや》しいよ！」

「あ、あ、あ、あうあうあうあう……お、お、お漏らししそうで……ひ、ひうっ……」

　ジョスト大会のためにパリを訪れて騎士養成学校の一室に泊まっていたシャトー修道姫騎士団のレンヌ姫騎士団長は、室内で死体になっていたのだった。

　死因は病気ではなく刃物による外傷。腹部を一突きである。肝臓《かんぞう》をえぐられたのだろう。出血多量で息絶えたか、あるいは大量出血によるショック死か。しかも、まだ血が固まっていないし、身体も冷え切っていない。ほんの数時間前に、何者かによって殺害されたらしかった。

　だが、それだけならば、「学内で殺人事件が起きた」というだけの話だった——それでも大変な事件なのだが、この時代のフランスでは宮廷貴族たちがアルマニャック派とブルゴーニュ派に分裂して揉《も》めており「暗殺」が横行《おうこう》しているので、殺人事件は珍しいものではなかった。

　部屋の様子が異常だったのである。

　めちゃくちゃに散らかされた室内で床の上に突っ伏して倒れている姫騎士団長の身体が、ひっくり返された大量の「盃《さかずき》」に囲まれていたのだった。

「えーと。十。二十。けっこうあるね？　しかも奇妙な『図形』型に配置されているよ〜。いったいなんだと思う、モンモランシ？　あんた魔術に詳しいんでしょ？」

「そうだな。こいつは……この図形には、どこかで見覚えが……」

「くすんくすん。こ、こ、腰が抜けて……も、モンモランシ、お、お、おトイレに……」

「落ち着けフィリップ！　トイレは学内にひとつしかない、しかもこの部屋からは遠い！　我慢しろ！　しかしシャルロットはえらく気丈だな。俺もリッシュモンも驚いて立ちすくんでいるのに、もう現場検証か……」

「フランス王室の周りでは、ばんばん暗殺事件があるからね！　で、モンモランシ？　この盃が描いている図形の意味、わかった？」

「シャルロット？　モンモランシを捜査に加わらせてはいけないぞ。モンモランシは……その……馬鹿なんだ。捜査を攪乱《かくらん》するだけに決まっている。校長先生に通報してしかるべき専門職の方々に捜査をお願いしよう」

「リッシュモン！　モンモランシは馬鹿じゃないよ～、授業中にちょっとばかりボーッとしているだけだよ！　この事件には、魔術の香りがするよ！　だから今回の事件の捜査には適任！　フランス王女シャルロット＝ド＝ヴァロワがモンモランシに命ずる！　『探偵』として姫騎士団長殺し事件を解決せよと！」

　リッシュモンが「相棒」で、フィリップは「雑用係」ね。シャルは寝ながら三人の報告を待つ係ね、とシャルロットは適当な人事をしつつ、一人だけちゃっかり捜査班から外れた。

「そうだ。わかった。姫騎士団長の死体を結界のように封じているこの逆さ盃の図形は――『五芒星《ごぼうせい》』だ！」

　モンモランシが男の子にしては長い髪をがりがりとかきながら、閃《ひらめ》いたらしかった。

「五芒星～？　なにそれ、なにそれ？」

「もしかするとこの五芒星、魔方陣かもしれないな。犯人は姫騎士団長を生贄《いけにえ》として、悪魔でも召喚しようとしたのかもしれない」

「だから、魔術方面に話を持っていくなモンモランシ。解決するものもしなくなるぞ」

「たしかに、言われてみれば亟がお星さまの形に配置されていますね。くすん」

モンモランシは騎士道やジョストにはからっきしだが、魔術や錬金術にだけは詳しい。いたましい殺人事件に積極的には関《かか》わりたくない、リッシュモンの言うとおり本職の大人に捜査を任《まか》せたほうがいいとは思うが、「五芒星」の結界の中に姫騎士団長の死体が封じられていることに気づいた瞬間、俄然《がぜん》「俺が真相を解き明かさないと」とやる気が出てきた。普通に捜査していては真実にも辿《たど》り着けない、そしてこれは単なる殺人事件ではなく、もっと重大ななにかである、と直感したのだった。

「魔術では星の紋章をシンボルとしてよく用いるんだが、中でも有名なものに五芒星と六芒星がある。悪魔避けの護符などに多用される六芒星はいわゆる『ダビデの星』。五芒星のほうは『知恵』の象徴で、『ソロモンの封印』とも呼ばれている」

「へえ～。さっすがモンモランシ、授業と関係ない知識は豊富だね～。ソロモンって、聖書に出てくるソロモン王？　エルサレムに神殿を築いたという伝説の？」

「そうだシャルロット。そのソロモン王だ。ソロモン王は自《みずか》ら『ソロモンの指輪《ソ・ドゥ・サロモン》』を用いて使《し》役《えき》した七十二柱《はしら》の悪魔を封印したことで知られているが、その封印に用いた結界にして魔方陣こそが、この五芒星――だから五芒星は『ソロモンの封印』と呼ばれるんだ。もっとも、ソロモンの封印は六芒星だったという説もあるが、俺は五芒星推《お》しだ」

「……くすん。犯人は姫騎士団長さまの死体とともに室内に『知恵』を封じた、ということなの、モンモランシ？」

「いや、フィリップ。盃に指の跡がついている。血だ。血に塗《まみ》れた指で盃を五芒星型に配置したんだ。犯人がやったとも考えられるが、あるいは致命傷を負った姫騎士団長が息絶える前に自ら盃をソロモンの封印の形に配置した可能性も」

「どうしてそんなことを？　なにかの魔術儀式？　もしかして自殺なのかしら……？」

「凶器に用いた刃物が見つからない。犯人が持ち去ったんだろう。それに、部屋が荒らされている。何者かが家捜しをしたらしい。だが、散乱している家具には血がついていない」

「姫騎士団長さまの留守を狙《ねら》って、犯人が室内を物色したということね？　そこに団長さまが戻ってきて、そして刺された……盃を五芒星の形に組んだ者が誰であれ、それは団長さまが刺されて出血したあとに行われた作業ということね」

「ねえねえ。モンモランシ？　こんなにたくさんの盃、どうして団長さんは旅先の部屋に持ち込んでいたのかな～？　しかも、けっこうな年代ものばっかりだよ～？」

「そうだな。ジョスト大会とは関係ないだろうしな。まさか、盃コレクターか？」

「そんなことはどうでもいい！　物証を探すんだ！　殺害方法は刃物で一突きだ、犯人は魔物ではなく人間だぞ！」

と現実主義者のリッシュモンは室内の捜索を開始していた。

フィリップは、「ごめんなさい、ごめんなさい。必ず犯人を見つけますから」と恐る恐る姫騎士団長の死体にそろそろと接近して、そして、団長の右手の人差し指の先にさらなる「異変」を見つけていた。

「くすんくすん。血で、床にダイイングメッセージが……」

「すっごいフィリップ！　意外と度胸あるね、シャルは怖くて近寄れないよう」

「読みづらいが、アルファベット三文字だな。『C．R．C』と読める。その隣には……頂点に『目玉』のようなマークを乗せた正三角形が描かれているな。なんだ、こりゃあ？　謎かけか？」

　C．R．Cは犯人のイニシャルじゃないのお？　とシャルロット。

「しかし、妙な紋章を描く余裕があるなら、犯人の名前をフルネームで書けたはずだぜ？　そもそも、この目玉乗せ三角形はなんだ？」

「……モンモランシ？　姫騎士団長さまの人差し指は、どこかを指しているみたいに見えるわ。もしかしたら、なにかヒントがあるかも。くすん、くすん」

「……そうだな。指は、室内にひとつしかない窓を指し示しているな……」

　姫騎士団長が指さしていたその窓枠は、真っ赤な「薔薇《ばら》」の花で覆《おお》われていた。

　そして、薔薇飾りの最上部には、一本の「十字架」が掲《かか》げられていた。

「薔薇と十字架、か。C．R．C、血で描かれたソロモンの封印、目玉三角形。さらに、薔薇と十字架。いかにも思わせぶりだ。やはり、犯人とその犯行動機を伝えるために、姫騎士団長は最後の力を振り絞ってこれだけのヒントを遺《のこ》してくれたんだろう。誰だってこの異常な盃の結界を見れば、室内に事件に繋《つな》がる手がかりがあると気づくからな」

「すごいじゃんモンモランシ！　騎士の才能はないけれど、名探偵の才能があったんだねー！　これだけの手がかりがあるんだから、犯人はわかったよね？」

「ごめん！　さっぱりわからねー！　頭がこんがらがってきた！」

「ダメじゃん！　あんたさ～！　いったいなにができるのよぅ～！」

「……くすんくすん」

「モンモランシの推理能力に期待しても無駄だぞ、シャルロット。犯人は室内を物色していて、団長どのと鉢合《はちあ》わせして衝動的に殺害し、逃走した。魔術だの錬金術だのについては考えなくていい。団長どのが遺したこのダイイングメッセージが『ヒント』ならば、その手がかりは必ず室内にある」

リッシュモンは、本棚を熱心に調べはじめていた。

「致命傷を負った身体では、箱からこれだけの盃を取り出して配置するような作業は難しい。盃はすでに、団長どのが室内に戻ってきた時には箱から出されて床の上に並べられていたのだろう。盃を探していたのだ。団長どのは盃コレクターのようだから、犯人はおそらく団長どのが所持している名品を盗みに来たのだろう」

「リッシュモン、犯人はお目当ての盃を見つけて持ち去ったと思うか？」

「現段階では、そこまではわからないな。だが団長どのの所持品の中に、犯人に繋がる手がかりはあるはず。ダイイングメッセージは、その手がかりを目撃者に教えるための『目印』だ」

几帳面《きちようめん》なリッシュモンは、徹底的に「物証」を探し続けた。そして、本棚の「天板」の上に、それはあった。

「あった。おそらくこれだ。金羊毛《トワソン・ドール》の革表紙をあしらわれた本だ——ドイツ語で書かれているようだが」

「くすん。金羊毛皮は、錬金術の達人を表している『象徴』よ、リッシュモン。その本はきっと、錬金術の書だわ」

「そうなのかフィリップ？　ならばモンモランシ、この本の内容がわかるか？　私はドイツ語は読めるが、錬金術や魔術にはさっぱりだ」

「俺はドイツ語が苦手なんだが、まあ、そっち系の専門用語くらいならばわかるぜ」

「そうか。ならば二人がかりならば、読み解けるな」

「シャルの人選が当たってるじゃん！　やったね！」

「はあ。シャルロットはさっきからなにもしていないじゃないか。フィリップだって勇気を奮《ふる》い起こして団長どののダイイングメッセージを見つけたというのに。少しは働いてくれないか」

「シャルはあくまでも命令するほうだから、実働部隊のリッシュモンに言われたくなーい」

「おいおい。ズバリだぞリッシュモン！　これだ。姫騎士団長は、この本を探せ、と俺たちに教えてくれていたんだ!」

モンモランシは、その本を手にするなり思わず叫んでいた。リッシュモンが発見した「本」は、ダイイングメッセージが示している「手がかり」そのものだったのだ。

「本のタイトルは『Chymische Hochzeit』――『化学の結婚』。『化学』とはつまり錬金術のことだ。さらに著者の名前は、『C. R. C』だ! これはさっきフィリップが気づいた、団長の指が示している窓飾り――『薔薇』と『十字架』のことだ!」

「薔薇と十字架。すなわち、ドイツ語で『ローゼンクロイツ』だな、モンモランシ。また、十字架はカトリックの信仰の象徴だから、カトリック教徒は『クリスチャン』。『クリスチャン・ローゼンクロイツ』をイニシャル化すれば――『C. R. C』となる。明らかに、偶然ではないな」

「それだ、リッシュモン」

「くすん。姫騎士団長さまは、万が一自分が襲われた時のために、窓枠を飾って『C. R. Cの本を探せ』と伝える『手がかり』を遺していたということですね?」

「だが少々妙だな。犯人は団長どのがこの本を持っていることを知らなかったのだろうか? どう思う、モンモランシ? 犯人が団長どのを即死させずに、いろいろな手がかりを遺させる猶予《ゆうよ》を与えたことといい、なにかひっかかるのだが」

「リッシュモン。殺害方法とかそのあたりの解明は、お前に任せた。俺は錬金術のほうから犯人を追う」

ローゼンクロイツか。聞いたことのない名前だな……と頭をかきむしりながら、モンモランシは『化学の結婚』のページをめくっていった。読めないところはリッシュモンが即座に翻訳《ほんやく》してくれるので、おおむね内容は理解できた。といっても、錬金術の奥義《おうぎ》を書き記している書物だから、字義通りに読んでも難解でちんぷんかんぷんである。錬金術の書は象徴として書かれている一種の「暗号文」なので、錬金術師《アルシミスト》としての知識を総動員して読み解かねばならないのだ。

だが、象徴化されている本文は容易には判読できなくとも、著者C．R．Cのプロフィールについては簡単に読めた。というより、ドイツ語に堪能《たんのう》なリッシュモンが読んだのだが。

「モンモランシ。このプロフィールによると……C．R．Cはドイツ人の錬金術師で、錬金術と魔術の本場である異国を旅して、数々の知識を習得したらしい。モロッコで錬金術の奥義に到達している真の達人たちと出会い、C．R．Cはドイツへと戻り、ヨーロッパに平和をもたらすため『薔薇十字団』なる錬金術者たちの秘密結社を結成した——とある。私には、なにがなんだかよくわからないのだが、C．R．Cとは何者だ？　薔薇十字団などという秘密結社は実在するのか？　なぜ団長どのは、このような怪しく危険な本を持っていたのだろう？　いったい犯人の目的は……」

リッシュモンが「現実主義者の私にはわけがわからない事件だ」と眉をひそめている横で、モンモランシは、「ああああああっ!?」と思わず奇声をあげていた。

「ど、どうした？」

「くすん。あのう、モンモランシ。おトイレでしたら、私も……」

「もしかして、お腹《なか》すいたの〜？　死体が残されている殺人現場なのに、大物だね〜」

「違う！　わかったああ！　わかってしまったんだああ！　姫騎士団長を殺した犯人が！　C．R．Cは偽名《ぎめい》だ！　錬金術の達人はその正体を隠して世間に隠れなければならないからな！　もしも錬金術の奥義を知っていることが知れれば、王侯貴族に捕らわれ、隔離されて死ぬまで黄金を錬成させられる羽目になるからだ！　姫騎士団長はC．R．Cの正体を知ってしまったから、口封じされたんだ！　犯人は、自分の正体を明かすことになる物的証拠を盗むために団長の室内に忍び込んだ！　そのひとつがおそらく『盃』だったのだろうが、この本も物的証拠のひとつなんだ！　このプロフィールから、C．R．Cがどんな人生を送ってきたかが、丸わかりになってしまうからな！　そして俺は……C．R．Cの本名を知っている！　それどころか、C．R．Cは俺の知っている人間だ！」

「「え、えええええっ!?」」

「ああ……俺は自分の探偵としての才能が、推理力が憎い！　俺自身の手でC．R．Cを捕らえて告発しなければならないだなんて……！　錬金術探偵なんて、やるんじゃなかった！」とモンモランシは涙ぐみながら、「ほんとうなのか。いつもの早とちりじゃないだろうな？」といぶかしんでいるリッシュモン、「すっごーい！　やっぱりモンモランシの才能を見抜いたシャルって天才だよね！」と胸を張っているシャルロット、「あ、あうあうあう……団長さまの死体と同じ部屋にいることが、今になって実感されてまた怖くなって……も、も、漏れ」と震えているフィリップに向かって、宣言していた。

「犯人すなわちC．R．Cの正体は、俺が通い詰めている書店のジジイ！　俺の錬金術道の師《し》匠《しょう》！　奥義を究めた錬金術師と名高いニコラ・フラメルの爺さんだ！　ドイツとフランスの違い、モロッコとアンダルシアの違いこそあれ、異国で錬金術の達人と出会って奥義を究めて母国へ帰ったという経歴がぴったり一致する！　このプロフィールは、母国と留学先の土地名を書き換えているんだ！　なによりも、今のヨーロッパで錬金術の真の奥義、『賢者の石』の錬成方法を会得《えとく》している人間はあのジジイしかいねーんだっ！　あくまでも『噂《うわさ》』であって、尻尾は摑ませていねーがなっ！　が、俺は知っている！　ジジイはほんものだ！」

　モンモランシは「錬金術探偵は辛《つら》いぜ」と珍しく十字を切りながら、三人の姫騎士候補生とともにニコラ・フラメルの書店へと急行した。ちなみにその建物は、パリのモンモランシ通りに、二十一世紀になった今も現存している。

「爺さん。いや、師匠。わがマイスター。残念だが、殺人事件の真犯人であるあんたを捕らえなければならなくなった。悪いが……俺たちと一緒に来てくれ」

「さ、殺人事件じゃと？　モンモランシ!?　なぜわしが殺人事件なんぞを起こさねばならんのじゃ!?」

　ニコラ・フラメルは折悪《おりあ》しくこの日、東方から入手した貴重な魔道書《グリモワール》『ソロモンのレメトゲン』を朝から書写《しょしゃ》してその複製を作成していたのだった。「わしゃ錬金術師などではない！お前を弟子になんぞできん！」と逃げ回るニコラ・フラメルの弟子を自称して通い詰めていたモンモランシは、『ソロモンのレメトゲン』がこの日入荷されることをあらかじめ知っていたのだ。

八十歳前後の老齢なのに、ニコラ・フラメルは逃げ足が速く神出鬼没《しんしゅつきぼつ》である。しかしこの日は、リッシュモン、シャルロット、フィリップの三人の姫騎士候補生が書店の出入り口をすべて固めてしまったために、ついに逃げることが叶《かな》わなかったのだ。

「すまない店長。どうせまたモンモランシの勘違《かんちが》いだと思うのだが、モンモランシはいちど言いだしたら人の話を聞かない困った性格なのだ」

「ええ〜？　こんな人のよさそうなお爺ちゃんが犯人のわけないよ〜。姫騎士団長さんって凄《すご》腕《うで》の剣の達人だったたんだしぃ」

「も、モンモランシは遠回りしているようで、ちゃんと真実に近づいているはずだから……くすん、くすん」

「お前ら！　俺さまの推理力を疑うのかっ？　理由は説明しただろう？　それに！　この書店には、物証だってある！」

騎士養成学校で発生した「姫騎士団長殺し」事件について、モンモランシは愚図《ぐず》るニコラ・フラメルにとっぷりと「説明」した。

パリの白昼、騎士養成学校の室内で起きた刺殺事件。

犯人は「盃」を探していたらしいこと。

ドイツ語で書かれた錬金術の奥義書『化学の結婚』。

錬金術の達人Ｃ．Ｒ．Ｃの存在。クリスチャン・ローゼンクロイツ。錬金術の達人が結成しているという秘密結社・薔薇十字団。

そのＣ．Ｒ．Ｃの経歴が、ニコラ・フラメルとそっくりだということ。

五芒星――「ソロモンの封印」。

謎の目玉乗せ三角形。

「以上の事実から推理するに、犯人は、爺さんだ。Ｃ．Ｒ．Ｃはヨーロッパに生まれ、異教の世界を旅して錬金術の奥義を究め、ヨーロッパに舞い戻ってきた。爺さんにまつわる噂とぴったり一致する！」

「ただの偶然じゃ。だいいち、わしゃモロッコになんぞ行ったことはないぞ？　わしが若い頃に留学した先はイベリア半島のアンダルシアじゃ。そこでユダヤ人の達人と出会ってカバラの秘術を学び、錬金術の謎を解き明かしたな～んて話はあくまでも噂にすぎん。だいいち、わしはドイツ人ではない。フランス人じゃぞ？」

「Ｃ．Ｒ．Ｃという匿名《とくめい》の筆名を用いたのと同様、土地の名前を変えて記述してあるんだ！偶然の一致にしてはできすぎていると思わないか？」

「モンモランシ。お前の推理が正しいと仮定してじゃな。なぜわしは、ドイツ語で自分の正体を暴露するような危険な書を残さねばならなかったのじゃ？　しかも、その書を他人の手から回収しようとして空き巣狙いをやらかし、あげくのはてに殺人を犯《おか》すなど、ありえん。自分で書いた本を回収するなど、自作自演ではないか」

「今の爺さんは用心深いが、『化学の結婚』を書いた時はまだ若く、錬金術の奥義を究めたことに興奮していたんだろう。だから若気の至りで書いてしまったんだよ。敢《あ》えてドイツ語で書いたのは、フランス人に読ませないためだ。だが巡り巡って、結局は爺さんが錬金術の達人だとパリ中の噂になってしまった。姫騎士団長がパリへ乗り込んできたのは、ジョスト大会の運営のためだったが、それは表向き。実は爺さんのもとを訪れるつもりだったか、あるいは爺さんを錬金術師として告発しようとしていたんだ。だから爺さんは慌《あわ》てて物証を回収しようとした——姫騎士団長が持っていた『盃』と、『化学の結婚』をだ。肝心の『盃』のほうがどんなものだったのかは、わからないが」

「仮にわしが錬金術師だったとしても、若気の至りでそんな危険な本を書くものかアホらしい」

とニコラ・フラメルは自作の虫眼鏡で『ソロモンのレメトゲン』のページを拡大して覗《のぞ》き込みながらぼやいた。

「そもそも、じゃな。わしゃ若い女性を殺したりはせんよ。モンモランシのような悪ガキならばともかく」

「だが状況証拠は揃《そろ》っている。アリバイはあるのか？」

「やれやれ、お前も知っておろうが。わしゃ、朝からずっとこの書店で『ソロモンのレメトゲン』の書写をやっておったわい。こいつは貴重なラテン語版での。火事やらなんやらで紛失する前に完璧に書写しておかねばならぬのじゃ。だいいち」

「爺さん……あんたは馬脚《ばきゃく》を現してしまったんだ……錬金術師見習いとして爺さんに弟子入りを志願し続けてきた俺をいつも邪険に扱っていたはずなのに、今日『ソロモンのレメトゲン』が入荷されることを俺に教えたのが怪しい！　つまり、その本の入荷日を俺に告知したことじたいがアリバイ工作だ！」

「『ソロモンのレメトゲン』ってなに？　貴重な本なの？」と好奇心旺盛《おうせい》なシャルロットが首を突っ込んできたので、ニコラ・フラメルは「美しいお嬢さんじゃな。なんと。幼いのに、もう胸が……」と鼻の下を伸ばしながら、丁寧《ていねい》に答えた。モンモランシへの態度と大違いである。

「古代イスラエルのソロモン王は『指輪』を用いて七十二柱の悪魔を使役したという伝説があるじゃろ？　こいつは、その方法を書き記したグリモワールじゃよ。何種類もあるんじゃが、ラテン語で書かれた原書は貴重でな。今回わしが手に入れたものは、喚起魔術について書かれたものじゃ」

「喚起魔術～？」

「悪魔を呼び出して使役する魔術じゃな。こいつには入念な手続きが必要でのう。まずは五芒星ないし六芒星によって構成した『魔方陣』を描く。さらに、魔方陣の外側には『ソロモンの三角形』と呼ばれる三角形の図形を描く。魔方陣の中には術者が入り、悪魔から身を守る。結界じゃな。魔術に成功した場合、悪魔は、魔方陣の外にある三角形の中へと呼び込まれる。三角形には悪魔が潜《ひそ》んでおる『見えない世界』とわれわれの世界を繋げる力があり、さらにはいったん呼び出した悪魔を逃がさぬようにする力があるのじゃ。が、悪魔という連中は人間を見下しておってな、タダでは働かん。だから『取引』を行い、なんらかの対価を支払って悪魔に自分の要求を叶《かな》えさせるというわけじゃな」

「そうか！　姫騎士団長のダイイングメッセージに描かれていた『三角形』は、それか！　三角形の上に描かれた大きな目玉は、悪魔の象徴か！」

とモンモランシが膝《ひざ》を打った。

「またしても繋がってしまったぜ！　爺さん。あんた、嘘が下手《へた》すぎる……シャルロットのおっぱいに惑《まど》わされて、うっかり決定的な証言を自白してしまうとはな……爺さんは錬金術だけでなく、魔術にも熟達していたってわけか！　これが発覚すれば異端審問にかけられて火あぶりにされることは疑いない。犯行動機は十分だ」

「だから、違うと言うておるに！　だいいちこんなちゃちな儀式で悪魔なんぞ呼び出せぬわ、モンモランシ！　こたびわしが入手した『ソロモンのレメトゲン』にも、肝心のことが書かれておらぬ！　錬金術の奥義書に、重要な情報がはっきりと書かれておらぬのと同じよ」

「そこで儀式に必要とされるものが、『盃』というわけだろう？　姫騎士団長から奪った『盃』をどこへ隠した？　それとも、見つけることができず奪い返せなかったのか？　あるいは五芒星の形に配置されて魔方陣を形作っていたあの『盃』のすべてが、儀式に用いる『本物』だったのか？」

モンモランシは「もう、間違いない……俺の師匠を告発しなければならないのか……なんてことだ。賢者の石を錬成できる唯一《ゆいいつ》のマイスターをこの手で……い、イヤだ……！」と苦しみもがいたが、「なにが悪魔だ馬鹿馬鹿しい」と席を外していたリッシュモンがこの時、部屋に引き返してきた。リッシュモンは、「いったいなにごとですか？」と書店の入り口に集まってきた町の人々から「証言」を取ってきたのだった。

「モンモランシ。やはりニコラ・フラメルどのは無実だ。複数の町の人たちが、朝から今までずっとニコラどのが書店にいたことを証言してくれたぞ」

「な、なんだって？　だが、証言者全員が口裏を合わせているということも」

「町の名士から浮浪者、さらには町暮らしをしている野良妖精たちからもまったく同じ証言を得た。野良妖精たちは、神父に発見されたら駆除されるという危険を冒《おか》してまで、彼を擁護《ようご》する証言をしてくれた。モンモランシ、きみは頭の中のヘンな知識だけをこねくり回して現実を見ないから、どんどん推理が明後日《あさって》の方向に逸《そ》れていくんだ」

「ぐ、ぐぬぬ」

「捜査は足を使わなければダメなんだ。ジョストできみがぜんぜん勝てないのも、勝手に試合の流れを頭の中で妄想《もうそう》して、目の前の騎士を見ないから……きみは頭ばかり使って、身体感覚が欠けている。やはり『痛み』を知る必要が」

「くすん。なんとなくそういう予感はしていましたが、で、でも、モンモランシに悪気はないので制裁は許してあげて——

とフィリップが慌ててリッシュモンを押しとどめた。

「な〜んだ。やっぱり、よぼよぼのお爺ちゃんが現役バリバリの姫騎士団長を一撃で倒せるはずがないよね〜。ヘンだと思ったよ〜」

「つ、つまり、俺のせいで真犯人も犯行目的もすべて不明になっちまった。捜査は振り出しということかーっ⁉　もう犯人はパリから脱出しちまったかも……やらかした〜っ⁉」

「お爺さま。すみません、すみません。この非礼は必ず、償《つぐな》わせていただきますから。くすん」

「いいんじゃいいんじゃ。モンモランシの早とちりはいつものことじゃわい。美しいお嬢さんたちを三人も見られて、わしゃ眼福《がんぷく》じゃ。モンモランシはもう来なくていいが、お嬢さんたちは時々書店に顔を見せてくれんかのう？　わしは妻に先立たれて孤独なのじゃ……うっ……撫《な》でたりさすったりはしないから、頼むぞえ」

「な、撫でたりさすったり……するんですか？　くすん、くすん」

「こら待てジジイ！　フィリップたちはまだガキだぞ！　孫くらいの年齢の子供を口説いてんじゃねーぞ！」

「なにを言う。わしのつぶらな瞳を見よモンモランシ。そのような邪念があるように見えるか？」

「見えるから言ってるんだよっ！」

「そなたは、わしの中にそなた自身の鏡を見ておるだけじゃ、モンモランシよ。よいか。深淵《しんえん》を覗くものは深淵に憑《つ》かれるのじゃ……気づいた時には、己《おのれ》自身が深淵そのものと化しておるのじゃ。心するがよいぞ」

「謎の老賢者みてーな台詞《せりふ》で誤魔化《ごまか》すなっ！」

ニコラ・フラメルは、「わしゃ犯人が誰かは知らんが、これ以上モンモランシに振り回されるのは面倒だから、この事件に絡《から》んでいそうな情報を教えておいてやろう。手がかりになるかもしれん。モンモランシが知れば、かえって捜査を混乱させるかもしれんがの」と不肖《ふしょう》の「自称」弟子を呆《あき》れたように眺めながら、ぼやいた。

「『盃《グラール》』と『目玉を乗せた三角形』についてじゃ。まずは『盃』じゃが、もしかしたら犯人は『聖杯』を探しておったのかもしれん。殺された姫騎士団長は、錬金術書とともに大量の盃を持っておったという。それらはおそらく、『聖杯』候補じゃろう。おおかたは十字軍帰りの連中が貴族に売りつけるために東方で作らせた贋作《がんさく》じゃがな」

「『聖杯』とは、あの聖杯ですか？　十字架にかけられたジェズュ・クリ（イエス・キリスト）の『血』を受けて以来、神の力を宿したと言われているあの？」

リッシュモンが珍しく食いついてきた。モンモランシは「聖杯なんてただのおとぎ話だ、と鼻で笑わないのか？」と思わずリッシュモンに突っ込んだが、「聖杯は別なのだ！」とリッシュモンに頬をつねられてしまった。

「モンモランシ。わが祖国ブルターニュには、ブリテン島のブルトン人たちを率いてサクソン人と戦っていたアルチュール王と円卓の騎士の伝説が根付いている。アルチュール王の命令を受けて、その円卓の騎士たちが必死になって探していた宝具《ホリック》こそが——聖杯なんだ」

　ブリテン島のブルトン人の英雄アルチュール王とは、つまり、かの有名な伝説の騎士王アーサー王のことである。フランス語では「アルチュール」と発音するのだ。

「そういえばお前、アルチュール王の生まれ変わりだとか言われているらしいな。ブルトン人の血を引き、アルチュールという名を持つブルターニュ公家の姫騎士候補生だから、か？」

「そ、そんな話はどうでもいい！　聖杯に『力』があるなどという迷信は私は信じないが、ほんものの聖杯がどこかに存在するならば、いちどこの目で見てみたい……！　聖杯は、純潔の騎士だけが手に入れられるという。今の私ならば、資格があるはず」

　フィリップが「でも『騎士道物語《ロマンス》』によれば、聖杯を手に入れた者は、その場で神によって天国へと召されてしまい、地上の人間としての生を終えてしまうとか。ほんとうならば恐ろしい話です」と怯《おび》える。シャルロットは「なにそれ？　バッドエンドじゃん？　なんのための宝具だー。なんかさー。敵をどかーんとやっつけられる古代の超兵器だったりしないの～」とあくびをしている。

「待てよ、リッシュモン？　姫騎士団長は、修道騎士団を率いていたんだよな？　ただの騎士ではなく、修道女でもあった。だから団長は純潔を守っていた。神に純潔を捧げ、かつ異教徒と戦う団長は、カトリックの世界を守るために聖杯を手に入れる資格を持っていた、ってことじゃないか？　少なくとも、手に入れるための資格を守っていた……！」

　モンモランシが「姫騎士団長は聖杯を探していたってことか。そして犯人も！」と頭をかきむしった。なにか事件解決に繋がる決定的な発想が閃きそうで閃かない。もどかしい……！

と身悶《みもだ》えしながら。

「モンモランシよ。姫騎士団長が聖杯を持っていたかどうかはわからぬが、少なくともほんものの聖杯に繋がる手がかりを持っておったのはたしかじゃろう。その手がかりこそが、C.R.Cが書いた錬金術書『化学の結婚』。さらには、三角形の上に目玉を乗せた謎の図形と、盃で構築した『五芒星』の魔方陣じゃ」

「あれ？　三角形は、悪魔を呼び出す図形じゃなかったのか？」

「象徴というものは時には複数の意味を持っているものじゃ、モンモランシよ」

「ほんとかよ。こじつけじゃないのかよ」

「例の目玉三角は、魔術的には『ソロモンの三角形』じゃが、もうひとつ、錬金術的な意味がある。『プロビデンスの目』じゃよ」

「プロビデンスの目？」

「古代のエジプトには、石で造られた巨大な三角形型の建造物があってのう。ピラミッド、なども呼ばれておる。ソロモン王が築いたエルサレム神殿のような宗教設備だったのか、あるいは神殿とは別の機能があったのかは、あまりにも古すぎてもう誰にもわからぬ」

「ピラミッド？　三角形型の巨大建造物？」

「どうやって建築したのか、古代の知識や技術が失われてしまった今では謎なのじゃが、いにしえの文明は石を用いた巨大建造物をいくつも建ててきた。しかし、古代の石工《いしく》技術者たちの知識は実は失われてはおらず、『秘密結社』という形で極秘裏に伝えられているとも言うのう。

彼らは、ピラミッドの上に目玉を描いた図形を『プロビデンスの目』と呼んでシンボルとして用いているのだとか。今では失われておるが、古代のピラミッドの頂点には目玉のような『宝石』が飾られていたらしいのじゃよ」

「そのプロビデンスの目」が、C．R．Cや聖杯とどう関係している？」とモンモランシは問うた。ニコラ・フラメルは、「あくまでも噂じゃが」と前置きして、言った。

「古代の石工技術と、金属を扱う古代錬金術とは、もともと同じものじゃったという。古代においては、石工は錬金術師でもあったのじゃ。つまり、石工たちが代々極秘に知識を伝え続けてきた『秘密結社』は、錬金術師たちの結社でもあるということじゃ。彼らの結社にはいくつかの流派があるが、それらすべてをひっくるめて『フランマソヌリ』と呼ばれておる。イングランド語読みでは、『フリーメーソン』じゃな」

「では石工たちの結社は、古代錬金術の知識を隠していると？　それは完全に異端ではないですか！　教会に知れたらただちに破門、さらに投獄です！　テンプル騎士団のように滅ぼされてしまいます！　なぜ姫騎士団長はそのような危険を冒してまで聖杯を？」

とリッシュモンが戸惑う。

「姫騎士団長がフリーメーソンだったかどうかは知らぬが、弾圧対象じゃからこそ秘密の結社なのじゃ。C．R．Cが結成したという『薔薇十字団』も、フリーメーソンの新しい分派じゃろうな。なによりも――フリーメーソンの直接の前身は、十字軍遠征の折にエルサレム神殿跡で聖杯を発見したと言われている『テンプル騎士団』なのじゃよ。テンプル騎士団は莫大《ばくだい》な財産を築いたが、時のフランス王とローマ教皇に目をつけられて解体され、最後の団長ジャック・ド・モレーは東方の異教の神バフォメットを祀《まつ》った異端者として処刑されてしもうた。バフォメットは山羊《やぎ》の頭と黒い翼を持つ悪魔すなわち異教の神じゃが、その額《ひたい》には五芒星が――フランス王はテンプル騎士団の財宝に目が眩《くら》んだというが、実は聖杯を奪おうとしたのだという噂もあるのう。もっとも、そのあとのフランス王家の落ちぶれぶりを見れば、聖杯は見つけられなかったのじゃろうな」

シャルロットが「テンプル騎士団を潰《つぶ》したカペー朝は呪われたかのように断絶したもんねえ。悪いことはできないよねえ～」とうなずく。

「そうか！　テンプル騎士団がカトリック勢力に解体された結果、団員たちはヨーロッパの各国へと逃げて地下に潜《もぐ》り、再びカトリックに弾圧されることのないように秘密結社を造り『錬金術師』という自らの身分を隠した。それが『フリーメーソン』の起源。そして、そのフリーメーソンの流派のひとつが『薔薇十字団』か！」

聖杯。薔薇十字団。C．R．C。テンプル騎士団。五芒星。プロビデンスの目。

モンモランシは「こんどこそぜんぶ繋がったぞ！　爺さん、助かる！」とニコラ・フラメルの肩を叩いた。

「早合点《はやがてん》するでないぞモンモランシ。テンプル騎士団が古代エジプトの石工たちの直系だったかどうかまでは、わしゃ知らんぞ？　それに、聖杯の『力』については諸説ある。どれを採用するかは、これは犯人捜しにとって重要な問題じゃ。選択を誤《あやま》って明後日《あさって》の方向に走っても、わしの関知するところではないぞ」

「諸説だって？」

「モンモランシは絶対に、また間違った方向に走ると思う。面白いかどうかがですべてを決めるからだ！」

ニコラ・フラメルがモンモランシたちに教えた「聖杯の力」についての諸説は、このようなものだった。怪しいものから信憑性《しんぴようせい》が高いものまで、情報は玉石混淆《ぎよくせきこんこう》状態だった。

フィリップが、ニコラ・フラメルが語った「諸説」をせっせと書き留めて、全員で回し読みして入念に検討した。


「伝説その一。ジェズュ・クリの力をその血とともに宿した聖杯は、人々の傷を癒《い》やし命を救う奇跡の宝具である」

「伝説その二。実は、びーっと光ってばーんと敵を倒す古代の超兵器。アルチュール王が円卓の騎士を総動員して聖杯を探索したのも、聖杯の力でヨーロッパを征服しようとしたため。かつてはヨーロッパの海の彼方《かなた》にある魔法の島アヴァロンにあったという」

「伝説その三。『ソロモンの封印』を解除して七十二柱の悪魔を解き放つことができる貴重な魔術道具」

「伝説その四。聖杯は実は、ジェズュ・クリの子孫によって受け継がれてきた『ジェズュ・クリの血統』を証明する『物証』。最初にフランスの王朝を開いたメロヴィング家は、ジェズユ・クリの子孫だった。後にカロリング家が王位を簒奪《さんだつ》し、カロリング家が断絶したあとは縁《えん》戚《せき》関係にあったカペー朝が王位を継いだ。つまりカペー朝にとって『聖杯』は、メロヴィング家こそがジェズユ・クリの血統であり正統なフランスの王であることを示す『物証』だったため、聖杯を所持していたテンプル騎士団を弾圧して聖杯を奪おうとした。だが、聖杯はテンプル騎士団の団員の手で南フランスのレンヌ＝ル＝シャトーに隠された」

まず、生真面目なリッシュモンが「伝説その一」の「治癒宝具説」を支持した。

「そもそも聖杯たるもの、人の命を救う癒やしの宝具に決まっているではないか！　誰が、超兵器だなどという噂を流布《るふ》したのだ！」

もちろん、シャルロットは「伝説その二」の「超兵器説」支持を嬉々《きき》として表明。

「やっつけろー！　やっぱ、そうだよねー！　フランス王室に聖杯が転がり込んできたら、イングランド軍をやっつけられるよねー！　あー、今回の姫騎士団長殺しの犯人はイングランド軍の手先かも？　フランスとイングランドの間で熾烈《しれつ》な聖杯争奪戦がひそかに行われているんじゃな〜い？」

続いてフィリップが「伝説その三」の「ソロモン王の魔術道具説」を恐る恐る支持。

「……なんとなくこれが正解っぽいと思うの。悪魔ってつまり、東方の異教徒たちが信奉《しんぽう》する神々のことでしょう？　テンプル騎士団が崇《あが》めていたバフォメットも、東方の神で、五芒星をシンボルとしていたから、ソロモン王とゆかりがあるのかも」

そして、言うまでもないことだが、モンモランシは「面白そうだ！」という理由で「伝説その四」の「メロヴィング家がジェズュ・クリの血統に連なることを証明する物証説」を支持した。

フランスの王朝は、もとはゲルマン民族のフランク人が建てた王国で、はじめは「フランク王国」と呼ばれていた。時代とともに言語が「フランス語」へと変化し「フランス」と発音されるようになった。

かつてのヨーロッパは、古代ローマ帝国というひとつの超大国によって統一されていた。

その古代ローマ帝国が、ゲルマン民族の大移動によって東西に分裂した上、西ローマ帝国が滅亡し、ヨーロッパは混乱したのだ。

その混乱の中、でゲルマン民族の一部族・フランク人のクロヴィスがカトリックに改宗して「フランク王国」を建国し、複数の民族が入り乱れたヨーロッパをカトリックという信仰のもとに再統一した。

これが「メロヴィング朝」である。

このメロヴィング朝は同じフランク人の宰相《さいしょう》カロリング家によって簒奪され、「カロリング朝」が成立した。カロリング朝の絶頂期、カール大帝は「西ローマ皇帝」として戴冠《たいかん》した。西ローマ帝国はここにフランク王のもと復興された――はずだった。

だが、統一は長くは続かなかった。大帝の死後、カロリング朝は三国に分裂し、西フランク王国が「フランス」の前身となった。

やがて西フランク王国のカロリング朝の直系が断絶し、カロリング家の縁戚にあたるカペー家が王位を継いで「カペー朝」が成立した。

このカペー朝から、フランスは「西フランク王国」ではなく「フランス王国」と呼ばれる。

なお、同じフランク王国から分裂した兄弟国「東フランク王国」でもカロリング王家は断絶し、「ドイツ」と呼ばれるようになった。やがてドイツ王が「西ローマ皇帝位」を手に入れて「神聖ローマ帝国皇帝」を名乗るようになったのだが、「フランク＝フランス」という旧王国の名はフランス王室へと受け継がれたのだった。

しかしカペー朝は、テンプル騎士団を滅ぼした呪いを受けたかのように断絶。分家のヴァロワ家が王位を継いだが、カペー朝の女系の血族にあたるイングランド王がフランス王位を要求したため「百年戦争」が勃発《ぼっぱつ》。現在に至る。つまり、シャルロットはヴァロワ家のお姫さまなのだ。

ともあれ、「王国の名」を継承したフランスと「皇帝位」を継承したドイツは、ヨーロッパの覇権《はけん》を懸《か》けて争ってきた宿命的なライバルなのである。

ドイツでは選挙によって皇帝を選出しているので、「血筋」はさほど重要ではない。シュタウフェン家、ハプスブルク家、ルクセンブルク家――「皇帝位」は、名門貴族家による持ち回りと言っていい。

しかし、フランク王国の直系にして本家を自認するフランスでは、王権の世襲制《せしゅうせい》が絶対視されており、「血筋」がすべてである。だからこそ、男系の直系が途絶えた瞬間にイングランドとの王位継承戦争に突入してしまったのだとも言える。

もしも聖杯が「メロヴィング家がジェズュ・クリの血統である」ということを証明する物証だとすれば、フランス王国の正当性は根底から覆《くつがえ》されることになる。カロリング家、カペー家から王位を継承したヴァロワ家などはフランスの正統な王家ではない、カロリング家に王位を簒奪されたメロヴィング家こそがフランスの真の王の血筋だ、という「驚愕《きょうがく》の事実」が明らかになるからだ。

フランス王家は、メロヴィング王朝を建てたクロヴィス一世の正統な後継者を自認し、クロヴィスゆかりの「白百合《しらゆり》の紋章」を用いているが、「血筋」に勝てるはずがない。

「テンプル騎士団の末裔《まつえい》であるドイツの薔薇十字団は、『聖杯』の真の価値を知っていたんだ！　つまり、『聖杯』を発見すれば、フランス王家の王権の正統性を崩すことができる！テンプル騎士団を滅ぼしたフランス王家への復讐《ふくしゅう》ともなり、ドイツとフランスの覇権争いでもドイツは圧倒的有利に立てる！　ドイツはすでに皇帝位を手に入れている。そのうえイングランドとの間で王位継承を巡って戦い続けているフランス王家の正統性を完全に否定できれば、仏英の戦争の間隙《かんげき》を縫い漁夫の利を得て、フランス王位を奪い取ることも夢じゃない！　おそらく姫騎士団長は、この薔薇十字団の陰謀を嗅《か》ぎつけてドイツから聖杯を守ろうとしていたんだ！」

「やっぱりその珍説を採用するのかモンモランシ」とリッシュモンががっかりしたように眉を下げたが、モンモランシは「エウレカアアア〜！」と手をぐるぐる回して叫び続けていた。

「リッシュモン、珍説じゃないぞ！　これは俺の推測だが、シャトー修道姫騎士団の本部は、レンヌ＝ル＝シャトーにあるんじゃないか？　だからこそ『シャトー』修道姫騎士団と名乗っているんだろう？　団長の名前が『レンヌ』というのも偶然じゃない！」

「いやまあ、たしかに事実そうだが。ただの偶然だぞ」

「偶然じゃないっ！　こんどこそ俺は真相を解明したぜえぇ！　だがひとつだけ問題が残っている！　肝心の聖杯はどこにあるか、だ！　犯人は聖杯を奪えたのか？　あるいはまだ発見していないのか？　レンヌ＝ル＝シャトーからパリを訪れていた姫騎士団長が、パリのどこかに聖杯を隠したことはたしかだ！　聖杯がドイツの手に渡れば、シャルロットの立場も危うくなる！　薔薇十字団より先に発見しなければならない！　なにか手がかりは……」

「ええと。聖杯については、私のお父さまがお詳しいはず。ちょうど、ジョスト大会を見物するためにパリへ来ているわ。くすん、くすん」

「フィリップのお父さんと言えば、ジャン無怖公か。リッシュモンはたしか、ブルゴーニュで過ごしたことがあったな。すぐに行こう！　ついてきてくれるか？」

が、リッシュモンは「断る。なにがメロヴィング家の血筋だ。そもそもジェズュ・クリに子供がいただなんて、とんでもない話だ。冒瀆《ぼうとく》だ。私はそのような妄想まみれの捜査などしないっ！　もういい、自力で捜査して現実的に解決する！　犯人が現れそうな場所に心当たりがある！　妄想ではなく、現実的な根拠があるっ！」と怒って去ってしまった。

「あいつは気が短いな、相変わらず。ジェズュ・クリに子供がいたらなにがまずいんだ？」

「いや～。リッシュモンがモンモランシの妄想を長々と聞かされているうちに切れるのは、いつものことっしょ～。だいたいジェズュ・クリが非童貞だったことを証明する物証だなんて言いだしたら、そりゃ～聖杯に憧《あこが》れと夢を抱いているあの子は怒るっしょ～」

「違う、妄想じゃねえ！　すべての状況と物証が、見事に繋がっている！　俺は天才錬金術探偵だったらしいぜシャルロット！」

「だったらいいね～。はあ。珍しく頑張ったから、シャルはもう疲れちゃった～。あとは実働部隊のモンモランシたちでお願い♪　シャルはお部屋で、犯人発見の朗報を待つことにするね～」

「おいおいシャルロット！　お前の実家の危機だってのに？　参ったな……飽《あ》きっぽいにも程がある」

ここまでよく付き合っていたものだが、シャルロットも寮へ戻り、四人組の探偵団は二人に減ってしまった。

ニコラ・フラメルは「やっぱり一番ダメな説を採用したのう。これで事件は迷宮《めいきゅう》入りじゃな」と内心で苦笑しながら、ジャン無怖公のもとへ向かうことにしたモンモランシとフィリップを送り出したのだった。

「ほんとうの聖杯の力」についてニコラ・フラメルが教えなかったことは言うまでもない。

ニコラ・フラメルは、聖杯がこの事件に絡《から》んでいるといずれは言いだすだろうモンモランシに、彼が大喜びで飛びつきそうな胡散臭《うさんくさ》い「噂」を敢《あ》えて与えることで、実は聖杯こそが錬金術究極の宝具「賢者の石《ピエール・フィロゾファル》」のひとつであることに気づかせまいとしたのだ。悪魔を召喚する魔術と錬金術が実は「賢者の石」を介して繋がっていることにも。「伝説その四」のレンヌ＝ル＝シャトーに関する「噂」は、ニコラ・フラメルがシャトー修道姫騎士団にまつわる秘密に巧《たく》みに虚構を織り交ぜた「作り話」だったのだ。

フィリップも、この時にはまだ、聖杯がなんであるかを父親からまったく知らされていない。だが、ニコラ・フラメルはひとつだけ誤算を犯していた。

ジャン無怖公は、聖杯の真の正体を知っているのだ――。

モンモランシに、そしてリッシュモンに危機が迫っていた。

※

フィリップの実父にしてブルゴーニュ公の「ジャン無怖公」は、無謀さと狂気じみた暴力性とでつとに有名で、フランス中の貴族たちから恐れられている。まだ壮年だが、若い頃に後《のち》の神聖ローマ皇帝ジギスムントとともに十字軍を結成してオスマン帝国軍と戦い、捕虜《ほりょ》になるまで戦場で暴れ続けるという凄《すさ》まじい武勇伝を残し、オスマン恐怖症にかかっているフランス貴族たちから「無怖公」と呼ばれるようになった。

ジャン無怖公が、フランス宮廷内で「ブルゴーニュ派」という派閥《はばつ》のリーダーとして宮廷を牛耳《ぎゅうじ》ることになったのも、十字軍での武名によるところが大きい。

宮廷内で対立派閥を作って対抗してきた王弟オルレアン公をも、彼は平然と暗殺した。それでも、誰も彼を罰することができない。報復が恐ろしいのだ。

そのジャン無怖公は今、「アルマニャック派」と名を改めたオルレアン派の残党たちを相手に、王都パリを奪い合っている――。

フランス王のシャルル六世は精神疾患《しっかん》で政治に参加できない状態なので、パリ宮廷の権力は王妃イザボーが握っていた。亡き王弟オルレアン公は、兄の妻であるイザボーと不倫関係を結んで宮廷を掌握《しょうあく》したのだが、ジャン無怖公がそのオルレアン公を殺したことで「ブルゴーニュ派」が俄然《がぜん》有利となっていた。

そして今、ジャン無怖公は自ら王妃イザボーの愛人になろうとしている。

愛人を殺されたイザボーが犯人であるジャン無怖公に靡《なび》くなど、常識では考えられないことだが、ジャン無怖公は自信を持っていた。精神的に脆弱《ぜいじゃく》で頼りにならない夫を持ってしまった不幸を味わい続けているイザボーは、「強い男」を好む、と。「強い男」だけが、イングランドとの戦争で混乱したフランス王室を守ることができると信じている、と。

今回のパリ訪問は、公位継承者である愛娘《まなむすめ》フィリップが参加するジョスト大会を観戦するためでもあるが、同時にイザボーへの「付け届け」を手ずから贈るためでもあった。

そして彼にはもうひとつ、重大な目的がある。

そのジャン無怖公のもとにいきなり、娘のフィリップが妙な少年を連れて訪れていた。

一応は貴族の息子なのだろうが、髪の毛はぼさぼさに伸ばしっぱなしだし、着ている服もずいぶんといいかげんなものだった。みだしなみに金も手間もかけていない。が、「金羊毛皮」の表紙に飾られた一冊の書物を抱《かか》えている。ジャンは、一目でその書物が「錬金術の書」だとわかった。金羊毛皮とはすなわち、錬金術の達人を象徴しているのだ。

「お父さま。お父さまは若い頃、十字軍を率いて東方で過ごしたことがあったわね。その……お、オスマン帝国の捕虜となって、何年かを東方の地で過ごされたと……くすん」

「そうだな。お前が生まれる前の話だ、フィリップ。貴族にとって、捕虜になることは不名誉ではない。むしろ、戦場から逃げずに最後まで果敢《かかん》に戦ったことを示す名誉の証《あかし》なのだ。だが、その小僧は誰だ？」

「わ、私の同級生のモンモランシよ。ブルターニュの貴族のご子息なの。いつもお世話になっていて……実は今日は、お父さまにご相談したいことが」

フィリップは敬虔なカトリック信者。ジャンとは正反対の臆病な性格で、乱暴な男というものに怯えている。あまりにも父親が「極悪人」だからだろう。ジャンが政敵オルレアン公を殺したことをフィリップはずっと気に病《や》んでいる。いずれお父さまには神罰が下されるだろう、その時は娘である私もともに罰を受けたいと。

（そのフィリップに男の友人が？）とジャンは奇妙に思った。

（だがまあ、ブルターニュの人間ならば、フィリップをたぶらかしてオルレアン公の仇《あだ》を討ちに乗り込んできたのではあるまい）とも。

どのみち、まだ子供だ。

しかし――モンモランシはいきなり、ジャンの「地雷」を踏んだ。

「時間がないので単刀直入に尋《たず》ねる！　俺たちは『聖杯』を探している！　急いでいるんだ！」

「な、なにいいいっ？　せ、聖杯だと……!?」

ジャンは思わず青ざめていた。

なぜならば、東方に十字軍を率いて敗れ、オスマン帝国に捕らわれていた青年時代に、ジャンはイスラームの神秘主義者たちと交わって他ならぬ「聖杯」の真の「能力」を知った。「聖杯」が「賢者の石」で作られていること、「霊液」エリクシルを飲むことで聖杯の所有者が人間を超えた存在「ユリス」になれることなどを知った。

「聖杯」は、かつてテンプル騎士団がエルサレムの神殿跡から発掘して奪い去ったが、フランス王と教皇がテンプル騎士団を弾圧してこれを解体した。聖杯は元騎士団員たちの手で隠され、その後、各地を転々としているということも。

そしてジャンは、その「聖杯」を探し続けていたのだ。

聖杯を用いて「ユリス」の力を手に入れれば、ジャンはブルゴーニュ公国をフランスの領邦国から「独立国」へと引き上げることができる。イングランドとフランスを争わせている隙《すき》に、ブルゴーニュはフランスとドイツの狭間《はざま》の領土をことごとく奪い取って「第三帝国」になれる。

ジャンは、東方でさまざまな秘事を知った。フランク王国を築いたクロヴィスも、王国を再統一して西ローマ帝国皇帝戴冠を果たしたシャルルマーニュも、「ユリス」の力を手に入れて戦場で縦横《じゅうおう》に活用していたのだという。

それどころか、伝説の征服者・アレキサンダー大王の異常とも言える「無敵」さの秘密こそ、「ユリス」の力だったのだとも。

東方世界で、ジャンの野心に火がついたのだ。

フランク王国はドイツ、中フランク（イタリア）、フランスに分裂した。このうち、ドイツとフランスだけが現在に至る「強国」となり、中フランクは分裂して没落している。ならばヨーロッパの中央ブルゴーニュを押さえた私がユリスの力で「中フランク」を復興してやる、「ヨーロッパ第三の帝国」の始祖となってやる、という壮大な野心だった。

ジャンが王弟オルレアン公と対立してパリ宮廷を牛耳ろうとしたのも、イングランドとフランスの戦争を煽《あお》り続けるのも、公国の独立を果たすためにパリ宮廷の権力を掌握し、フランスを弱体化させなければならないからだったのだ。

（こっ、この小僧!?　とろそうな顔をして、なぜ私が聖杯を探していることに気づいたのだっ!?　しかも、今日明日にも手に入るというこの土壇場《どたんば》で！　ば……馬鹿な……わが世継ぎたるフィリップにすらまだ教えていない秘密なのだぞっ!?　まずい！）

いずれはフィリップに「聖杯」の秘密を打ち明けるつもりだったが、それはフィリップが学校を卒業して大人になってからという予定だった。なぜこんな小汚い下級貴族のガキが……私の野望の邪魔はさせん！

ジャンは（殺すか）とモンモランシを睨《にら》みつけていた。

フィリップは、（お父さまは私が男の子を連れてきたので怒っているのね）と半泣きになっているが、ジャンの「殺意」には気づいていない。いくらジャンが凶悪な人間とはいえ、愛する娘の友達を殺すなど、フィリップにはとても考えられなかった。

が、モンモランシは、まったく怯えていない。ジャンが自分に殺意を抱いたことには気づいている。モンモランシは決して愚鈍《ぐどん》ではない。モンモランシの祖父「赤髭《あかひげ》」はジャン無怖公から知性と教養を奪ったような野人だから、暴力やら殺意やらには慣れているのだ。受け流す癖をつけているだけで、心は鋭敏なのだ。

（おいおい。フィリップの親父さん、どーしたんだ？　フィリップと話している時はにこやかだったのによ。俺が『聖杯を探している』と口にしたとたん、俺に殺意を？　この目は殺人者の目だぜ！　そうか！　と、いうことは！　うわああ！　こんどこそ真相がわかってしまったあああああ！）

と、モンモランシは頭をかきむしっていた。

「すまないフィリップ！　お前の友情を裏切ることになってしまった！　ああっ、錬金術探偵なんて仕事はやっぱり俺には向いてねえ！」

「え、ええ？　どうしたの、モンモランシ？」

「ジャン無怖公。あんたは東方に詳しい！　イスラームの錬金術師やカバラの達人たちとも、オスマン帝国でさかんに交際してきただろう!?　カトリック教会の邪魔が入らないイスラーム世界こそが、失われた古代の叡智《えいち》を保存している学問の本場だからな！」

ジャンは（なんだと!?）といよいよ慌《あわ》てた。

錬金術書を持っているだけではなく、このガキ、この年齢でもう錬金術に精通しているというのかっ!?　もしかして、ぼんやりしているのは外見だけで、まさか一種の天才……!?　ならば、やはり私の秘密を暴いたのか！　私がまもなく聖杯を手にしようとしていることを！

「……う、ううっ……!?　こ、小僧……貴様、それ以上娘の前で喋《しゃべ》るなーっ！」

「いや、喋るね！　あんたには、政敵オルレアン公を暗殺した前科がある！　仮にも王弟をだ！　あんたは目的のためならば手段を選ばない性格だ！　実際、イングランドとの戦争でフランスが疲弊《ひへい》しているこの大変な時期に、フランス宮廷を血醒《ちなまぐさ》い派閥争いに叩き込んで王国をどんどん弱体化させている！　まるで『イングランドがフランスをボコっちまえばいいのによ～っ』と言わんばかりのやり方だぜぇ！　つまり、あんたは聖杯を……！」

ジャンは激昂していた。

（このガキ……！　やはり馬鹿ではない！　私が「フランス宮廷の支配」を目指しているのではなく「フランスの弱体化」を謀《はか》っていることまで見抜いている！　だが、よりによってフィリップの前で、私の秘密を暴こうというのか？　フィリップはまだ幼い！　パリの学校に寄宿している娘を、「聖杯」と「ユリス」を巡るわが野望には巻き込めん！　やむを得ん！　このモンモランシとかいうガキを、問答無用で殺すしかない！）

と、殺意を固めつつある。

「も、モンモランシ？　お父さまのご様子が……なにを言おうとしているの？　や、やめて！

お父さまを怒らせたら……！」

「すまないフィリップ！　真実は常にひとつなんだ！　ジャン無怖公！　あんたが聖杯事件の『犯人』だ！」

ドーン！

「……うう……うう……うぐっ……!?　貴様……！　言ってはならない言葉を吐いたなーっ！　もはや取り消せんぞ！」

「お、お父さま!?　待って！　違うの、モンモランシの今日二度目の勘違いなの！」

「フィリップ、下がれ！　決して人間の血を浴びるな！　心の傷となるぞーっ！」

「やめて、お父さま！」

モンモランシに指さされたジャンが、懐《ふところ》に忍ばせている短刀を抜こうと——。

※

モンモランシがジャン無怖公《むふこう》に刺殺される危機を迎えていたその頃。

リッシュモンもまた、セーヌ川の中州《なかす》・シテ島で、危機に陥《おちい》っていた。

姫騎士団長が殺されていた事件現場で、フィリップは団長の指が「薔薇十字《ばら》」の装飾を施《ほどこ》された窓枠を指していることに気づいた。そこから「薔薇十字団」と「Ｃ．Ｒ．Ｃ」にまつわる物的証拠『化学の結婚』の発見に繋《つな》がったのだが――。

あくまでも「物証」にこだわるリッシュモンは、錬金術方向にどんどん流されていくモンモランシとは別に、「推理」を進めた。そして、気づいたのだ。

「姫騎士団長どのの指が部屋にひとつしかない窓を示していたのは事実だが、『窓枠』だけではなく、同時に『窓の向こう』をも示していたと考えられないだろうか？」と。

その結果。

リッシュモンは、ある「事実」に行き当たったのだ。

「騎士養成学校《シュヴァリエ》はセーヌ川からほど近い。そして、あの部屋の窓から見える建造物がある場所は――パリ発祥の地にしてセーヌ川の中州・シテ島だ！　カペー朝時代には王宮があった神聖なる島！　先代の国王シャルル五世がパリ郊外のヴィンセンヌへ王宮を移すまでは、フランス王はシテ島で政治を司《つかさど》っていた！」

シテ島には、かのノートルダム大聖堂をはじめとしていくつもの建造物があるが、姫騎士団長が指さしていた方向の先は、まさしくシテ島の中央に聳《そび》える「サント・シャペル」ではないか。ノートルダム大聖堂と比べれば小さな教会だが、その高さは十数メートルもあり、内部は煌《きら》めくようなステンドグラスで覆《おお》われている。ゴシック様式建築の最高傑作と言っていい。

「……たしかサント・シャペルを建造した王は、聖王ルイ九世。東方で発見された聖遺物《ホリック》を次々と高額で買い取って蒐集《しゅうしゅう》していたことで有名な王だ。その、聖王が蒐集した多数の聖遺物を収めて礼拝するために建造された教会こそが、サント・シャペル……」

聖王が手に入れた聖遺物は、ジェズュ・クリが被《かぶ》っていた荊《いばら》の冠だとか、ジェズュ・クリがかけられた聖十字架の木切れだとか、実に怪《あや》しげなものが多く、リッシュモンは「東方の商売人に騙《だま》されて買わされたのだ。聖王はお人好しすぎだ。貴重な国費をいかがわしいがらくた蒐集に注ぎ込むだなんて」くらいにしか思っていなかった。

だが。

あるいは姫騎士団長は、「聖杯《グラール》」の「隠し場所」を最後に示して息絶えたのではないだろうか？

つまり、サント・シャペルに「聖杯」が隠されているのだと――！

「がらくた同然の聖遺物をたくさん収めている教会に、ほんものの聖杯が。しかもシテ島はパリのど真ん中！　弾圧解体騒動の当時は王宮だったシテ島にテンプル騎士団が直接持ち込んだとは思えないが、その王家に打ち捨てられた今となっては聖杯を隠すにはこれほど効果的な場所はない！　姫騎士団長どのは聖杯を探し求めていた。数多くの『盃《さかずき》』は、彼女がこれまで手に入れてきた偽物《にせもの》の聖杯。彼女は、ほんものの聖杯がサント・シャペルに隠されているという事実を突き止めてパリへ来たのではないか？　ジョスト大会を隠れ蓑《みの》に！　だが、回収する寸前に、犯人に殺されてしまったのだ！　彼女と同じく聖杯を探していた何者かに！」

まだ事件の全容を解明するにはいろいろと欠けている要素がある。だからリッシュモンは自分自身の「推理」のすべてが「正解」だとは思わないし、「聖杯はメロヴィング家こそがジェズュ・クリの血筋であることを示し云々《うんぬん》かんぬん」というニコラ・フラメルの「珍説」など信じていないが、「聖杯」の所有者が宗教的・政治的な意味でヨーロッパの覇権《はけん》を握ることができることはたしかだった。教皇や皇帝との取引にも有効に使える。

「モンモランシが言っていたように、ドイツの秘密結社が聖杯を奪うために姫騎士団長どのの部屋に侵入したのかどうかはともかく、これだけはたしかだ。確実に『殺人事件』が行われた！　罪のない姫騎士団長どのを殺した犯人がどこの国の人間であれ、身柄《みがら》を拘束してしかるべき筋に引き渡さねばならない！」

そして「犯人」に「聖杯」を奪わせてもならない！

アルチュール王と円卓の騎士団が探索し続けたという、神聖なる「聖杯」。その聖杯を巡って殺人の罪を犯《おか》す悪人になど！

聖杯は、アルチュール王と円卓の騎士団の末裔《まつえい》、ブルトン人の姫である私が確保する！

これ以上聖杯を巡る殺人や陰謀が繰り返されぬよう、すみやかにフランス宮廷に送りとどけねば！

かくして正義感に燃えるリッシュモンは、単身、橋を渡ってシテ島のサント・シャペルへと突入していた。

だが、応援部隊を呼ばなかったことが、災いした。

「犯人」は、ニコラ・フラメルの書店から一人で飛びだしていったリッシュモンをずっと尾行させていたのだ。

しかもリッシュモンにとって不運だったことに、「犯人」は、人間の部下ではなく「妖精族」を率いていた。

妖精族は平和を愛好する種族が多いのだが、古ゲルマンの血と伝統を強く受け継いでいるドイツには少々好戦的な種族――コボルト族が棲息《せいそく》している。フランスのフェイ族よりも一回り身体が大きい。

コボルト族の一部はドイツの戦乱を避けるように、あるいはドイツの戦乱にあてられたかのように「南下」を開始しており、それぞれ種族名を変えながら少しずつフランスへと移動・入植を開始していたが、その中でももっとも過激な一派が「オーク族」を名乗っていた。

その「オーク族」たちが、日が沈みはじめて薄暗くなっていたサント・シャペルに乗り込んできたリッシュモンの背後へと、いっせいに襲いかかってきたのだった。

「「「キシャーッ！」」」

「……むっ!?　なにもの？　あうっ？」

リッシュモンの腰くらいまでの身長しかないオークたちが暗い教会内を駆けてきたため、腕に覚えがあるリッシュモンもとっさに反応できなかった。剣を抜く暇《ひま》もなく、オークたちに押し倒されてしまった。相手が人間だったら素早く対応できていたものを、不覚、と誇り高いリッシュモンは悔しがった。

「そ、そなたたちはいったい!?」

「姫騎士《シュヴアリエール》、捕らえたり～！」

「われら最凶の妖精傭兵団オーク族に捕らわれるとは」

「なんとも不幸な姫騎士である！」

「ハイル・オーク！」

よ、妖精？　か、かわいくない……ブルターニュの妖精とはぜんぜん違う……みんな、まるで雄《おす》だ、とオークの群れに押し潰《つぶ》されそうになりながらリッシュモンは思った。オークたちはてきぱきとリッシュモンに手枷《てかせ》・足枷・首輪をつけて、鎖《くさり》でがんじがらめにしたあげく、祭壇へとリッシュモンを引きずっていく。

「くっ……ドイツ訛《なまり》があるが、ドイツから来たのか？　ドイツの妖精は、錬金術師《アルシミスト》とともに働いているとモンモランシから聞いたことがある。薔薇十字団は実在したのか？」

「フハハハ！　そのとおり、われらはドイツから来た！」

「パリに隠されているという『聖杯』を発見すれば、われらはC．R．Cからたくさんの褒美《ほうび》と領土をもらえるのだ～！」

「フランスにオーク族の独立国家を建設するのだ！　グハハハハ！」

「姫騎士よ！　われらの悲願達成のため、生贄《いけにえ》になってもらおう！」

「仲間がいるのだろう、吐くのだ！　さもないと！」

「姫騎士の純潔は失われることになるだろう！　オーク族の恐ろしさを舐《な》めるな～！」

「もとは雌《めす》でも、われらはれっきとした雄なのだ～！」

「穢《けが》してやる、穢してやる！」

「お、お、オークに純潔を奪われるなど、冗談ではない！　そのような浅ましい恥辱《ちじょく》を受ければ姫騎士失格！　二度とニンモランシたちの前に顔を出すことができなくなる！」

とリッシュモンは歯がみした。だが、完全に鎖で身体を拘束されていて、抵抗できない。

「くっ、殺せ！」

が、オークたちの仕事はリッシュモンを吊り下げるところまでで、襲ってはこなかった。
C．R．Cが、リッシュモンの前に姿を現したからである。
人間の男だった。まだ若い声だ。だが、奇妙な鉄仮面で目と鼻を隠している。

へ、変態？　とリッシュモンは怯《おび》えた。

「そなたがC．R．Cか！　妖精族まで使役《しえき》して悪事を働くとは……！　許せない！」

「……これは素晴らしい美少女だ。いずれヨーロッパ随一《ずいいち》の美女に育つだろうな。オークども。お前たちには彼女はあまりにももったいない……このC．R．Cが、自らの手でこの少女を屈服させるとしよう」

「大将～！　そりゃないっすよ～！　雌から雄に生まれ変わるチャンスをくださいよ～！　姫騎士を辱《はずかし》めてこその悪！　異種間種付けってやつをやってみたいんっすよ～！　雄の器官はないけれど、根性でなんとかするっすよ！」

とオークたちが騒いだが、C．R．Cは「黙れ」と一喝《いっかつ》した。

「人間の少女の美しさは、貴様ら異種にはわからん。それも、疑似雄などには。彼女を屈服させる役目は、人間の男である私のものだ――貴様らは早く『聖杯』を探せ。姫騎士団長は、このサント・シャペルに聖杯があると今際《いまわ》の際《きわ》に示してくれたのだ。必ず見つけろ。私がこの幼い姫騎士を堕《お》とすまでにな。さもなくば、貴様ら全員、セーヌ川に石を抱かせて沈めてやる」

ひぃ、と怯えたとオークたちがいっせいに散っていく。

（オークに辱められるのも最悪だが、に、に、人間の男に、だと……！　こんなことは許されない！　い、イヤだ、やめろ！）

とリッシュモンは思わず目に涙を浮かべていた。

「くっ……外道《げどう》め！　私はどのような恥辱を受けようとも決して堕ちぬぞ！　早く殺せ！」

「殺しはしない。これほど美しい姫騎士を殺せるものか。きみには私の『コレクション』のひとつになってもらおう。きみは今宵《こよい》、パリから忽然《こつぜん》と失踪《しっそう》することになる」

「コレクション!?　貴様！　人間をなんだと」

「本来、私は『石』にしか興味がない。だが、きみほどの美少女ならば別だ。今はまだ幼いが、あと数年もすれば……『石』をも凌駕《りょうが》する美しい姫騎士となるだろうからな。これこそが初恋というやつなのかもしれん、ふ、ふ、ふ」

「なにが初恋だ！　ふざけるなっ！　鎖で私を拘束して嬲《なぶ》ろうとする者に、恋心などあるものか……！」

「勝ち気な姫騎士だな。が、抗《あらが》えば抗うほど、私の『愛』を昂《たか》ぶらせるだけだ」

「なにが愛だ。その神聖な言葉をこんな場面で口にするな、外道め！　私は貴様に敗れたのだ、殺せっ！」

「ふむ。あの姫騎士団長も、聖杯の場所を明かさぬ限り辱められると思いこんで、自分で自分を刺してしまったな。私はそれほどの野蛮人ではない、相手は選ぶ……あの深手では死んだだろうな。姫騎士とはみな死にたがりなのか？　それとも、男の手にかかれば自分があっけなく堕ちることを知っていて、現実を拒《こば》まずにはいられないのか？」

モンモランシ。モンモランシ、助けて……リッシュモンは絶望の中、震えながらその幼なじみの少年の名前を呟《つぶや》いていた。

※

秘密を暴かれたと思いこんだジャン無怖公がモンモランシ殺害を決意したその時。

父の異変に気づいたフィリップが、勇気を奮《ふる》い起こしてモンモランシに抱きついていた。

「お父さま！　モンモランシはお父さまを誤解しているの！　さっきも書店を経営しているニコラさんを姫騎士団長さま殺し事件の犯人だと勘違《かんちが》いしてたし。今も早合点《はやがてん》して、お父さまを団長さま殺害犯だと思いこんでいるだけなの。きちんと話せば誤解は解けるわ。モンモランシに悪気はないの！　くすん」

「な、泣き虫のフィリップが俺を庇《かば》うために……ちょっと感動した！　が、えらい言われようだな、おい!?」

「……うう。ごっ、ごめんなさい！」

「姫騎士団長殺し事件とは!?　なんの話だ、フィリップ？」

ジャン無怖公はモンモランシ殺害を寸前で断念した。フィリップがモンモランシに抱きついて離れないのだ。

「姫騎士団長とは誰のことだ。聖杯となんの関係がある？」

フィリップは、学校で起きた「姫騎士団長殺し」事件について、ジャンに詳細に説明した。

ニコラ・フラメルから聖杯についていくつもの伝説を教えてもらったが、どれが「真実」かでモンモランシとリッシュモンの意見が合わず、それぞれ別々に捜査を続けることになったことも。

「お父さまは東方で暮らされていたから、この種の話にもお詳しいはず、とモンモランシに提案したら、モンモランシはまた早合点して。くすん」

「……な、なるほど……そんな事件があったのか？　あのリッシュモンが付いていてくれれば、私が容疑者にされることもなかったろうに……」

「聖杯こそはメロヴィング家がジェズユ・クリの血筋を引いている正統なフランス王の家系だ、という証拠。俺はこの説に飛びついたんだが、リッシュモンは怒って単独捜査に向かっちまった。ほんとうに、姫騎士団長が殺されたことを知らなかったのか？」

「知らん。レンヌ＝ル＝シャトーは私と対立しているアルマニャック派に属しているはずだが、関係などない。それよりも小僧。メロヴィング家がジェズユ・クリの子孫だとは、どういうことだ？」

「だから、聖杯を手に入れればわかる。シャルロットの家にとっては都合の悪い真実だが、犯人を特定するために必要だ。それに犯人があんたじゃないとすれば、やはりC．R．Cはドイツ人だ。フランス王室に揺さぶりをかけるつもりで聖杯を探しているんだろう」

ジャンは「なぜ聖杯が、ジェズユ・クリの子孫に繋がる？　しかもメロヴィング家がジェズユ・クリの子孫だなんて、そんな与太話《よたばなし》は聞いたこともない。メロヴィング家はれっきとしたゲルマン民族ではないか。東方の地で生まれ育ったユダヤ人のジェズユ・クリ直系の子孫であるはずがない」と呆《あき》れた。

「だって、面白そうな話じゃないか！　それに聖杯がヨーロッパに伝わったという話はいくつもある。ペトロがローマへ運んだという伝説や、アリマタヤのヨセフがアヴァロンに持ち込んだという伝説だってあるし、アルチュール王と円卓の騎士たちも聖杯を探索した。テンプル騎士団がフランス王と教皇から弾圧されたのも、聖杯を持っていたからだと言われているし」

「仮に聖杯がヨーロッパに運ばれたとしても、だ。ジェズユ・クリに子供などおらん。なにがメロヴィング家だ、馬鹿馬鹿しい。ヴァロワ家の分家である私とフィリップを愚弄《ぐろう》しているのか、きみは」

「いやっ、そういうつもりはないいんだ！　俺はあくまでも歴史の闇《やみ》に隠された真実を知りたいだけなんだ！　錬金術師《アルシミスト》を志《こころざ》す者として！」

「殺人事件の犯人捜しはどうした」

「くすん。お父さま。モンモランシは、こういう怪しい話が大好きなの。お父さまを犯人だと思い違いしたのも、悪意からじゃないの。許してあげて、お願い」

「わかった、わかったフィリップ。子供相手に本気で怒った私が短慮《たんりょ》だったらしい」

モンモランシは早熟で利発だが、性格は年相応に子供っぽいらしい。「現実」よりも「天上の世界」や「闇の世界」に魂を惹《ひ》かれる少年なのかもしれない。

（危なかった。ニコラとかいう男が小僧に妙ちくりんな法螺話《ほらばなし》を吹き込んでいなければ、こいつは「真実」に気づいていたかもしれん。聖杯こそが錬金術《アルシミー》で言うところの「賢者の石《ピエール・フィロソファル》」のひとつだという事実に。まあ、これでフィリップを悲しませる真似をせずに済んだ。ともかく、この小僧を聖杯の「真実」から完全に引き離さねば！　それに……犯人の野望は、断固として阻止《そし》せねばならん！　聖杯をC．R．Cなどと名乗るやつに奪わせはせん！　この小僧に犯人を発見させる！）

ジャンは、「は、は、は。ずいぶんとフィリップに好かれているらしいな、きみは。フィリップが私に逆らうなど、初めての経験だよ」と笑みを浮かべながら、モンモランシとフィリップに「カフェ」を振る舞った。

（お父さまがこんな猫撫で声で子供を接待するなんて、逆におかしいわ、妙だわ……）とフィリップはジャンが態度をころっと変えたことをいぶかしんだが、モンモランシは頓着《とんじやく》しない。

「なんだ、これ？　ど、泥水……？　錬金術のエリクシルかなにかか？」

「くすん。とっても苦い飲み物なのよ、モンモランシ。私は苦手だわ」

「これはカフェと言って、東方から入手した貴重な飲み物だ。オスマンでの捕虜時代は毎日飲んでいたものだ。こいつを一杯飲むと、嘘のように頭が冴《さ》え渡る。きみの推理力もきっと高まるぞ、錬金術探偵くん」

うげえええ、苦い！　とカフェを口に入れたモンモランシは思わず悶絶《もんぜつ》していた。フィリップはほんとうに苦手らしく、カフェを注がれたカップを持ってぶるぶる震えている。

「モンモランシくん。私が東方の文化に精通していることは理解していただけたかな。カフェをたしなむヨーロッパ人など、フランスにもドイツにも私を除いてはいないだろう。こいつは豆を煎《せん》じて作り出す飲み物でね。葉を用いる茶とも違う……味は苦いが強烈な覚醒作用があり、知覚も精神も鋭敏になる」

「酒とは違うのか？」

「アルコールは知覚を鋭敏にはしない。精神を酩酊《めいてい》させる。こいつの薬効は逆なのだ。ともあれモンモランシくん。私はオスマンでさまざまな伝説を耳にしたが、聖杯がジェズュ・クリとメロヴィング家の血統の繋がりを証明する物証だなどという話は聞いたことがない。ニコラとかいう男があげつらったすべての聖杯にまつわる伝説は、パリっ子あたりが思いついた与太話だよ。円卓の騎士たちが聖杯を探求する物語だって、もともとはブルターニュ人がフランス宮廷の貴婦人たちを喜ばせるために書いた『作り話』だ。史実ではない。おっと、これはリッシュモンには伝えないでくれたまえよ。あの子は意外と短気だからな」

「じゃあ、聖杯には『血統』にまつわる証拠も、神秘的で特別な力もないと言うのか？」

「もちろんだ。だがそれでも、聖杯はジェズュ・クリの血を受けた聖遺物だ。最後の晩餐《ばんさん》に用いられたという説もある。いずれにしてもカトリック世界において、宗教的な『価値』はあるさ。『権威』の象徴たりえる宝具《ホリック》だよ。今のフランス王室の王権の象徴は、シャルルマーニュが用いていた『ジュワユーズ』という聖剣《サント・サーブル》だが、『聖杯』には聖剣などよりもはるかに高い権威があることは間違いない」

「それじゃ、フランス王室がテンプル騎士団から聖杯を取り上げようとしたという噂《うわさ》には信憑《しんぴょう》性《せい》が……」

「ほんとうにテンプル騎士団が聖杯を持っていたかどうかは知らんが、テンプル騎士団はエルサレムに本拠を構え、東方世界と深く関《かか》わっていた。王室側が噂を本気にしたのかもしれんな。だがモンモランシくん。聖杯にこだわっていては推理を外すばかりだぞ。これは『殺人事件』だ。現実に起きている事件なのだ。いったん聖杯の伝説から離れて、現実的に考えてみたまえ。フランス王室は聖杯を欲《ほっ》している。これは疑いない。今でも本気で探しているかどうかは知らんがね」

「そんな余裕はないだろう。王は心の病《やまい》で政務を執《と》れないし、宮廷はあんたがかき回していて正常に機能していない」

「お父さま。悪気はないの」と再びフィリップが謝罪した。「わかっている、彼はどこまでも真実を追い求める少年なのだ」とジャンは娘を安心させるために微笑していた。

「では、フランスの目下の『敵』はどこだ？　聖杯をフランスに渡したくない者は誰だ？」

だから、それはドイツ……C．R．Cも薔薇十字団もドイツから……とモンモランシは答えようとした。が、カフェの覚醒作用が効いたのか、突如《とつじょ》として閃《ひらめ》いた。

「そうか！　フランスの真の敵は……！　こんどこそわかったぞ、フィリップ！　俺は犯人に誘導されていたんだ！」

「ど、どういうことなの、モンモランシ？　くすん、くすん。これ、やっぱり苦い……」

「ドイツは聖杯をそれほど欲してはいない！　すでにヨーロッパにおける地上最高の権威『皇帝位』を手にしているからだ！　そして！　フランスよりも聖杯を欲している国が、強力な権威を必要としている国が、他にあった！」

ジャンは微笑みながら「さすがだ」と手を叩いていた。

「きみの推理はこんどこそ真犯人に近づいている、モンモランシくん。それではもうひとつ。殺された姫騎士団長は、誰と『利害』で対立した？」

「聖杯を欲している者だ」

「しかり。そして、事件はどこで起きた？」

「騎士養成学校の一室で、だ」

「しかり。この時点で、私は容疑者から外れることになる。たしかに私は政敵を暗殺するような人間だが、愛する娘が通っている学内でそのような事件を起こしたりはしない。私がそんな真似をすれば、フィリップはいよいよ学内での立場を失う。ただでさえ、学園はアルマニャック派の子女たちが大勢通っている『敵地』なのだからな。私が犯人ならば、必ず学校の外で殺させる」

それはそうだ、とモンモランシは頭をかいた。ジャンはオルレアン公を暗殺するような悪漢だが、娘のフィリップには甘いらしい。そうでなければ、自分はこの場で「私を犯人扱いするとは！」と激怒したジャンに殺されていたはずだ。

「まだある。室内で犯人と鉢合《はちあ》わせした団長は深手を負ったが、即死はしなかった。盃を五芒《ごぼう》星《せい》型に配置し、ダイイングメッセージを書き残している。その上、犯人は『化学の結婚』を発見・回収できなかった――犯行のあと、現場に長居せずに急いで学校から脱出したということになるな」

「室内を物色していて姫騎士団長と出くわしてしまい、慌《あわ》てて刺してしまった。だが殺人は犯人にとっては本来の予定ではなく、大急ぎで逃げたということか？」

「いや、その逆の可能性もあるぞ。姫騎士団長は真の聖杯の在処《ありか》を知っていた。犯人はなんらかの手段でその情報を摑んだ。しかし室内には偽物《にせもの》ばかりで、真の聖杯はなかった。犯人は勇み足を犯したのだ。敬虔《けいけん》な団長は脅《おど》されても口を割らない。『ダイイングメッセージ』を遺させるために、敢《あ》えて即死させなかったのではないか？」

「たしかに団長は聖杯の在処を遺したようだが……自分の名前を遺されることは考えなかったのか？」

「即死させなかったのだから、その可能性はない。犯人が仮面でも被っていれば、正体などわからんからね」

「なるほど。そうか！　真の聖杯の在処を突き止めるために、団長にダイイングメッセージを敢えて遺させたとは！　恐ろしく頭が切れるやつだ！」

モンモランシは、「わかってきたぞ！」と金羊毛皮の表紙に彩られた『化学の結婚』を掲《かか》げていた。

「どうやらきみは、真犯人に到達したらしい。すまないが、モンモランシくん。その『化学の結婚』を少し見せてくれたまえ。きみの推理を裏付ける決定的な証拠を見つけられるかもしれない。またぞろ犯人扱いされてはご免なのでね——きみは今、真犯人の正体について八割ほど確信している。それを十割に引き上げてみせよう」

「ああ。他ならぬフィリップの親父さんだ。犯人扱いした非礼を詫《わ》びなきゃならないしな。貸すよ」

ジャンは『化学の結婚』を開いて、その隠喩《いんゆ》と象徴に満ちた本文を読んでいた。

「錬金術師C．R．Cことローゼンクロイツが王宮に招かれ、『金羊毛《トワゾン・ドール》』を与えられて乙女が騎士団長を務める騎士団の一員となる。王と王妃たちは首を刎《は》ねられて殺されてしまうが、C．R．Cは、錬金術の秘薬を探し出し、錬金術の業《わざ》によって彼らを復活させ、『黄金の石の騎士』に選ばれる——だがその一方で、女神ヴェーニュスの裸身を見てしまって災難に巻き込まれる。なるほど。ヴェーニュスの裸身を見てしまうという寓話《ぐうわ》の意味はよくわからんが、王と王妃を再生して『黄金の石の騎士』になるというくだりのほうは、錬金術の秘術についての隠喩らしいな」

「錬金術を操る姫騎士団長が登場しているんだな。偶然なのか、それとも……それに、死者を再生させる秘薬を手に入れた『黄金の石の騎士』って、いったい？　その秘薬って、もしかして『賢者の石《ピエール・フィロソファル》』のことじゃないのか？」

「錬金術から離れたまえ、モンモランシくん。ここには、きみの推理を裏付けるたしかな『証拠』がある。きみの推理は、当たりだ。今、きみが疑っている彼らこそが、この姫騎士団長殺し事件の真犯人だ。その理由は――」

　モンモランシは、ジャンから「その理由」を聞かされて、「間違いない。犯人は……」と生《なま》唾《つば》を飲んでいた。

「だ、だが、フィリップの親父さん。聖杯の在処を自白しなかった姫騎士団長を即死させずに敢えてダイイングメッセージを書き残させたということは、犯人はまだ聖杯を狙《ねら》ってパリに潜伏しているということか？」

「そういうことになるな。彼女のダイイングメッセージを発見し解読した関係者が、知恵を絞って聖杯の在処を突き止める瞬間を――犯人は待っているのだろう」

「大変だわ、お父さま！　リッシュモンが単独で『聖杯の在処』を突き止めてしまっているかも！　リッシュモンは、『犯人が現れそうな場所に心当たりがある！　妄想ではなく、現実的な理由がある』と言っていたわ！　もしも一人でその場所に乗り込んでいたとしたら……リッシュモンまで危険にさらされてしまう！」

　し、しまったあああ！　とモンモランシが大声をあげて、廊下へと飛びだしていた。

「待って、モンモランシ！　リッシュモンがどこへ向かったか、わかるの？」

「あいつは『現実の物証』だけを手がかりに推理していた！　あいつは間違いなくシテ島へ向かっている。サント・シャペルだ！　なぜなら、団長の指が示していた！　そこに聖杯がある！　そして犯人も！　間に合ってくれ……！」

「サント・シャペルか、馬を貸そう。私もじき兵団を連れてあとを追う、だが召集するまでには時間がかかる、先行してくれたまえ！」

　とジャンが応《こた》えた。

「リッシュモンを『真犯人』に捕らえさせてはならんぞ、モンモランシ。リッシュモンはいずれヨーロッパ最高の騎士となる英才だ。彼女をやつらに奪われれば、フランス王国はいずれ崩壊消滅する。ヨーロッパ諸国の『力』のバランスが崩れる！　それでは私が困るのだ！　わが世継ぎフィリップにも、過酷な苦難が……！」

「よくわからねーが、だいたいわかった！　リッシュモンもフィリップも俺が守る！　馬を借りるぜ！」

「くすんくすん。私もお父さまたちとともにすぐに向かうわ。気をつけて、モンモランシ」

「任《まか》せておけ」

　モンモランシはこの時、リッシュモンを救うことで頭がいっぱいだった。『化学の結婚』をジャンのもとに置き忘れたことを、失念していた――。

※

夕暮れのサント・シャペル。

オークたちを操ってリッシュモンを鎖で縛《しば》り付け、祭壇に吊るし上げていた鉄仮面の男「C.R.C」は、リッシュモンの白い頬にそっと指を這《は》わせながらほくそ笑んでいた。

「触れるな！　放せ、変態め！　その鉄仮面を外さなければ、女性と話すこともできないのかっ!?　目を合わせろ！」

「鉄仮面は外せないな。私は正体を隠さねばならんのでね。言っておくが、私は姫騎士団長を殺していない。彼女が先走って自《みずか》らの手で自分を刺したのだ。拷問《ごうもん》の責め苦を受けて口を割られることを阻止したのだろう。聖杯の在処を、私に知られまいと」

「……では、ダイイングメッセージが室内に残っていたのは……」

「そうとも。聖杯の在処を、誰かに突き止めさせるためだ。学校内で怪しげな魔術絡《がら》みの殺人事件が起きれば、子供たちがこぞって探偵ごっこをはじめるに違いないからな。だから、床に並べた盃もそのままにしておいた。私の存在を知られるというリスクを承知の上で『化学の結婚』を持ち去らなかったのも、私の判断だよ。ハハハ」

「くっ。だが貴様は今、私を拘束しているではないか！　外道め！　仮にも聖杯を探索している者でありながら、騎士道精神がないのか！　くっ、殺せ！」

「すでに聖杯がこの教会にあることは突き止めた。オークどもがじきに発見するだろう。それに、聖杯よりもきみのほうが美しい。まだ卵の状態だが、いずれ雛《ひな》が孵《かえ》り、そして成長する――刷り込みとでもいうのかな。きみの心を永遠に私のもとに縛り付けておくためには、これもまた必要な儀式なのだ」

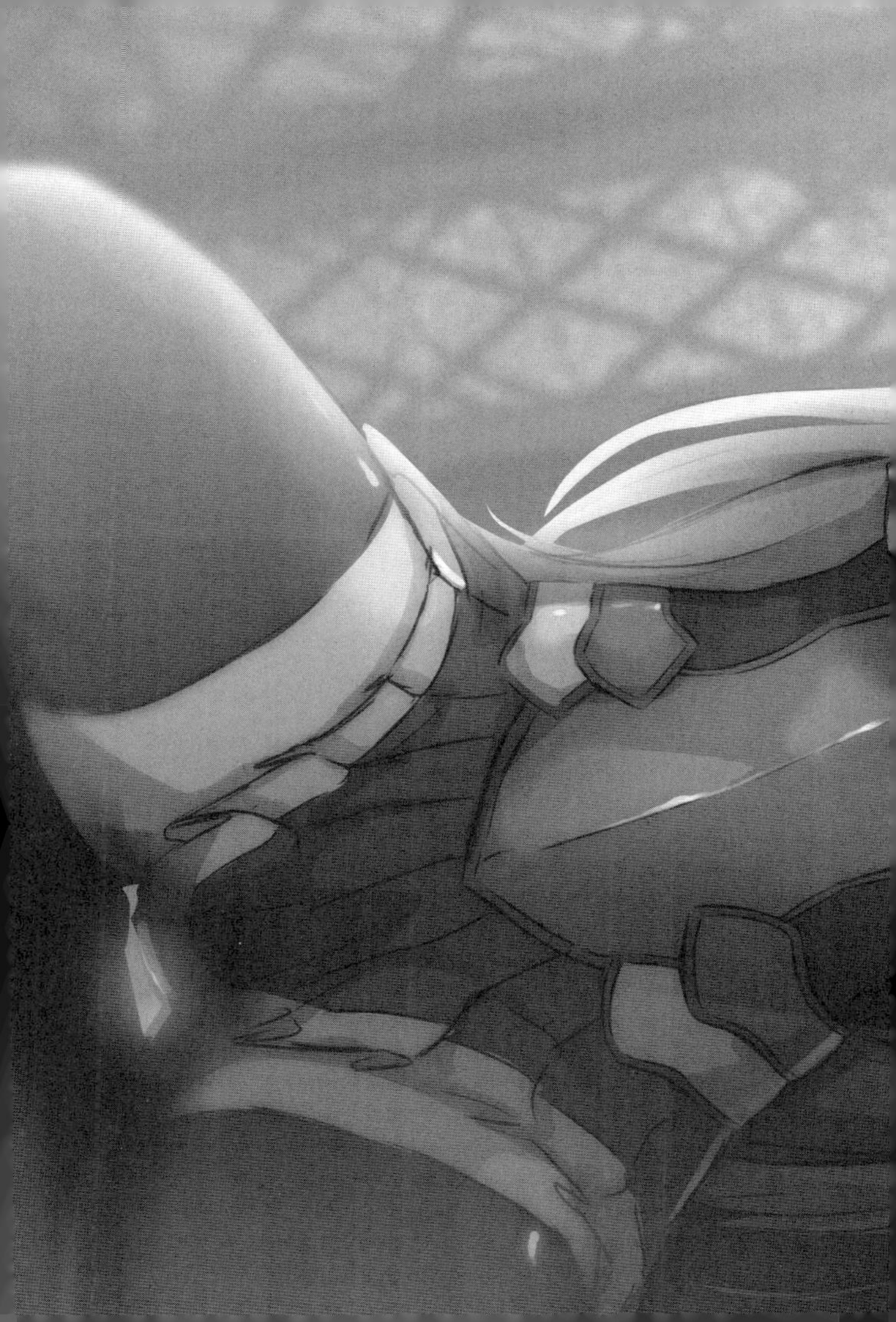

「なにが刷り込みだ！　鉄仮面の変態め……！」

「おっと。舌を噛み切られてはかなわん。フランスの姫騎士はどうしてこうも頑固なのか」
C．R．Cは、鎖を猿ぐつわ代わりに用いてリッシュモンの唇を封じてしまった。
「ふぐうう、ふぐうううう!?　あうううう～!?」

（こ、これでは、唇から涎《よだれ》が垂れ流しに……なんという侮辱《ぶじょく》！　早く殺してくれ！）とリッシュモンは泣いて抗議したが、その苦悶の声は言葉にはならない。リッシュモンの美しさに魂を奪われているC．R．Cを興奮させるばかりだった。

「これで舌は噛めない。聖杯を手に入れたその日に、これほどの美少女をも手に入れることができるとはな。私にも運が回ってきたらしい。ハ、ハ、ハ」
C．R．Cの手が、下腹部へと移ってきた。
衣服を脱がされる……！

モンモランシ……！　とリッシュモンが心の中で叫んだ。


「サント・シャペルに着いた！　今行くぞリッシュモン！」

大陽が西の彼方《かなた》に落ちようとしていた。

フィリップとジャン無怖公はどうやら、まだ到着しそうにない。

「教会内に薔薇十字団員が何人いるかは知らないが、待っていられないな！」

シテ島へと到着したモンモランシは、ただ一人でサント・シャペルへと強行突入していた。

だが。

「ぐふ、ぐふ、ぐふ。ここは通さないっすよ～」

「ふははは！　われらはドイツからやってきたオーク族！」

「Ｃ．Ｒ．Ｃさまに雇われている妖精傭兵っす！」

「ま～た人間がやってきたのだ！　一人ずつ順番にやってくるとは、意外に頭が悪いのだ」

「すでに姫騎士は捕らわれて、Ｃ．Ｒ．Ｃの旦那《だんな》にあんなことやこんなことをされるところなのだ」

「『姫騎士を堕とす』悪行こそは、人間が為せる『悪』の極み！　われらオーク族もＣ．Ｒ．Ｃの旦那にあやかってほんものの雄に進化するっすよおお～！」

入り口の門を、見慣れない大柄な妖精族が固めていた。人相、いや、妖精相が悪い連中だった。しかもそれぞれ、手に武具を持っている。金属製の槍《ランス》や斧《アッシュ》。妖精族はこんな危険な武具を使えないはずだが……とモンモランシは唸《うな》ったが、「リッシュモンの純潔が危ない」と知った以上、躊躇《ちゅうちょ》している場合ではなかった。

全身の血液が沸騰《ふっとう》したかのように熱くなっていた。野獣の眼光を放ち、長い髪の毛が逆立つ。

「激怒」した瞬間に、モンモランシはまるで別人になった。

「ふざけんなあああ！　たとえ妖精族が相手だからって、リッシュモンを傷つけるようなやつらには俺は容赦《ようしゃ》しねえぞ……！」

その禍々《まがまが》しい眼光と、圧倒的な殺意を前にして――。

オーク族たちは「「「ぴぎゃあああああ!?」」」と悲鳴をあげていた。

「こ、こ、この眼光、この圧倒的な『殺意』の波動は……でで伝説の……ままま……魔王さま……!?」

「『ソロモンの封印』を破って悪魔たちを使役《しえき》する力を持ち、人間も妖精も神もことごとくを喰らい尽くし殺し尽くすという!?」

「長老の与太話だと思っていたのに、実在していたのだあああ!?」

「許してくれなのだあああ！」

「じじじ自分たちはただの傭兵なんすよおおお！」

「まままま姫騎士はなにもされてないっす！　C．R．Cの旦那は祭壇に鎖で縛り上げた姫騎士を相手に、ヘンな美学を長々と語っていて……あれは変人なんす！」

「今ならまだ間に合うっす！　だから、命ばかりはお助け！」

「ドイツに帰りますから、勘弁してください！」

オーク族は武器を投げ捨て、腰砕けになりながら、門を開いてモンモランシの前にいっせいにひれ伏していた。

リッシュモンを救わなければ！　という一念に燃え上がっているモンモランシは、オークたちの言葉を聞いていなかった。

唐突に門が開いたと知るや否《いな》や、振り返ることなく祭壇へと向かっていた。

「リッシュモオオオオン！」

リッシュモンは鎖で縛《いまし》められ、吊《つ》るされていた。

「……ふぐ……ふぐううう！」

そして、そのリッシュモンの衣服を剝《は》ぎ取ろうとしている鉄仮面の男がいた。

「むっ!?　オークどもめ、抵抗もせずこの少年を通したのかっ!?　ええい。やはり雄を気取っていても妖精族は妖精族だ！　姫騎士相手には奮闘したくせに。戦闘にやつらは使えんな！」

「てめえが、C．R．Cかあああああ！　リッシュモンに触れるなあああ！」

「この姫騎士を人質に取ってきみの動きを封じてもいいのだが、私の手で直々《じきじき》に倒してやろう！　彼女はわが珠玉《しゆぎよく》の『石』だ！　少年！　その騎士見習いらしい勇気は褒《ほ》めてやる」

「うるせえええええ！　御託《ごたく》を並べるなあああああ！　なんだその鉄仮面は、この変態野郎があああ！」

C．R．Cはモンモランシを、友人を辱められかけて激昂している子供だ、実戦も殺人も一騎打ちも未経験だ、と見くびっていた。だがモンモランシは容赦なく長剣を抜き放って、C．R．Cの頭蓋《ずがい》を一撃で叩き割ろうとしていた。なんの迷いもなく、C．R．Cを殺すつもりだったのだ。殺す、と考えて動いているのではない。身体が勝手に動いている。

幼いモンモランシはずっと祖父の蛮行に耐えてきた。下級貴族の祖父「赤髭《あかひげ》のジャン」が居城《きよじよう》で行ってきた、数々の無法な行為に。貴婦人を攫《さら》って財産を横領《おうりよう》し、資産家の幼女を攫ってきてモンモランシに「妻」としてあてがう。自分の内側で咆吼《ほうこう》し爆発しようとする怒りと暴力衝動を、ずっと抑え続けてきた。が、リッシュモンがこのような辱めを受けている姿を前にして、ついにモンモランシは切れた。

学校でのジョスト大会では決して見せたことのない、剝《む》き出しの圧倒的な殺意――！

捕らわれているリッシュモンですら、（ほんとうにモンモランシなのか？）と目を疑い、信じられなかった。

「はっ、速い！　見えん!?」

ガンッ！

鉄仮面を被っていなければ、C．R．Cは脳をぶちまけて即死していただろう。

ええい。このような子供がなぜこれほどのバーサーカーぶりを発揮する!?　頭を揺らされたC．R．Cは揺らめきながら、短剣をモンモランシめがけて放り投げ、その隙《すき》に祭壇の中央にある大型の「聖櫃《タベルナクル》」へと飛び込んでいた。聖櫃は聖体を安置するための箱なのだが、聖遺物を大量に蒐集してきた聖王の独自の趣向なのか、この教会の聖櫃は人が一人入れるほどに大きかった。

「待て！　この幼い姫騎士はきみに返そう！　あまりにも美しい宝石を見つけてしまったために、つい我を忘れてしまったのだ！　非礼は詫びる！　私が探しているものは『聖杯』だ！　それは、この教会のどこかにある！」

「知ったことか！　姫騎士団長を殺したのも、お前だろうが！　リッシュモンにそうしようとしたように、団長も辱めたのか！」

「違う！　姫騎士団長は勝手に自決したのだ！　私にはそのような意図はなかった！」

「リッシュモンを辱めておきながら、通じるかよ！　てめーが誰であろうが、知ったこっちゃねえ！　ブッ殺す！　聖櫃ごと貫《つらぬ》いてやる……！」

「いやっ、未遂《みすい》だ！　きみは間に合った！　騎士の任務は姫を救うことだ！　私を罰し命を奪うことではない！　私はもう、きみと戦うつもりはない！　これ以上ことを荒立てたくはないのだ！」

「うるせえ！　てめーのような小細工を弄《ろう》する野郎の言葉なんぞ、信じられるか！　ドイツの錬金術師・C．R．Cも！　ドイツの秘密結社・薔薇十字団も！　どっちも存在しねえ！　C．R．Cは架空《かくう》の人物だ！　てめーはイングランドの錬金術師だろうが！」

聖櫃に身を隠していたC．R．Cは、一瞬言葉を失った。

なぜだ？

なぜこの少年は、私がドイツ人ではなくイングランド人だと見破ったのだ⁉　『化学の結婚』を目撃者に発見させてすべてドイツ人の犯行だとミスリードするために持ち去らなかったのに！　姫騎士団長殺し事件が発生したその日のうちに⁉　まだ子供なのに！

「なにか誤解しているらしいな少年。私はクリスチャン・ローゼンクロイツ。聖杯を求めてドイツから来た男だ……は、は、は」

「いや、違うなっ！　姫騎士団長は聖杯を探索している途上で『化学の結婚』を入手し、てめーが聖杯を探していることを知った！　パリ宮廷の貴族に『化学の結婚』を渡して、てめーを告発するつもりだったに違いない！　その書を敢えて回収しなかったということは、あの書は偽書《ぎしょ》なんだよ！　てめーは馬脚《ばきゃく》を現したっ！」

「う、うぐぐ」

「てめーはフランス人でもなく、ドイツ人でもない！　そして、フランスと今現在戦っている『敵』となれば、イングランド人しかいねえ！　てめーは、イングランド王宮お抱《かか》えの錬金術師か、それに類する身分の男だ！」

言いがかりだ！　とC．R．Cは青ざめながら反論しようとした。が、モンモランシは抗弁を許さない。

「てめーはイングランド人なんだよっ！　聖杯自身にはなんの力もないとしても、だ！　イングランド人にとっては、喉《のど》から手が出るほど欲しくてたまらない聖遺物だからな！　かつて『フランク王国』の版図《はんと》に組み込まれなかった辺境の島国・イングランドには、ヨーロッパの覇者となる正当性がない！　ヨーロッパの覇権を懸《か》けてドイツとフランスに対抗する大義がない！　フランスを征服しようと何十年にも及ぶ戦争を続けているイングランドにとって、『聖杯』は『ヨーロッパの覇者』の証《あかし》となる貴重な宝具だ！　執拗《しつよう》に抵抗を続けるフランスの人民も、聖杯を前にすれば屈服するかもしれない！　伝説のアルチュール王がブリテン島からフランスへと渡ってきたのも、聖杯を探索してヨーロッパの覇者たらんと野心を抱いたからだ！　てめーらもなっ！」

「そんな与太話は、すべてきみの妄想《もうそう》だよ少年！　英仏戦争をたかが聖杯ひとつで終結させられるものか！　そもそも私がイングランド人だという物証など、なかろう！」

「物証ならばある！　ブルゴーニュ公が！　ジャン無怖公が『化学の結婚』を一読して見破った！　あの本はドイツ語で書かれているが、完全なドイツ語ではない！　純粋なドイツ人ならば犯さないミスを犯している、すでにドイツでは使われていない古ゲルマン語をところどころで使っている、と！　俺たちフランス人は古ゲルマン語からかけ離れた『フランス語』を使う。だがヨーロッパには、古ゲルマン語を残している国がある！　イングランドだ！　かつてゲルマン民族のアングロサクソン人に征服された過去を持つ島国イングランドには、そのアングロサクソンの言葉が残っている！　ドイツ人ですら忘れた古ゲルマン語の名残《なごり》がな！　つまり、てめーはイングランド人なんだよC．R．C！」

　ちっ。ジャン無怖公か。暴勇だけの男だと思っていたが、どうやら侮《あなど》っていたらしい。さすがに若い頃オスマン帝国で暮らしていただけのことはある。意外な知性の持ち主だ。『化学の結婚』は回収しておくべきだった。ジャン無怖公はわが「兄」にとって「邪魔者」になる――とC．R．Cは舌打ちしていた。

「もう、てめーに逃げ場はねえぞ！　まもなくブルゴーニュ公が兵を率いてこの教会に乗り込んでくる！　周囲を完全に包囲する！　その鉄仮面を外して、素顔をさらけだしてやる！」

「ジャン無怖公自身がだと!?　ならば、ここまでだ少年！　きみの騎士としての活躍は見事だった！　きみは試練を乗り越えて幼い姫騎士を救った！　が、私を捕らえることはできんぞ！―

とC．R．Cは哄笑《こうしょう》していた。

「居直ったのか？　絶望したのか？　どっちでも知ったこっちゃねえ、死ねええええ！　聖櫃ごと剣でてめーの身体を刺し貫いてやらあ！」

もはや、聖櫃の中に隠れているC．R．Cに逃げ場はない。

しかし。

「ふぐ、ふぐうう！」

モンモランシは、聖櫃を刺さなかった。先に縛められているリッシュモンを解放しなければ！　と理性を取り戻したのだ。

リッシュモンも、モンモランシが「殺人」を犯すことを望んではいなかった。言葉を発せない状態でありながら、必死で彼を制止していた。ここでモンモランシが怒りに身を委《ゆだ》ねてC．R．Cを殺してしまえば、モンモランシの心の中で決定的になにかが歪《ゆが》んでしまう。幼なじみだからこそ、わかった。

「……そうだったな。リッシュモン。C．R．Cの裁きはジャン無怖公に任せよう。悪かった……だが、なんとか間に合った」

長剣を床に突き立てたモンモランシは、リッシュモンの身体を縛り口を塞《ふさ》いでいた鎖を一本ずつほどきながら、ゆっくりとリッシュモンの身体を腕の中に下ろしていた。

「……けほ、けほ……ああああんまり見るなっモンモランシ！　口が涎で汚れて……ううう……」

「なんだって？　C．R．Cの野郎の涎か……！　やっぱり殺す！」

「ち、違う。これは、わ、私自身の……って、なにを言わせるんだモンモランシ！　ど、ど、どうして私を抱いているのだ。私の涎を拭《ふ》くな！　さ、さ、触るな！」

「なに意識してるんだよっ⁉」

「こんな恥ずかしい姿を見られてしまったら、せざるを得ないではないかっ！　わ、わ、私がこんな目に遭《あ》っていたことは、フィリップやシャルロットたちには、その」

「……言わないよ。シャルロットに教えたら、ずっとからかいのネタにされるだろうしな。なにより、お前に闇討ちされたくない」

「なぜ私がきみを闇討ちしなければならないんだ」

「ええと。照れ隠しで？」

「モンモランシ。きみは私をなんだと思っているんだ。はあ……さっき一瞬だけ魔王のように強かったきみは、なにかの間違いだったのだな」

「リッシュモンが捕らわれていたからだろう。それにC．R．Cは武術に関しては素人《しろうと》同然だった。こいつの正体はジャン無怖公に暴いてもらうとして、結局、聖杯はこのサント・シャペルにあったのか？」

「私が捕らわれた時点では、まだ見つかってはいなかったようだ」

「そっか。鎖はほぼ外した。あとはこの胸元を縛っている最後の一本を外せば救出作業終了だ、リッシュモン。うん？　どこかにひっかかってるな」

「あっ！　こらっ！　そ、それを引っ張るなモンモランシ！　私の服に挟まってひっかかっている！　ああっ!?」

「し、しまった……！　リッシュモンの服を破ってしまった……う、うおおおおっ？　こ、こ、これはっ？　り、リッシュモン？　お、お前？　む、胸が、ふ、膨《ふく》らみはじめて……!?ちょっと前までは、つるぺただったのに？　これはいったい!?　まるで錬金術の奇跡だ！」

「だだだ、だから言ったのにっ……こっ、殺す！　よ、よ、よくも私を辱めたなっ！　きみだけは生かして教会から出せないなモンモランシ！」

「いいから胸を隠せーっ！　やっぱり俺を照れ隠しで闇討ちするんじゃねーかよっ！」

「闇討ちではない、決闘を申し込むっ！　長剣を取れモンモランシ！」

「仕返しなら、ジョスト大会でやってくれ！　ほら俺の上着を着ろ！　胸を隠せ！　目の毒だ！」

「……モンモランシも、男の子なのだな。フィリップのお世話係もそろそろ解任しなければならないな、はあ……フィリップがお漏《も》らししている瞬間に興奮しているのだろう、変態め」

「するか！　だがまあ、俺たちもこうして子供じゃなくなっていくんだなあ。いつまで学校で馬鹿やってられるんだろうな、リッシュモン。いずれ男と女に分かれてしまったとしても、俺はお前たちとは永遠に友達でいたいんだぜ？」

「いい話でまとめるな！　まったく！　あああ。モンモランシに穢《けが》された、穢された……くっ、殺せ！」

リッシュモンがモンモランシの上着を着てまもなく、ジャン無怖公が。そして珍しく甲冑《かっちゅう》を着けたフィリップが「あうあうあう。も、も、漏れ……」と怯えながら、サント・シャペルの内部へと踏み込んできた。

「C．R．Cを捕らえ、リッシュモンを救ったか！　小僧！　なかなかやるな！　きみこそまさに『黄金の石の騎士』だ！　聖杯は見つけたか⁉」

「いや、見つけてねーよ。そんな余裕はなかった。C．R．Cは聖櫃の中に隠れている」

「わかった。聖杯は私の兵たちに捜索させよう。姫騎士団長への手向《たむ》けだ。発見次第、フランス宮廷に届けるとしよう。イングランドの手に渡してはならん」

「ああ、そうしてくれ。聖杯が特殊な『力』を持たないただの象徴なら、俺は興味ねーしな」

「ヴェーニュスの裸身は見たか？」

「……そうだなあ。あんたが来てくれなかったら、俺は今頃、短気なヴェーニュスに殺されていたよ」

　フィリップが信頼して懐《なつ》くだけのことはある、きみは頼れる少年だ、いずれほんものの騎士になるだろう、とジャン無怖公はモンモランシの手を握っていた。

「り、リッシュモン。よかった。サント・シャペルを守っていた薔薇十字団の団員さんたちは、私たちが到着した時にはどこかへ逃げ散っちゃっていたの。モンモランシが一人で薔薇十字団を蹴散らしちゃうなんて、嘘みたい……くすん」

「フィリップ。ドイツの秘密結社薔薇十字団というものはなかった。C．R．Cが率いていた連中は、オーク族という見慣れない妖精族だったんだ。人間より小さく、すばしこく、意外と腕力もあった。だから私は不覚を取った。モンモランシがどうやって押し通ったのかは、わからない」

フィリップとリッシュモンが抱き合っている最中《さなか》。

事態は、予期せぬ結末を迎えていた。

「聖櫃の中には誰もいません！」

「C．R．Cは隠し通路を通って、サント・シャペルから脱出したようです！」

兵士たちの報告を受けたジャン無怖公は、しまった！　と歯ぎしりしていた。

「そうだ。サント・シャペルを建設した聖王ルイ九世は、シテ島の宮殿からサント・シャペルへ自在に通うために隠し通路を繋げていたという伝説があった！　聖櫃の中に、隠し通路への扉があったのか！　だからサント・シャペルの聖櫃は人が入れるほどに大きかったのだ！　その隠し通路を、C．R．Cが用いたのだ！」

モンモランシが「あの野郎だけは逃がさねえ！　急いで宮殿へ！」と声をあげたが、ジャン無怖公は「無駄だ。シテ島の宮殿はシャルル五世の時代に放棄《ほうき》されている。今では、宮殿『跡』にすぎない。C．R．Cは悠々《ゆうゆう》と脱出して、すでにシテ島から離れている」とモンモランシを押しとどめていた。

「自分の正体を偽《いつわ》るためにドイツの秘密結社の偽書まで用意した男だ。用心深く、入念に調査してから動く男だ。サント・シャペルは、以前から聖杯の隠し場所の候補としてあがっていたのだろう」

夜が更《ふ》けた。

「聖杯は見つかりませんでした」という報告を受けたジャン無怖公は、「C．R．Cが奪ったのではない。安心したまえ。姫騎士団長の推理が外れていたということかな。あるいは、このサント・シャペルもまた聖杯へ連なる道の途上にすぎないということかもしれん」とうなずき、モンモランシたちに別れを告げていた。

「そうか。だがひとつだけわからないことがある。姫騎士団長は誰のために聖杯を探索していたんだろう？　もしもシャトー修道会がほんとうにテンプル騎士団の末裔だとすれば、フランス王室のために命を懸けて聖杯を探すはずがない」

「モンモランシくん。フランスはイングランドに敗れつつある。国家存亡の機だ。伝説の聖杯がフランス王室のもとに渡れば、宮廷を分断しているアルマニャック派とブルゴーニュ派の対立を終わらせることができる、と彼女は考えていたのかもしれんな。もっとも、遺恨《いこん》に遺恨を重ねている二つの派閥《はばつ》がひとつに結束できるとは思えんがね。今回も結局、空振りに終わったしな……聖杯は、この地上の世界には存在しないのかもしれんな」

宮廷が派閥抗争に明け暮れているのはあんたがオルレアン公を暗殺したからじゃねーか、とモンモランシはジャン無怖公に言ってやりたかったが、すでに「事件」は終わった。もうモンモランシは探偵ではない。フィリップを傷つけることになる台詞《せりふ》を、モンモランシは飲み込んでいた。そして、「聖杯がイングランドに渡らなかっただけでもよしとするか」と頷《うなず》いた。

かくして姫騎士団長殺人事件は、最後の最後に犯人を取り逃がすという結末を迎えた。しかし、ドイツを隠れ蓑《みの》に聖杯を奪取するというイングランドの野望は阻《はば》まれ、リッシュモンは変態仮面に辱められて堕とされるという危機をモンモランシによって救われたのだった。

まずは、「一件落着」と言っていい。


シャルロットが事件解決の一報を知ったのは翌朝の学校でのことだった。

「えー。あのあと、ほんとにずっと捜査してたの～？　みんなやる気あるね～。シャルはもう、すっかり忘れちゃってたよ～」

リッシュモンが「シャルロットが捜査を命じたんじゃないかっ！」と大激怒したことは言うまでもない。

※

モンモランシに心底怯えたオーク族が逃げ散ったあと。

聖王ルイ九世の隠し通路を用いてサント・シャペルからからくも脱出したC．R．Cは、フランスにおけるイングランド陣営の前線基地のひとつ、カレーの町へと舞い戻っていた。

個室のソファへと寝転がり、素性《すじょう》を隠すために着用していた鉄仮面を外しながら、C．R．Cは「あのリッシュモンとかいう少女の魅力に惑《まど》い、聖杯《チャリス》という大魚を逸《いっ》するとは。私としたことが、まだまだ若いな。どうにも女の扱いは苦手だ……物言わぬ石とは違う。やっぱり私は兄上のような英雄とは違う。ハハ」と自嘲《じちょう》していた。

むろん、C．R．Cは、仮の名前。

彼の本名は、ジョン・オブ・ランカスター。

今をときめくイングランド王ヘンリー五世の実弟である。

ガーター騎士団の騎士にして、ベドフォードの地に封じられている彼は、「ベドフォード公」と呼ばれている。

鉄仮面を外すや否や、ベドフォード公は日光から瞳を守るために黒眼鏡を着けていた。

素顔を隠すのは、この男の「癖《くせ》」なのかもしれない。

「だが、思わぬ収穫があった。まさかシテ宮跡へと出た折に、『聖槍《セイント・ランス》』を発見することになるとはな。ただ、聖槍を称する聖遺物はいくらでもある。これがほんものか偽物かは、まだわからんが」

ベドフォード公は、世界に複数存在する「賢者の石」と呼ばれる宝具を血眼《ちまなこ》になって蒐集している奇人だ。

「英雄」にして「征服王」である兄ヘンリー五世と違い、彼はフランス侵略戦争には興味がない。ただ、大陸に進出すれば「賢者の石」を発見できる。とりわけ「聖杯」を。聖杯こそは、イングランドの英雄アーサー王が固執《こしつ》した「治癒《ちゆ》の力」を持つ賢者の石なのだ。「聖杯」の力をヘンリー五世が手に入れれば、兄は不死身になれる。

「兄上は戦争の天才だが、たったひとつの問題は、生身の人間だということだ。戦場で常に最前線に立って戦う兄上は、いつ死ぬかわからん。だが兄上がユリシーズになり不死身の治癒力を手に入れれば、必ずやこのフランスを併合《へいごう》し、ドイツを倒し、ヨーロッパに壮大な統一帝国を築き上げるだろう。いずれ強大な十字軍を率いて聖地エルサレムを奪回し、『第二のアレキサンダー大王』になれる。兄上が東方へと突き進めば、私は新たな賢者の石を回収できるだろう。世界に散らばるすべての石を、わがコレクションに。それが私の夢だ。しかしこうして手に入れた賢者の石は、『聖槍』か……賢者の石は私のような趣味人ではなく、兄上に所有されることを望んでいるのだろうか？」

賢者の石の力を人間が手にするためには、苛酷な条件が必要であり、試練を乗り越えねばならない。聖杯伝説に語られる騎士たちが幾多《いくた》の「試練」に打ち勝たねばならず、その多くが試練を突破できずに聖杯に拒絶されるのも、単なる「物語」故《ゆえ》ではないのだ。

「聖槍の力を取り込むためには、自分の身体に聖槍を突き刺さねばならない、という。しくじれば死あるのみだ」

しかし、わからないことがあった。

聖杯がサント・シャペルに隠されていたことは、旧テンプル騎士団系のフランスの秘密結社のメンバー、レンヌ姫騎士団長が知っていた。それは、彼女のダイイングメッセージから明らかになっている。

旧テンプル騎士団の何者かが、聖王ルイ九世がかき集めていた「がらくた」同然の聖遺物の中に聖杯を隠したのだろうか。その時期までは特定できなかったが、おそらくはごく最近のことだろう。聖杯は、スコットランドや南フランスなどを転々としてきたはずなのだ。ヨーロッパ各地に散らばった旧テンプル騎士団系結社、いわゆるフリーメーソンのメンバーたちは、聖杯をフランス王家に渡すまじ、と場所を移動させながら秘匿《ひとく》し続けてきたのだから。

だが、なぜこともあろうに聖槍が聖王ルイ九世のシテ宮跡に隠されていたのだろうか。

これもテンプル騎士団絡みなのか？

あるいは、聖王自身が秘匿していたのか？

それとも、百年戦争前半戦の英雄・賢王シャルル五世が隠し持っていたのか？　シャルル五世が即位する以前のフランスは、イングランド軍に連戦連敗だった。しかしシャルル五世は、ブルターニュの傭兵にすぎないデュ・ゲクランを元帥《げんすい》に抜擢《ばってき》して、イングランドが占領した領地と城をことごとく奪回した。シャルル五世はあるいは、デュ・ゲクランにこの「聖槍」を与え、デュ・ゲクランをユリシーズにしていたのだろうか？

シャルル五世は、伝統あるシテ宮を完全に放棄した王だ。そのシテ宮に、聖槍を――「裏をかく隠し方」ではある。

「これだけはたしかだ。『運命』は、イングランド王家に聖杯ではなく、聖槍をもたらした。命を守る防具ではなく、敵の命を奪う武具を、だ。やれやれ。兄上に聖槍を見せていいのかどうか。私は、厄介《やっかい》の種を拾い上げてしまったのかもしれんな」

ソファーに寝そべって聖槍を磨きながら、「まったく。こういう冒険の旅は私には向いていない。聖槍は、もしかしたら兄上とイングランドを滅ぼす悪《あ》しき『運命』の使者なのかもしれん。私はまるでガウェインだな。ただちに『賢者の石』捜索隊を率いるに相応《ふさわ》しい適任者を探すとしよう」とベドフォード公は呟《つぶや》いた。

リッシュモンという奇《く》しくも私と同じ名を持つあの少女と、いずれ再会する時は来るのだろうか。彼女は何者だったのだろうか、と煩悶《はんもん》しながら。ベドフォード公は「リッチモンド伯《はく》」でもあったのだ。リッチモンドはイングランド領なのである。

「そうか。フランス人でありながらリッシュモンつまりリッチモンドを名乗っているということは、あの娘は、ブルターニュ公国の姫か……」

ブルターニュ公家は、宗主国をイングランドからフランスへと変えて以後も、「リッシュモン伯」という称号を捨てていない。勝手に名乗り続けているのだ。そうか。彼女こそが、頼りない兄王を説得してイングランドのブルターニュ併合を阻止したという少女か。

リッチモンドではなく、リッシュモン。ブルターニュ公国が捨てようとしない名ばかりの称号はすでに、フランス風の呼び方となっているのか。

ベドフォード公は、自分自身とリッシュモンの間を分かつように聳《そび》える「壁」を感じていた。戦争の天才である兄が、英雄ヘンリー五世が、「聖槍」の力を用いてその壁を打ち壊してくれるのではないか。そう期待したかった。しかし、そのエゴがヘンリー五世とイングランドの未来を狂わせていくことをも、予感していたのだった。

※

ジャン無怖公は、C．R．Cすなわちベドフォード公が聖槍を期せずして発見したことを知らない。

そして彼は、ついにサント・シャペルで聖杯を手に入れていた。

最大の問題だったモンモランシは、リッシュモンのことで頭がいっぱいになっていたらしく、「聖杯は見つからなかった」というジャン無怖公の言葉を素直に信じた。

もしもモンモランシが「聖杯はあったはずだ。隠したな！」と言いつのってきたら、口封じのために殺さねばならなかった。が、殺す手間が省けた。フィリップのためにも最善の結末だ、と馬車の中で揺られながらジャン無怖公は笑っていた。

その手には、聖杯が握られている。ヨーロッパの覇者たる者だけが手に入れられるという聖杯は、イングランドでもフランスでもなく、ブルゴーニュを選んだのだ。

ジャンは、ブルゴーニュの勝利を確信していた。

「レンヌ姫騎士団長よ。礼を言うぞ。イングランドのフリーメーソンに嗅《か》ぎつけられていながら、よくぞ聖杯の在処を守り通した。しかも、ダイイングメッセージまで遺してくれたとは。もっとも、私と予定通り会えていれば、死ぬことはなかったのにな。わずか半日遅れだった……それがお前の『運命』を分けた。生と死は、常に隣り合わせだ」

レンヌ姫騎士団長が率いるシャトー修道姫騎士団は、旧テンプル騎士団の流れを汲《く》みながら南フランスに留《とど》まったフランス系フリーメーソンの一派だった。

南フランスは異端カタリ派のかつての牙城《がじょう》であり、そのカタリ派信者たちは南フランスの支配を狙っていたフランス王と異端撲滅《ぼくめつ》を図った教皇が派遣した十字軍によってことごとく攻め滅ぼされた——逃げ散った信者たちも、異端審問団によって次々と狩られ、焼き殺された。だから、同じ「異端」であるテンプル騎士団の騎士たちを、南フランスの住人たちは温かく迎えてくれたのだった。

テンプル騎士団最後の総長ジャック・ド・モレーが処刑されたのが、一三一四年。十字軍によって壊滅に追い込まれたカタリ派最後の指導者が異端審問団に逮捕されたのが、一三二一年。両者ともに、同時期にフランスの「表」の歴史から姿を消した。だからこそ両者は、南フランスの「影」で手を組み合流したのだった。

シャトー修道姫騎士団は「表」の名称で、フリーメーソンとしての真の組織名は「大東社《グラントリアン》」という。テンプル騎士団の思想を受け継ぎ、「大いなるオリエント」すなわち東方世界を「錬金術《アルシミー》と魔術《マジー》、あらゆる古代叡智《えいち》を守る世界」として崇拝《すうはい》する秘密結社だった。言うまでもなく、唯一神しか認めないカトリックの教義とは対立する。むろん、テンプル騎士団を壊滅させたフランス王家に聖杯を奪われることを彼女たちは認めなかった。

テンプル騎士団壊滅の後、聖杯は「聖杯の守護者」の地位を引き継いだ各国のフリーメーソンロッジの間を転々としていたが、オスマン帝国から解放されてブルゴーニュへ戻ってきたジャン無怖公が探索に動いた時には、レンヌ姫騎士団長が「守護者」の役割を務めており、そして実は——聖杯は、姫騎士団の本部レンヌ＝ル＝シャトーにあった。

姫騎士団の秘密などを組み合わせたニコラ・フラメルの作り話のうち、「ジェズュ・クリの血統」にまつわる話は完全なフィクションだったが、「レンヌ＝ル＝シャトーに聖杯がある」という部分は真実だったのだ。この時ニコラが語った与太話は、「嘘話だったが面白かったな！」とモンモランシが言いふらしたり書き残したりして、後世に残った。やがて、ニコラ・フラメル起源の聖杯伝説をまとめた「レンヌ＝ル＝シャトーの秘密」という研究書が出版され、その書を元ネタとして『ダ・ヴィンチコード』というミステリー小説が書かれるのだが、モンモランシもニコラ・フラメルもそのような未来のことまではわからなかった。

ともあれ。

姫騎士団長がその聖杯をパリに持参し、万一の時のために自室に「偽聖杯」を大量に持ち込んで「本物」をシテ島へ一時的に隠したのは、娘のジョスト大会を観覧するためにパリを訪れるジャン無怖公に合流して聖杯を渡すためだった。

フランスではなくブルターニュに引き渡そうとしたのは、ジャン無怖公が東方で錬金術や魔術に親しんだ「東方から来た王」でありカトリックになんの権威も感じていないこと、テンプル騎士団の復興を約束したこと、そしてなによりも神もフランス王も教皇も恐れない豪胆なジャン無怖公に「男」としての魅力を見出《みいだ》し、どうしようもなく惹《ひ》かれていたからだった。

だから姫騎士団長は、C．R．Cと室内で鉢合わせした時、ジャン無怖公のために純潔を守るべく自決し、愛に殉《じゅん》じたのだ。

「……私のような『愛《アムール》』など知らぬ男のために、なにも死ぬことはなかったろうに。わが野望のために利用されているだけだ、とわかっていたはずなのに。愚かな女だ……が、あれはあれで満足だったのかもしれんな。ほんとうに死後の世界に『天国』などというものがあるのならば、あの女の魂は天国へと召されたのだろうよ。王妃イザボーを寝取るため、宮廷を牛耳《ぎゅうじ》るためにオルレアン公を殺した私は、さしずめ煉獄《れんごく》落ちだろうな……」

しかしそれを言うならば、テンプル騎士団を弾圧しカタリ派の民《たみ》を「異端」として殺し続けた歴代のフランス王と教皇たちはもっと罪深い。フランス王家にも教皇にも、ましてドイツの統一すら果たせぬ無能な皇帝にも、ヨーロッパは任《まか》せられない。

それが、ジャン無怖公の揺るがぬ信念だった。

あのオスマン帝国が東欧を併呑《へいどん》して西ヨーロッパになだれ込んでくる前に「覇者」が誕生しなければ、ヨーロッパは保《も》たない。連中には、それがわからないのだ。

「だが、私は違う。イスラームの、オスマン帝国の強さを私は知っている。軍事力だけでは足りぬ。『賢者の石』が、必要なのだ」

そしてその信念が、今、すべてを凌駕したのである。

「かくてわが手に『聖杯』は渡った。この聖杯こそが、最強の賢者の石だ。ブルゴーニュは第三帝国となる。ドイツでもフランスでもなく、ブルゴーニュがヨーロッパの覇者となるのだ」

あとはエリクシルだけだ。しかしフランス王家にはもう残ってはいまい。ドイツ皇帝のもとにも、教皇のもとにも、一滴もない。発見せねばならん。私の命が尽きる前に、とジャン無怖公はひとりごちていた。

「しかし『化学の結婚』には驚かされたぞ。イングランドにもたいした錬金術師がいるものだ。が、私がこの偽書を利用させてもらう――『化学の結婚』を多数複製してドイツと東欧にばらまき、東欧の異端フス派を煽《あお》る！　かつて南仏のカタリ派を滅ぼすためにアルビジョワ十字軍などという茶番にのめり込んでいた頃のフランスと同じように――ドイツの皇帝とローマの教皇を、フス派と嚙み合わせてともに消耗《しょうもう》させてやるのだ！　ドイツを十字軍の泥沼に嵌《は》めてやる。西ではフランスとイングランドを嚙み合わせ続け、東ではドイツとフス派とを嚙み合わせる！　わがブルゴーニュ公国がヨーロッパの中央に覇者として君臨する絶好の機会を、創出するのだ！」

『化学の結婚』が東欧のフス派指導者たちに与える影響は絶大で、まもなくフス派とドイツ皇帝との全面戦争が勃発《ぼっぱつ》することとなる。だが、それだけでは済まされない。フス派が消え去ったあと、やがて「薔薇十字団」と「C. R. C」は十七世紀に至って復活し、カトリックと「新たなフス派」とも言えるプロテスタントとを壮絶な死闘に導き、ドイツ全土が灰燼《かいじん》と帰《き》す中世ヨーロッパ最後の破滅的大戦「三十年戦争」の引き金を引くことになる。

　ジャン無怖公はまだ、自分がエリクシルを手に入れることなく「頭」を叩き割られて死ぬという未来を知らない。「聖杯」と「ブルゴーニュ公国」、そして「第三帝国」の野望のすべてを、気弱な愛娘《まなむすめ》フィリップが受け継ぐことになる運命を知らない。まもなく私は、西ヨーロッパ大公となる。己《おのれ》の勝利を確信していたジャンは、馬車の中で哄笑していた。

聖槍を手に入れたヘンリー五世は、エリクシルなど探索することなく、己自身の力のみで勝利と栄光を摑むべくまもなくアザンクールでフランス軍に決戦を挑んでくることになる。エリクシルを求めて「聖血《ブレシユー・サン》」を探索せんとしたジャンの「時間」は、このヘンリー五世の突出によって決定的に足りなくなる。

勝者と敗者とは、常に隣り合わせだ。ヨーロッパ人を翻弄《ほんろう》し続ける「運命の輪」は、聖杯と聖槍の再発見によって、大きく回りはじめていた。

第三話　薔薇のジョスト

本拠地パリ郊外のヴァンセンヌの森で迎えた対イングランド戦。

先鋒《せんぽう》バタールが歴史的大敗、諸将も勢いを見せず惨敗だった。

パリ市内に響く市民たちのため息、どこからか聞こえる「百年戦争はフランスの負けだな」の声。

無言で敗走しはじめる騎士たちの中、大元帥《だいげんすい》ベルトラン・デュ・ゲクランの子孫モンモランシは独り馬上で泣いていた。

デュ・ゲクランが手にした栄冠、喜び、感動、そしてなにより信頼できる仲間たち……。

それを今のフランスで得ることはほとんど不可能と言ってよかった。

「どうすりゃいいんだ……」

モンモランシは悔し涙を流し続けた。

どれくらい経《た》っただろうか、モンモランシははっと目覚めた。

どうやら泣き疲れて眠ってしまったようだ。冷たい鞍《くら》の感覚が彼を現実に引き戻した。

「やれやれ、帰って妖精どもに餌《えさ》をあげなくちゃな」

モンモランシは苦笑しながら呟《つぶや》いた。

兜《かぶと》を脱いで伸びをした時、モンモランシはふと気づいた。

「あれ……？　出迎えがいる……？」

パリに帰還したモンモランシが目にしたのは、沿道を埋めつくさんばかりの市民だった。

ちぎれそうなほどに百合《ド・リス》の旗が振られ、地鳴りのように「ローランの歌」が響いていた。

どういうことかわからずに呆然《ぼうぜん》とするモンモランシの背中に、聞き覚えのない声が聞こえてきた。

「ジル・ド・レ、ジョスト（馬上槍試合《ばじょうやりじあい》）大会だ、早く行くぞ」

声のほうに振り返ったモンモランシは目を疑った。

「ベ……ベルトラン・デュ・ゲクラン大元帥？」

「なんだ劣等生、居眠りでもしてたのか？」

「こ……故シャルル五世陛下《へいか》？」

「なによモンモランシ、勝手に陛下を崩御《ほうぎょ》させちゃって」

「湖の騎士ランスロ……」

モンモランシは半分パニックになりながら隊列を確認した。

一番隊：湖の騎士ランスロ
二番隊：正義の人リッシュモン
三番隊：大元帥ベルトラン・デュ・ゲクラン
四番隊：聖騎士ローラン
五番隊：聖騎士オリヴィエ
六番隊：シャルルマーニュ
七番隊：カール・マルテル

八番隊：賢王シャルル五世
九番隊：モンモランシ

しばし唖然《あぜん》としていたモンモランシだったが、すべてを理解した時、もはや彼の心には雲ひとつなかった。

「勝てる……勝てるんだ……！」

シャルロットからランスを受け取り、街道を全力疾走するモンモランシ、その目に光る涙は悔しさとは無縁のものだった……。


翌日、学校で冷たくなっているモンモランシが発見され、アランソンとバタールは教会で静かに息を引き取った。

※

「……なんだか酷《ひど》い夢を見た気がするぜ……うっ、頭が」

学校の寄宿舎の一室でモンモランシが目覚めた時、デュ・ゲクランも聖騎士ローランもみな、かき消えていた。

騎士養成学校《シュヴァリエ》を騒然とさせた姫騎士団長殺人事件が、とりあえず解決した後。

大会運営に関《かか》わっていた団長急逝《きゅうせい》のために、ジョスト大会は延期になっていた。

娘フィリップの参戦と勝利を期待していたジャン無怖公《むふこう》も、パリの不穏な情勢を感じ取ってブルゴーニュ宮廷へと舞い戻ってしまっている。

ジャン無怖公率いるブルゴーニュ派と、亡き王弟オルレアン公のもとに集まっていたアルマニャック派との派閥《はばつ》抗争は激化する一方だった。この間隙《かんげき》を衝《つ》いて「フランス王位」を要求しているヘンリー五世率いるイングランド軍がノルマンディへ本格侵攻してくるという噂《うわさ》も流れていて、パリは混乱していた。

そんな中で団長が殺害されたのだから、今年はジョスト大会どころではない、中止しよう、という声が高まっていたことは言うまでもない。

「フランス軍がイングランド軍に大敗する夢を見るだなんて……しかも、もうとっくに死んでしまった昔の英雄がぞろぞろと。隊列の中で『生きている』騎士は俺とリッシュモンだけだったな。現有戦力じゃイングランド軍に勝つなんてとても無理だという凶兆《きょうちょう》なんじゃないか」

意味不明のオチといい、どうにも縁起《えんぎ》が悪い夢であった。

「待てよ？　そもそもあの『フランス史上最強オールスター軍』に俺が入れるわけないじゃないか、馬鹿馬鹿しい、やっぱり夢はただの夢だ。意味なんかねえ」

とモンモランシが生あくびを漏《も》らしていると。

「ぱんぱかぱーん！　やっほー、モンモランシ〜！　シャルだよー！　すっごくいいこと思いついちゃった、協力して！」

　女子禁制の男子寮なのに、シャルロットがいきなり飛び込んできたので、モンモランシは「あっ。ちょっと待て。俺はまだ服を着ていない！　待て！」と慌《あわ》ててベッドから転がり落ちていた。

「まだお子さまなんだから、隠すようなもんでもないでしょ？　いいこと思いついたんだって！　閃《ひらめ》いたんだよ！」

「だから、なにをだよ？」

「このままじゃみんな姫騎士団長殺人事件のダメージを引きずって、ジョスト大会がお流れになっちゃうでしょ？　それじゃ、学校がどんよりしちゃうから！　ジョスト大会を決行して盛り上げないとね！」

「……シャルロット？　お前、ジョスト大会とか興味ないんじゃあ？」

「シャル自身は興味ないけどー。フィリップがま～だ落ち込んでるしぃ。お祭り騒ぎはこういう辛《つら》い時こそ必要なんだよっ！　いいね、協力してくれるよねっ？」

　つまり退屈してるんだな、とモンモランシは思った。

「わかったよ。で、なにをすればいい？　錬金術探偵はもう懲《こ》り懲《ご》りだぜ？　推理を外しに外しまくってニコラ爺《じい》さんにはグチグチ言われるし」

「探偵は不要！　モンモランシには、ジョスト大会の『賞品』になってほしーの！」

「……え？　なんだって？　意味がわからん！」

「じゃじゃーん！　これ！　これが優勝者がゲットできる賞品だよ！」

シャルロットが掲《かか》げた「賞品」は、一枚の「契約書」だった。

それは――。

「『モンモランシ奴隷支配権』だってえええええ!?　なんじゃあ、こりゃあああああ!?」

「学校に通う間は、モンモランシを好き放題にしていい権利、だよ？」

「シャルロット、どーゆーつもりだ!?　俺を勝手に賞品にするんじゃねえ！」

「だからあ。ジョスト大会に優勝したら、モンモランシを奴隷にできる権利が与えられるわけ！　これで日頃本気を出さない騎士見習いも、本気を出すよ！」

「たしかに、俺は本気を出さざるを得なくなったな！　リッシュモンが怒るだろ、しかし」

「リッシュモンはやる気まんまんだよ？　『私の胸を見たモンモランシをこのまま放置してはおけない。しかし私怨《しえん》で復讐《ふくしゅう》するのはいけない。くっ、殺せなどと言わされたこの恥辱《ちじょく》を晴らすには、モンモランシの奴隷権を私が手に入れるしかない！　そうすれば奴隷へのお仕置きと称して合法的に仕返しできる！』と」

「な、なんだってー？　あ、あ、あいつ、まだ根に持っていたのかよ!?　意外と執念深いな……あいつと俺がジョスト大会でブチ当たったらどうするんだ！　本気を出したリッシュモンと戦ったら、殺されちまう！」

「もう全校に、このシャルの『お触れ』を張り出してるから。断ってももう抜けられないよ、モンモランシ？」

協力を求めに来たとか言っておきながら、実はただの事後報告だったのか……とモンモランシは絶望した。

「なにかコメントをちょうだいよー！」と追いすがるシャルロットを振り切って庭園へと逃げたが、その庭園では、汗みどろになった筋肉質の野郎どもが「モンモランシを！」「俺の奴隷に！」「うほっ！」「アッー！」「筋肉が夜泣きするぅう！」と槍《ランス》を振り回し、斧《アッシュ》を担《かつ》ぎ上げ、目を血走らせて肉体鍛錬に励んでいたのだった。

「なにやってんだ、お前らああああああ!?」

「モンモランシ！　実はわれらは」

「少年愛の美学の持ち主だったのだ！」

「ギリシアの昔から、愛を捧《ささ》げるならば女よりも少年と決まっている！」

「今こそ、われらは男女のくびきから解き放たれた！」

「必ずやお前を奴隷にしてみせるううう！」

な、なんだと……この学校ってそういう趣味の男が何割もいたのか？「薔薇《ばら》の学園」だったのか？　恐ろしい……とモンモランシは泣いた。男女を分離した寄宿舎制度がよくないんじゃないか、と訴えたかった。

「モンモランシって意外とモテるんですね。災難ですねぇ。困りましたねえ～」

「シャルロットも、奴隷として賞品化するならバタールを生贄《いけにえ》にすればいいのに。まあ、僕が選ばれなくてよかったですよ」

この騒ぎを聞きつけてきたバタールとアランソンが、呆然《ぼうぜん》と立ち尽くしているモンモランシの肩を「ぽん」と叩いたので、モンモランシは、

「俺の背後に回るんじゃねえーっ！」

と怯《おび》えた。

「酷いですよう。ボクは男の子に興味ないですよう～。女装させられているのはシャルロットさまの男嫌いのせいで……で、でも、あんな汗臭《あせくさ》い筋肉軍団に狙《ねら》われて『奴隷』にされるくらいなら、シャルロットさまのおもちゃにされているほうがまだマシですねえ。ぶるぶる」

「失敬ですね。騎士道精神を追求する僕に男色趣味はありませんよモンモランシ。騎士道とは貴婦人を崇拝《すうはい》することと見つけたり、なんですから。しかもよりによって、どうしてぼさぼさ頭で小汚いきみなんかに？　少年としての美しさで言えば、僕のほうがはるかに上なのに……薔薇の世界の価値観は、わけがわかりませんよ。ああ。僕は今日も美しい。手鏡の向こうの自分に恋してしまいそうです」

と美少年のアランソンは髪の毛を整えながらうっとりと自分に見惚《みと》れている。

バタールはバタールで、「ぜんぶシャルロットさまのせいなんですぅ」と言いながらも、いちいちドレスの裾《すそ》を直したり首にかけたネックレスを磨いたりして、女装男子ぶりにますます拍車がかかっているのだった。

もうちょっと普通の男友達はいないんだろうか俺には、やっぱり寄宿舎制度が野郎どもの性《せい》癖《へき》を歪《ゆが》めまくっているに違いない、とモンモランシはため息をついた。

「ま、お前らが俺を狙っているんじゃないのなら、別にいいんだがよ」

「あっ。モンモランシの奴隷に移籍できるのなら、シャルロットさまのおもちゃよりもいい身分かなって思いますぅ。モンモランシのほうが、きっと優しくしてくれると思うので……ぽっ」

「バタール。お前はその奴隷根性をまず捨てろ！」

「フ……奴隷にするならば、愛らしい女の子じゃなければダメですね。たとえ奴隷といえども、貴婦人に接するようにうやうやしくたいせつに育成しますよ……僕は騎士ですからね。そしていつしか、主人と奴隷の間に身分を超えた純愛が……」

「アランソン？　リッシュモンにそのしょーもない妄想《もうそう》を聞かれたら、また股間《こかん》を蹴《け》り上げられるぞ」

「ああいちいち姉上の名前を出して僕を脅《おど》すのはやめてくれませんかモンモランシ！」


しかし。

モンモランシを密《ひそ》かに狙っていた一部の野郎どもが盛り上がる中、女子陣は完全にどっちらけだった。

バタール、アランソンと連れ立って食堂に昼食を摂《と》りに行ったモンモランシは、女子たちから「モンモランシよ〜」「今日も冴《さ》えな〜い」「どーして賞品が、あれなの？」「あーあ。やる気でなーい」「アランソンさまのほうがよかったわよね〜」「私はバタールちゃんがほしかったのに」「シャルロットさまって、ケチよね」「モンモランシが恋人作りたくて、シャルロットさまにねじ込んだ企画じゃないの～？」といっせいに白い目で見られる苦行《くぎょう》に耐えねばならなかったのである。

「ちっくしょ～！　あいつら、言いたい放題言いやがって！　しかしそんなことよりも……女の子が全員、露骨《ろこつ》に戦意喪失《そうしつ》している！　このままでは、俺のケツを狙う筋肉野郎の誰かが優勝してしまう恐れが！　どうすりゃいいんだ……」

「はあ。『ケツ』だなんて下品ですね、きみは。そういうガキ臭《くさ》い性格だから、女子に不評なんですよ？　自業自得《じごうじとく》ですよ」

「うるせー！　俺はまだガキだ！　年齢相応なんだよ！」

「ボクは決して狙いませんから安心してくださいモンモランシ。むしろ狙われるほうですよう！　あ、そっか？　ボクが優勝したら、奴隷にしたモンモランシにそういう命令を？　これぞ逆転の発想ですねえ！」

「俺をソドムの男にするつもりか！　冗談は女装だけにしてくれ！」

困る。ソドムに目覚めた筋肉野郎の奴隷にされるのだけは困る！　どうすればいいんだ！

バタールは夢の中でも歴史的敗北を喫《きっ》する役が回ってくるくらいに弱いし、アランソンは試合中でも勝敗を度外視して鎧《よろい》やランスを傷つけないことに細心の注意を払う「口だけ騎士」だし……こうなったら生まれてはじめて本気を出してジョストを戦うしかないのか！　とモンモランシが頭を抱《かか》えていると。

「くすん。モンモランシ、こ、こんにちは。おかしな騒ぎに巻き込まれてかわいそう……わ、わ、私がジョスト大会に優勝して、『奴隷権』を獲得してみせるから。が、頑張るからね？」

フィリップが現れた！

モンモランシの目には、フィリップが救いの女神に見えた。

「頼む、フィリップ！　俺を奴隷の身分から解放してくれ！　相変わらず、なんて優しいんだ！」

「か、解放？　う、ううん？　い、今は学校内だけでモンモランシにお世話係をしてもらっているでしょ？　ブルゴーニュにお里帰りする時にも、モンモランシが奴隷としてついてきてくれたら、いいなって」

「解放どころか拘束するつもりなのかーっ!?　嘘だと言ってくれフィリップ！」

「ごめんなさい……私、モンモランシにとって邪魔な女の子だったのね……私のお世話係が負担になっていたのね……ごめんなさい……荷物をまとめてブルゴーニュに帰るね……くすん、くすん」

「違う違う！　帰らなくていい！　俺が悪かった！」

フィリップが泣きだすと、どういうわけか「さっ」と出現する女の子がこの学校には一人いる。

「またきみはフィリップを泣かせているのだな。きみをフィリップのお世話係に任命した私の過《あや》ちだった！　もう許せないなモンモランシ！」

リッシュモンだった。

「誤解だ！　リッシュモン、お前！　シャルロットのヘンなお祭り騒ぎを止めろよー！　なんのための『正義の人』だーっ！」

「断る。賞品がきみでなければ止めたが、今回だけは別だ！　今回のジョスト大会でも私が優勝して、そして奴隷にしたきみにご主人さまとして懲罰《ちょうばつ》を加える！　乙女を穢《けが》して『くっ殺せ』などと泣かせた罰を与えるから覚悟しろ！　とりあえず鎖で縛って祭壇に吊るすっ！」

「お前の薄い胸を見たくらいで、しつっこいんだよ！　実はませガキだったんだな、お前！」

「し、失礼だぞ！　乙女と言え！」

「くすんくすん。リッシュモンの胸が薄いなんて言いだしたら、私なんて洗濯板……二人が実はそういう関係だったなんて……ううっ……私、ブルゴーニュに帰るね……リッシュモンとお幸せに、モンモランシ……」

「あーっ違うんだフィリップ！　だいじょうぶだ！　あと数年すれば、フィリップの胸もきっと膨《ふく》らむはずだ！」

「しくしくしく。ほんとう？」

「ま、間違いない。お前だって今は子供だが、いずれは乙女になる！」

「きみは妹分たるべきフィリップをそういうよこしまな目で見ていたのだな、モンモランシ。やはりジョスト大会で優勝して、きみを制裁するしかないなっ！」

「そんな目で見てねーよ！　リッシュモン、恨みを怒りで増幅させるのはやめろー！」

リッシュモンとフィリップが「……」「……」と微妙な表情でお互いの間合いを詰めているところに。

「あー。二人とも盛り上がっていて、いいね、いいね。これで今回のジョスト大会は白熱しそうだね！　やっぱ、『戦い』には『因縁』がないとね。でも、今回は本気を出したシャルが優勝するからあ」

シャルロットが割り込んできて、聞き捨てならない発言をかましたので、リッシュモンは「なんだとっ!?」と耳を疑って叫んだのだった。

「な、なぜシャルロットが？」

「それはもちろん、モンモランシをシャルの奴隷にしてあんなことやこんなことを。くっ殺せ！　とモンモランシに言わせてみせるよ～」

「どういうつもりなのだシャルロット!?　そんなこと、モンモランシ奴隷権を賞品にすると提案してきた時には言っていなかったではないか？　いつも通り優勝して奴隷権をゲットしてモンモランシにお仕置きしなよ、ってシャルロットが話を持ちかけてきたから、私はその提案を認めて」

「ええ～。そんなこと言ったっけ？　ジョスト大会っていつもリッシュモン一強でつまんないじゃん？　こーゆーのはねー、宿命のライバルが必要なんだよ。だから今回はシャルがモンモランシをゲットして、リッシュモンに地団駄《じだんだ》踏ませてあげるぅ。ランスの技術だけで勝敗が決すると思ったら大間違いだよ～？　ふ、ふ、ふ」

「リッシュモン。シャルロットは退屈してお前をからかってるだけだ、聞き流せ」

　とモンモランシはリッシュモンに忠告したが、短気なリッシュモンはシャルロットの挑発にあっさり乗った。

「そうかシャルロット！　きみはもしかしなくても、卑劣《ひれつ》な手段を用いて不正に優勝するつもりなのだなっ!?　絶対に阻止《そし》してみせるっ！　そして、モンモランシは渡さないっ！　私の幼なじみなのだぞっ！」

「ふーん。でもね～幼なじみって、騎士道物語《ロマンス》ではたいてい『噛ませ犬』役なんだよね～」

「さては謀《たばか》ったのだな……モンモランシを横取りするために私を謀ったのだな、シャルロット……！」

　ゴゴゴゴゴゴゴ。

　リッシュモンとシャルロットの間にただならぬ「対決ムード」が発生し、フィリップが「あの、私は？　くすん」と泣いている中。

　モンモランシは「なんだかわからねーが、俺以外の誰が優勝しても厄介《やっかい》なことになる気がするぜ！　どうすりゃいいんだ……！」と頭を抱えていた。

「まさかさっきの夢は正夢？　予知夢なのか？　ジョスト大会の翌日、学校で冷たくなっている俺の死体が発見されるんじゃねーだろうな？」

※

かくして、ジョスト大会は大盛況のうちに開催された――。

誇り高すぎるのが玉に瑕《きず》、「くっ、殺せ」と言わされた黒歴史を埋め合わせるためにモンモランシ奴隷権ゲットを目論《もくろ》むリッシュモン。

浮き世の憂《う》さを晴らしたいのか、なにがなんでもみんなを引っかき回して大会を盛り上げたいらしいシャルロット。

多忙な父ジャン無怖公が結局来られなかったことに落ち込みながらも、「わ、私だって……」と密かにモンモランシ獲得を夢見るフィリップ。

さらには、少年奴隷という賞品に目が眩《くら》んで立ち上がった有象無象《うぞうむぞう》の「薔薇の世界」軍団。

大会は、一日で決着。勝ち抜きトーナメント方式で戦われる。参加者は一回戦・準決勝・決勝と三試合勝ち進めば優勝、そしてモンモランシをゲットできる！

「ほらほらフィリップ。大入り満員じゃん！　カトリックの道徳律から解き放たれた野獣どもの眼光！　モンモランシという生贄一匹のおかげで、ここまで盛り上がるなんてさ。シャルにはこーゆー企画を運営する才能があるのかもねえ」

「え、ええ。モンモランシが心配だけど……私たち姫騎士《シュヴァリエール》が勝たなきゃ……くすん」

「シャルが勝つことになってるから、だいじょうぶだいじょうぶ」

デュ・ゲクランが創設したこの学校の中でだけは、アルマニャック派もブルゴーニュ派もない。王家の姫であるシャルロットと、宮廷をかき乱しているジャン無怖公の娘フィリップが仲良く観戦席で隣り合って座っていられるのも、学校が「万人に開かれている」世界だから、なのだが。

「開かれすぎだっ！　ソドムの扉を開きやがって、シャルロットめ～！」

ジョスト大会の参加者は八名——モンモランシ。シャルロット。リッシュモン。アランソン。バタール。フィリップ。そして薔薇軍団の内輪での激しい「予選」を勝ち抜いた強者《つわもの》二人。「薔薇の騎士一号」。「薔薇の騎士二号」。十六名による総当たり、薔薇の騎士が十人参加という少年愛地獄！　というのがシャルロットの初期プランだったのだが、「十六名分の試合を行う予算がないのじゃ」とブリエンヌ先生が泣きを入れたので八名に縮小されてしまった。シャルロットは「ざんねーん」と歯がみしている。

「ふははは！　姫騎士候補生諸君！　女の子上位のわが校は、百合《ゆり》の学校などと言われているが！」

「今日からは薔薇の学校になるのだ～！　少年奴隷モンモランシはわれらが必ずゲットする！　少年愛に栄光あれ～！」

「な、なぜ薔薇の騎士さんたちは頭には鉄兜仮面を被《かぶ》っているのに、首から下は腰布一枚なのでしょうか……？」とフィリップが怯える。シャルロットが「古代ポリスの薔薇軍団を再現しているつもりみたい。や～ね～筋肉ムッキムキの男って。汗臭くてげっひーん」と鼻をつまむ。

「黙れ！　貴様こそその牛みたいな下品な胸をなんとかしろ！」「大胸筋《だいきょうきん》もなしに脂肪だけ溜め込んでも、胸をムキムキ動かせんぞ！」と薔薇の騎士たちはシャルロットに大ブーイングを浴びせ、ますますフィリップを怯えさせるのだった。

女子たちは「なにあのマッチョども？　いやあああ！　冗談じゃないわよ！」「この学校は、戦争と派閥争いで荒れ果てたパリに残された美しい百合の花なのに！」「あんな野獣みたいな男どもに負けたらパリは終わりだわ！」とリッシュモンたち姫騎士を応援するのだった。

そんな異様な雰囲気の中、一回戦第一試合ッ！

リッシュモン対薔薇の騎士一号！

ちなみに——本来のジョストは武具を変えて戦うラウンド制だが、騎士養成学校のジョスト大会では馬上でのランスによる一戦のみで勝負が決まる。落馬するか、構えているランスを手から落とせばその時点で負けになる。落馬した後の、地上での追撃戦はない。あくまで生徒たちは「騎士見習い」なので、事故が起こらないように配慮しているのだ。

「優勝候補生リッシュモンよ！　姫騎士はしょせん筋肉男組には勝てないことを教えてくれるわっ！　ちょっとブルターニュ出身者同士だからってモンモランシの幼なじみづらしおって……その増長ぶり、許せーん！」

「……なぜモンモランシは女子には人気がないのに、薔薇の男たちにはモテるのだ？　わけがわからない。が、私が勝つ！　モンモランシをソドムの住人に堕《お》とすわけにはいかないなっ！」

「えーい。すでに学校は女子同士がいちゃいちゃするための百合の園ではないか！　寝室でお茶会ばかり開きおって……なぜ少年愛だけがソドムと弾圧され、百合少女たちは罰せられない？　われらは今日こそ少年愛の復興を果たし、学校を革命するのだーっ！　革命少年モンモランシとともに！」

「女の子がいちゃいちゃしてなにが悪い。そなたたちはどういう目で私たちを見ているのだ、まったく！」

「問答無用、筋肉で押し通る！　少年愛復興に栄光あれええええ！　るねっさ〜んす！」

薔薇の騎士一号は頭だけを鉄兜仮面で守って、身体は筋肉のみという半裸姿なので、胸や腹にランスを突き立てれば刺さってしまう——薔薇の騎士たちは「もりもりの筋肉で」「弾《はじ》き返す！　鍛え上げられた筋肉の前には、打撃無効！」という信念を抱いていたが、とうてい無理である。

だが、たとえ筋肉がランスを弾き返せなくても、意味はあった。

「うわははははは！　どうだリッシュモン！　野獣の筋肉をランスで貫《つらぬ》けるか〜！」

「くっ。鎧でガードしていない剝《む》き出しの肌にランスを突き立てることは許されない……騎士道にもとる……！」

律儀《りちぎ》なリッシュモンは、「裸の相手は無防備。攻撃してはならない」と自分に縛《しば》りをかけてしまっていたのだ。リッシュモンは薔薇の騎士が被っている鉄兜仮面に正面から直撃させようと考えたが、そうするとランスの先端が鉄兜仮面の「弱点」である目の部分に刺さる可能性がある。ならば背後へ回って後頭部を突くか。

「おいおい。リッシュモン、『正義』を貫いて負けるんじゃねーだろうな？　正義よりも俺の貞操のほうがだいじなんだぜ!?」

とモンモランシが冷や汗を流す中。

勝負はあっけなく一撃でついた。

リッシュモンが馬を操る技術は卓越している。

通常の三倍の速度で突進した。

薔薇の騎士一号が「あれっ？　消えた？　どこだ？　まさか飛んだ!?」と上空を見上げているうちに、背後の死角へと瞬時に回り込んでいたリッシュモンの繰り出したランスが、薔薇の騎士を馬上から撃ち倒していた。

「ぐわっ!?　兜の裏側をピンポイントで……！　兜で頭を守ったのが間違いだった！　頭も筋肉をつけて鍛えておくべきだった～！　むっ、無念！」

「頭には筋肉はつけられないと思うが……イングランド軍のロングボウ部隊を相手にする実戦では、鎧を着なければ即死するぞ」

リッシュモンが順当に一回戦を突破！

これで薔薇の騎士はあと一人か……とモンモランシが胸を撫《な》で下ろす中、一回戦第二試合がただちに開始された。

「フランス王室が誇る百合の姫騎士シャルロット・ド・ヴァロワ、ここに参戦～　モンモランシはいただいちゃうよ～」

「ふえええええ。なぜボクがシャルロットさまと!?　王女さまを怪我《けが》させたら、ボクの下僕人生はおしまいですぅ」

シャルロット王女対その下僕バタールという胡散臭《うさんくさ》い組み合わせだった——トーナメントの組み合わせは、本来ならば姫騎士団長のもと公正に行われる予定だったが、団長が逝去したのでブリエンヌ先生が適当に決めたという。シャルロットが「人数を減らすならぁ、せめてシャルの希望通りの組み合わせにしてよね～」と裏で先生に圧力をかけたことは明らかだった。

リッシュモンが「おかしいではないか」と運営席のブリエンヌ先生に抗議しているうちに、試合が開始され、そして。

「ボクだって本気を出せば、シャルロットさまよりは強いんです！　ボクはシャルロットさまの下僕という立場から解放されて、モンモランシの奴隷に……じゃなかった！　モンモランシと一緒に、おっかない女の子とは無縁な平和な世界に……！」

「あっそ。ふーん。シャルに逆らうわけぇ。オルレアン公に言いつけちゃおうっかな～。おたくの不肖《ふしょう》の弟さんが、王女さまに従わないって～。お兄さんは熱血漢だから、きっと『われらオルレアン家はヴァロワ王家の分家！　王家を守らねばならぬ折れない柱！　それなのに、貴様はなぜ王女さまに反抗したッ！　なぜジョスト大会で王女さまを攻撃したあああ！』と泣きながらバタールを叱《しか》りつけてくれるよね～」

この「オルレアン公」は、ジャン無怖公に暗殺された先代のオルレアン公ではなく、その嫡子《ちゃく し》である。バタールにとっては腹違いの兄にあたる。糞真面目《くそま じ め》で暑苦しい性格の熱血騎士で、「俺はヴァロワ王家を守るためにイングランド軍を粉砕する！」と吼《ほ》えながら日々戦い続けているという、バタールとは正反対のキャラだった。

「ひい。ずっこいですよう！　学校内では身分とか関係ないんじゃなかったんですか～？」

「あっ、いたたたたた……脇腹を捻《ひね》って傷《いた》めちゃった……バタールがランスを掲《かか》げて攻めてくるから……ぐすん」

「えええっ？　だだだだいじょうぶですか、シャルロットさま!?　今、お医者さまを呼んできますっ！」

「試合中に敵に背中見せるとか、ばっかじゃん。えい、隙《すき》あり」

「うわあ～。そんなああ～！」

馬首を翻《ひるがえ》して医務室へ向かおうとしたバタールの背中に、ドン、とシャルロットが体当たりして、勝負あり。

「あーははは。勝てばよいのだ、勝てば♪」

リッシュモンが「今の試合は一から十まで反則ではないのか！　騎士道精神にもとる！」とまたまたブリエンヌ先生に詰め寄ったが、「わ、わしゃ見ていなかったのでの～」とブリエンヌ先生はしらを切り通し、シャルロットが一回戦を突破。

「ぐぬぬ。これは陰謀だ……！　シャルロットめ！　なんと卑劣《ひれつ》な！」

一回戦第三試合は、アランソンと薔薇の騎士二号。「男の戦い」となった。

女子陣は言うまでもなく、学校随一《ずいいち》の美少年アランソンを応援している。「なぜ顔だけのアランソンが女子にモテるのか、わからない」と堅物《かたぶつ》のリッシュモンにはいまいち理解できない。

「アランソンさま～！」

「筋肉に魂を支配されているムキムキ薔薇怪人なんかに負けないで～！」

「優勝した暁《あかつき》には、私を奴隷に！」

「フ……ありがとうございます、皆さん。賞品のモンモランシなどに興味はありませんが、貴婦人たちに勝利を」

「きゃあああ！　アランソンさまが私を見たー！」「違うわ私よ！」と女子の醜《みにく》い争いが観客席で巻き起こり、薔薇の騎士たちはいっせいに「呪われろアランソン！」「口だけ騎士め！」

「鍛え上げられた筋肉の強さを思い知るがいい！」と最後の希望となった薔薇の騎士二号に暑苦しいエールを飛ばすのだった。

「……優勝しても僕にはなんのメリットもない、むしろ迷惑至極な大会ですが、貴婦人方の声援に応《こた》えなければ真の騎士にはなれませんからね。フ……」

「前髪など整えている場合か、貴様！　ランスを構えろ！　薔薇の騎士二号、参るううう！」

「なるほど、体格差は圧倒的ですね。あなたの体重は、僕の二倍はある。しかもその筋肉の重みという不利は、首から下は半裸同然という野蛮な姿のおかげで相殺《そうさい》されている……意外にも戦い方を考えられていますね」

「そ、総裁とはなんのことだ？　戦闘における絶対的正義である筋肉の重みがなぜ不利に？　えーい、ややこしいことを言うな！　謀《たばか》るなアランソン〜！　リッシュモンに支配される惰弱《だじゃく》な男もどきがあああ！　筋肉で制圧してくれるわあああ！」

「姉上のことは言わないでください！　なんたる侮辱！　これは負けられませんね……うっ!?　ランスの一撃が、お、重い……！　体型を崩さないために菜食主義を貫いている僕とは大違いの腕力だ！」

「そうとも、これが筋肉量の差よおおお！　オラオラオラオラオラオラ！」

「うわ、うわ、うわああ〜!?　これほど重量級のランスを矢継ぎ早に連撃とは!?　なぜ息があがらないのですっ!?」

「筋肉の力とは瞬発力！　鍛え上げられし筋肉のみが可能とする、無呼吸連撃よおおおおおお！」

リッシュモンが「ダメだ、圧倒的な速度を持つ私ならともかく、へたれのアランソンでは勝てない。この先のトーナメントの組み合わせを考えれば——これでは薔薇の騎士がモンモランシ獲得に近づいてしまう！」と焦《あせ》る。

「アランソン！　筋肉勝負で競うな！　自分自身の武器を活《い》かせ！」

（姉上はそう仰《おっしゃ》るが、僕に特別な武器など……）と困惑《こんわく》するアランソンだったが、

「学校一美しいアランソンさまが！」

「あんな鉄仮面のマッチョ半裸男に倒されるなんて」

「あってはならないことだわ！」

と女子たちが悲鳴をあげて怒っているさまを見て、ふと閃いた。

「少々ずるい手ですが、貴婦人たちを悲しませるわけにはいきません！　薔薇の騎士二号よ！　きみは少年愛の復興を掲げ、百合の学校を薔薇の学校に革命するために戦っているのですよね!?」

「そうとも！　男でありながらリッシュモンの尻に敷かれる貴様は排除すべき軟弱者よ！」

「フ……それは違いますね。いやしくも少年愛復興を掲げるならば、『少年美』を極めていなければなりません！　僕は鎧を脱いで裸になります！　あなたもその鉄仮面をお脱ぎなさい！　あなたが僕よりも美しければ、僕はただちにきみに降伏しましょう！」

「な、なんだと？」

「それとも、大観衆の前では鉄仮面を外せないとでも言うのですか？　己《おのれ》の美しさを誇れぬ者に、少年愛の復興という大義を掲げる権利はない！」

アランソンが馬上で鎧を外しはじめたので、「アランソンさまの素肌があああ！」「馬上で全裸待機よおおお！」「生きていてよかった！」と女子陣は感激の涙を流してアランソンを伏し拝《おが》んだ。

「なんだか理屈はよくわからんが無理矢理『美しさ勝負』に持ち込まれた！」

「こっちも仮面を外して対抗せねばアランソンに負けたことになる！」

「二号よ早く仮面を外せ！」

と観客席に陣取る薔薇の騎士たちは青ざめた。

が、薔薇の騎士二号は、これを断固として拒否。

「こ、この仮面は……ダメだあああ、やめてくれえええ！　女の子たちの前で顔をさらしたくない、顔まで野獣だわプークスクスと笑われたくないんだあああ！　ましてや、アランソンと顔面を比較されるなど恥辱！　脱がずともわかる、歴史的大敗は確実！　わが仮面は！　俺の繊細な心を女の子たちから守ってくれる防具！　仮面を脱いだら俺の筋肉は力を失ってしまううううう〜！　うおおおおおお！」

と鉄仮面を両手でがしっと守るように抱え込んだ薔薇の騎士二号。その手からは無情にもランスがこぼれ落ちていた――。

この瞬間、アランソンの勝利！

「すまぬ、同志たちよ！　俺はしょせん……美少年アランソンの噛ませ犬だったようだ！　結局、女子が決めるのだ。女子が、男の値打ちを……男になんて……生まれてくるんじゃなかった……くくっ」

「いいのだ二号！　気持ちはわかる！　公《おおやけ》の場で女子陣にアランソンと容姿を比較審査されたら、生涯立ち直れない心の傷になる！」

「俺たちはどうやら、真の少年愛にはまだ至っていなかったのだな……女子が恐ろしくて突っ張っていただけだったらしい」

「筋肉美だけでは足りない！　顔の美しさも磨かねばな！　その両方の美を獲得してこそ、われら男子ははじめて女子どもに対抗できる！」

「顔の造りって生まれつきほとんど決まってるから、無理じゃね？」

「いやっ！　根性でなんとかなるっ！　待っていろモンモランシいいいいい！　われらは少年愛復興を決して諦《あきら》めんぞ～！」

「シャルロット、リッシュモン、フィリップというフランスが誇る三美神のハーレムから貴様を『楽園追放』し、ソドムの地獄へと引きずりこんでくれるわっ！」

　モンモランシは「そうか。俺は男どもにモテてたんじゃなくて、妬《ねた》まれていただけだったのか。それはそれでおっかねえ……」と身震いした。

「まあいい！　薔薇の騎士二人が一回戦で消えてくれたんだ！　ありがとうアランソン！　これで俺のケツは守られたーっ！　さて、一回戦の最終試合は、俺と……フィリップとの試合だって!?」

「くすんくすん。も、モンモランシ。け、け、怪我しないようにね？　わ、私、モンモランシをブルゴーニュへ連れていけるように頑張るから」

「一回戦第四試合、開始じゃ！」

　とブリエンヌ先生が合図を発した。

　ブルゴーニュ公国はフランス一の文化大国で、膨大《ぼうだい》な富を持っている。全参加者の中でぶっちぎりに豪華な黄金の鎧を着込み、ちょこん、と子馬に乗ったフィリップが「よたよた」とふらつきながらモンモランシに向かってくる。

モンモランシは、どう相手すればいいのか迷った。

(冗談じゃない！　妹分のフィリップと戦うなんて無理だ！　俺がランスを掲げて突進なんてしたら、恐怖のあまりお漏《も》らしするんじゃないか？　フィリップにそんな恥をかかせられない！)

もう薔薇の騎士は全滅している。死んでも勝たなければ貞操を奪われるという心配はない。モンモランシは「試合放棄《ほうき》するか……それとも手心を加えて負けるか」と迷ったが、黄金のランスを精一杯の力で掲げて向かってくるフィリップの視線がいつになく真剣だったので、「それではフィリップを愚弄《ぐろう》することになるな」と思い直した。

「わかった、フィリップ！　尋常《じんじょう》に勝負だ！　今だけはお世話係じゃないぜ！」

「あ、ありがとう、モンモランシ。行くね！　お父さまは仰っていたわ。戦わなければ、なにも勝ち取れないと！　お父さまから譲られた、この十字軍帰りの聖なるランスで……勝利を掴み取るわ！」

十字軍帰りか！　しかし巨大なランスだな……リッシュモンが扱うランスの倍くらいの重量がありそうだ。黄金と宝石をふんだんにあしらった装飾の過剰《かじょう》さといい、ジャン無怖公の趣味か？　細腕《はし》のフィリップに扱えるのか？　とモンモランシが心配しながら自《みずか》らもランスを構えて馬を奔らせる。

リッシュモンが「モンモランシは本気を出せないだろう。それに対してフィリップは意外と馬術も槍術《そうじゅつ》も巧《たく》みだ……しかし技術云々《うんぬん》よりも、彼女が闘争心を剝《む》き出しにして戦う姿をはじめて見た」と目を細め、フィリップの「将来の姫騎士候補」としてのポテンシャルを見直そうとしたその時。

「おいおいフィリップ！　危ない！　バランス！　バランスが崩れている！　やっぱりそのランス、小柄《こがら》なお前には長すぎるんだーっ！」

「あっ？　きゃあああ!?」

互いのランスが交錯しようとした瞬間。

フィリップの身体は、ランスの重さに引きずられるように馬上から滑り落ちていた。

「フィリップ！　危ない！」

「……モンモランシ……！」

モンモランシは慌ててランスを投げ捨て、馬から飛び降りてフィリップの身体を抱き留めていた。

「うげ！　鎧が重い……！　フィリップ、これじゃ完全に重量オーバーだ！」

「くすん。お父さまが絶対に怪我しないように、ってこの鎧を私に」

モンモランシの足が先に地面に着いた――本来ならばモンモランシの負けになるはずだった。

シャルロットが「この組み合わせなら、きっとこうなると思ったよ～しめしめ。これで残る敵はリッシュモンただ一人だね」とほくそ笑む。

しかしそのリッシュモンが、

「あのボンクラのモンモランシが騎士道精神を貫いた！　フィリップのお世話係を続けるうちに、ついに騎士道精神を身につけてくれたのだ！　モンモランシの勝利であるべきだ、ブリエンヌ先生！」

と力説したので、ブリエンヌ先生はつい勢いに圧《お》されて「勝者は、モンモランシじゃ」と告げてしまった。

シャルロットが「えーっ？　ルールに則《のっと》ってな～い！」とクレームをつけたが、モンモランシにお姫さま抱っこされていたフィリップが「足をくじいちゃった、くすん。準決勝は、モンモランシに譲るわ……」と棄権《きけん》したので、協議の結果、「フィリップは試合続行不能。モンモランシの判定勝利」ということで最終決着がついたのだった。

モンモランシ、ジョスト大会初勝利！

一回戦突破！

「だいじょうぶかフィリップ？　あとはリッシュモンさえ倒せば、『くっ、殺せ』の倍返しを免《まぬか》れる！　だ、だが、リッシュモンに勝てる奴なんて、この学校にいるんだろうか？」

「きっとあなたなら勝てるわ、モンモランシ。頑張って……」

「そこ！　なぜ、私がラスボス扱いされねばならないのだっ！　きみが大罪を犯《おか》したのが悪いのだぞ、モンモランシ！」

真っ赤になって怒っているリッシュモンの隣では、シャルロットが「ふふふ。問題ないよぉモンモランシ。シャルが二回戦でリッシュモンと当たるようになっているんだもんね」と闇落ちヒロイン顔で笑っている。果たしてシャルロットはどんな卑劣な搦《から》め手を用いて無敵のリッシュモンを破ろうとしているのか、それはまだ誰にもわからない。

※

年老いたブリエンヌ先生は、一回戦を仕切るだけですでに体力が尽きていたが、「モンモランシ奴隷権」争奪に燃えるシャルロットとリッシュモンの勢いに圧されて降りるに降りられない。

「ごほんごほん。午後より、準決勝をはじめるぞい。準決勝第一試合は、優勝候補でオッズナンバーワンのリッシュモン対王女シャルロット。今日は珍しくシャルロットがやる気じゃの～。そして準決勝第二試合は、モンモランシ対アランソンじゃ。低いレベルで実力伯仲《はくちゅう》しておるのう。予想オッズもいい勝負じゃよ、悪い意味でのう」

女子陣は全員「アランソンさまが勝つわ！」「美しさは正義よ！」「モンモランシも、アランソンさまとの美しさ勝負に乗るべきよ！」とこぞってアランソンに賭け、薔薇の騎士たちをはじめとする野郎どもは「チキショー！　あんな気障《きざ》野郎、負けちまえ！」「モンモランシに全財産投入だッ！」「負けたら身体で支払ってもらおうモンモランシ～！」とさまざまな思いを胸に抱きながら「反アランソン一連合を結成してモンモランシに賭けていたのだった。

リッシュモンは「神聖なるジョスト大会なのに公然と賭けていいのか。いや、よくない」と膨《ふく》れっ面《つら》になりながら、鎧を着け直して闘技場へと入った。

「ふ、ふ、ふ。ジョスト大会は、お祭りだからねえ。盛り上げなくちゃあね〜。リッシュモン？　モンモランシはいただくよ〜」

対するシャルロットは、お子さまなのにもう胸が膨らんでいるので特製の鎧を着用している。

「これは……選びがたいな！」「どっちがかわいい？」「美人度ではリッシュモンだが、まだ身体は少年みたいだ」「シャルロットのほうがエロい！　ちび巨乳だ……！」「イザボー王妃にそっくりな愁《うれ》い顔がたまらない！」「ダメだ俺には選択できない！」「どっちも好きじゃああ！」「モンモランシめ。毎度毎度、この二人といちゃこらしやがって」「やっぱり呪われろ！」「なにがなんでもソドムに引きずりこんでくれるわっ！」「たとえ俺がソドムの罪で地獄に落ちることになろうが、貴様が不幸になるほうがいい！」

二人の愛らしさに男子陣が懊悩《おうのう》する中、リッシュモンとシャルロットは「なにを騒いでいるのだ、あの者たちは」「男子ってやーねー」と横目に見ながら、馬を歩み寄らせて互いに一礼した。ブリエンヌ先生が「はじめい」と声をかけた瞬間から、いよいよ試合開始である。

しかし。

試合開始直前のこの時。

リッシュモンに対するシャルロットの精神攻撃がはじまっていた――。

シャルロットは、大きな目に涙を浮かべながらリッシュモンの耳元で哀願《あいがん》していたのだった。

「……お願いリッシュモン。シャルに勝たせて！　今回だけでいいの。勝ち星を譲って！」

「な、なにを言いだすんだ、シャルロット？　ジョスト大会に八百長《やおちょう》はない。騎士道精神に反している」

「わかってるよう。でも……シャルには……シャルには、シャルを守ってくれる強い殿方《とのがた》の騎士が必要なの。お父さまが心の病《やまい》で政務を執《と》れなくなってから王家はもうボロボロだし、母上はシャルを嫌っているし……いつ誰に暗殺されるかもわかんないもん……お願い。モンモランシを譲って。うう。ぐすん、ぐすん」

「しゃ、シャルロットの苦境は察するが……なぜモンモランシなのだ。ば、バタールがいるではないか」

「バタールは、シャルの男嫌い癖のせいで女装っ子に育てちゃったから、信頼はできるけど騎士としては頼りにならないの～。シャルの自業自得だってことはわかってるよう。若気の至りだったんだよう。謝るから。だから、モンモランシを……彼なら、リッシュモンに厳しく鍛えられているから、きっとシャルの騎士さまになってくれるよ！」

「こ、断る。シャルロットが男嫌いになった経緯《いきさつ》には同情しているが……モンモランシは私の幼なじみだぞ。まさか奴隷支配権を賞品にしたのは、そのためだったのか、シャルロット？」

「いいでしょ？　リッシュモンにはアランソンがいるじゃーん！　っていうかリッシュモンより強い騎士って、そもそもフランスにはいないしぃ！　モンモランシをお付きの騎士にしなくたって、ぜんぜん問題ないじゃん～」

「……アランソンは私の従弟《いとこ》だぞ。幼なじみ枠ではない。そ、それに、モンモランシに騎士として守ってほしいとかそういうことでは……」

「ふーん。つまりリッシュモンは、モンモランシが好きなんだね。結婚するつもりなんだね。そっか、そっか。懲罰を加えるとか言っているのも口実なんだねー。教会で、自分から胸を見せたんじゃないのう？　オンナの罠《わな》に落ちたんだね。かわいそうなモンモランシ～」

「なっ……!?　なななななにを言う！　断じて違うっ！」

「だーって。リッシュモンって、モンモランシは自分のものだって思い込んでるじゃーん。なぜなの？　もしかしてベーゼでも交わしたの？」

「べべべべべーゼをかかかかか交わしてなど、いないっ！」

純情なリッシュモンが顔を赤らめたり青ざめたりさせて震えているうちに、シャルロットは泣きはじめてしまった。

「……う、うう……シャルは不安なの……姫騎士団長も殺されちゃったしぃ。パリはきっと、派閥争いの果てにイングランド軍に蹂躙《じゅうりん》されてめちゃくちゃになっちゃうよ……モンモランシに、守ってほしいな……リッシュモンは強いんだから、いいじゃん……シャルは弱いの……だから」

「しゃ、シャルロット。泣かないでほしい。きみの気持ちはわかるが、ジョスト大会の試合の勝敗とはまったくの別件……そ、その話はまた、この試合が終わった後にでも。モンモランシには私からも、シャルの騎士になるよう説得してみるから、だから」

「シャルは弱っちくてやる気がないダメダメな姫だから、きっと断られるよう……リッシュモンとの試合に勝ちたいな。勝ったら、モンモランシもシャルを見直して憧《あこが》れてくれるかも……しくしくしく」

「だ、だから、それは不正行為……ああもう、どうすればいいのだ、私は!?」

いつまでも二人の長話が終わらないので、しびれを切らしたブリエンヌ先生が「はじめ！」と声をあげた。

その瞬間。

「隙アリィ！」

ガンッ！　とシャルロットがすかさずランスを一閃《いっせん》して、たった今まで馬を寄せ合ってひそ話をしていたリッシュモンに掟破《おきて》りの奇襲攻撃。

「ええええっ？　嘘泣きだったのかっ!?　おのれシャルロット……またしても、私を謀《たばか》ったのか!?」

すっかり戦意を喪失していたリッシュモンは背中にランスを喰らってバランスを崩し、ゆっくりと前のめりに落馬していく。

「えへへ～。嘘泣きに決まってんじゃ～ん♪　甘い甘い大甘だよ、リッシュモン。ほんっと、馬鹿正直なんだからぁ。この一戦での大番狂わせのために、モンモランシを賞品にしたりして、長々と布石《ふせき》を打ってきたんだよ～♪　決勝戦は王家の威光をかさにきて、脅して勝ち星を譲ってもらうんだ～♪　たった一つの難関が、買収や脅しのきかない堅物のリッシュモンだったたわけえ！　だから心を攻めたッ！　シャルが優勝！」

「えーい、もう怒ったっ！　シャルロットが相手でも、手加減しないっ！」

ガンッ！

激怒したリッシュモンが落馬しながらも執念でランスを一振りするや否《いな》や、

「あ～れ～」

シャルロットの身体は、馬上から跳ねあげられて観客席の中へと超高速で吹っ飛んでいたのだった。

しかも。

先に落馬したリッシュモンの胸が土に着くよりも、シャルロットの鎧の胸の部分が観客席の芝生に突き刺さるほうがわずかに早かったのである。

鼻先ならぬ胸先の差で、シャルロットは敗れたのだった。

「う、う……これだけ策謀《さくぼう》を積み重ねてきたのに……モンモランシを奴隷にする権利なんて、賞品にするんじゃなかったー！　バタール！　このままじゃモンモランシをリッシュモンに取られちゃうよ！　ぐすっ、ぐすっ」

「え、ええ？　リッシュモンをからかうためのネタ話じゃなかったんですかあ？」

「そうなんだけどぉ、悔しい！　自分でもわかんないけど！　リッシュモンにモンモランシを連れ去られるのはいやあ～！」

リッシュモンに敗れて観客席に引っ込んだシャルロットは、バタールからハンカチをひったくって涙を拭《ふ》きながら騒ぎ続けている。

「で、でも、シャルロットさまのせっこい買収工作だの陰謀策略だのを突破しちゃった今、リッシュモンに勝てる騎士候補生はいないですよぅ？　なにしろ決勝戦の相手は、アランソンとモンモランシのどちらかですよ？　どっちもリッシュモンには勝てないですよう？」

「リッシュモンに眠り薬入りの林檎《りんご》を差し入れて食べさせて、バタール！」

「完全に魔女になってますよう！　あれだけ怒らせたんだから、決勝戦前にシャルロットさまの差し入れなんて食べてもらえませんよっ！」

「さっきからシャルロットが騒がしいな、なにを泣いているんだ？　女の子はわかんねー」

「さあ？　珍しく本気出したのに負けたのが悔しいんじゃないでしょうか。シャルロットらしくありませんが……それよりもモンモランシ。悪いですが、勝たせていただきますよ。女子陣の黄色い大声援を裏切ることは許されないのです」

「うるせえよ！　俺にも、野郎どもの熱い声援が飛んでるんだぜ！」

「ともあれ、姉上と決勝で戦うのはこの僕です！　学校開設以来最弱の騎士候補生であるきみに負けたら、厳格な姉上にお仕置きされますからね！」

準決勝第二試合。

モンモランシ対アランソン。

「美しい、美しすぎるわ！　アランソンさまあああ！」

と法悦《ほうえつ》の涙を流す女子陣。

「呪われろアランソンんん！　ソドムへようこそモンモランシいいいい！　こっちへ来～い！」

と呪詛《じゅそ》まがいの怒号を飛ばす男子陣。

フィリップに「げ、元気を出して。ま、まだモンモランシが負けると決まったわけじゃないから……日頃はぼんやりしているけれど、やる時はやってくれる男の子だもん。信じましょう」と励まされながら、ちーん、とバタールのハンカチで鼻をかんでいるシャルロット。

「わわわ私はべべべ別にももももモンモランシとけけけけ結婚したいとか、そういうつもりは……」と今になってシャルロットから喰らった精神攻撃のダメージがますます増幅して冷や汗まみれになっているリッシュモン。

一同が見守る中、モンモランシとアランソンの試合が開始された。

勝った側が、「最強」リッシュモンを相手に決勝戦に臨《のぞ》む資格を得られるのだ。

「悪いがアランソン！　俺は今回ばかりは負けるわけにはいかねえ！　リッシュモンの奴隷にされたら、乙女を穢した罪がどーのこーのと、あいつ独特のヘンな正義感で断罪されるんだ！　冗談じゃねー！　だから勝たせてもらうぜ！」

「いいえ、勝つのは僕です！　さっきの試合開始直前あたりから、姉上はなんだか様子が妙です！　目玉はぐるぐる回っているし、顔を赤らめたり青ざめさせたりで、心ここにあらずですからね！　僕が姉上に勝利するたった一度の機会が訪れたのです！　もう、騎士道精神を鍛えるとか言って姉上にしごかれる日々は終わりです！　『リッシュモンのくびき』から解放されてみせますよ！」

「ちっ。いつもは鎧の傷を気にしてばかりのアランソンが、珍しくやる気だ！　こうなると最弱の俺は勝ち目が薄い！」

　モンモランシは、けんめいに馬を駆けさせて闘技場のフィールドをぐるぐると回り続けた。

「なにをやっているのですかモンモランシ。逃げてばかりではジョストになりませんよ！　騎士らしく向かってきたらどうなんですか！」

「俺は策士型なんでね！　力よりも知略で戦うのさ！　アランソンが隙を見せるまで、何時間でも逃げ続けて勝機を窺《うかが》う！」

「ダメです。姉上が平常心を取り戻してしまってからでは、勝ち目がないんですっ！」

しびれを切らしたアランソンが、必死の形相《ぎょうそう》でモンモランシの馬を追いはじめた。

逃げるモンモランシ。追い続けるアランソン。

そんな二人の少年の姿を眺めていた女子たちが、「ざわ……ざわ……」と声をあげだした。

乙女特有の妄想回路が作動しはじめたらしい。

「見て！　アランソンさまが、モンモランシのお尻を追いかけているわ！」

「それも、日頃は決して見せない必死の形相で！」

「どうしてしまったのアランソンさま？　いつもの優雅さはどこへ？」

「はっ、もしかしてっ!?」

「アランソンさまはっ!?」

「モンモランシを……愛しているんだわーっ！」

「彼をご自分の愛の奴隷にするために、汗みどろになって……！」

「そうだったのねーっ！」

「男子ばかりでつるんでいる時でもいつも鏡を前にして、髪型を整えておられたのは……」

「あれは、モンモランシの視線を気にしていたからなんだわ！」

「まさにこの試合は、薔薇のジョスト！」

「回覧板係！　今すぐこの衝撃の『愛』の真相をパリ中の壁に貼り出してーっ！」

薔薇の騎士たちも、「おおおお」と目を見開いて震えていた。

「そうか！　アランソンよ！　薔薇の騎士だったのか、お前も！」

「顔で逆差別してきた俺たちが悪かったーっ！」

「魂の同志だったんだなあ、仲間だったんだなーっ！」

「お前ほどの美少年が薔薇の騎士の仲間になってくれれば、俺たちはもう『女子にモテないから歪んで少年愛に奔った』と自分を蔑《さげす》まなくてすむぜーっ！」

「これからは堂々と、薔薇街道を歩んでいける！」

「熱烈歓迎するぞ同志アランソン！」

薔薇の騎士たちが「アランソン」コールを飛ばし、女子たちは「アランソン×モンモランシ」

の薔薇物語を即興で書きはじめて、しかもパリ中に配布しようとてきぱき動きはじめている！

　なによりもアランソンにとって恐ろしいことに、まだ動揺が収まっていないリッシュモンが
「な、な、なんだって？　あ、あ、アランソンが、も、モンモランシとソドムの関係にっ？　わわわ私はアランソンをそんなふうに育成した覚えは……まさか、私が厳しく躾《しつけ》すぎたせいで女性恐怖症に？　アランソンのお父上に合わせる顔が……なんてことだ……！　アランソンを殺して私も死ぬっ！」と剣を抜いて闘技場に乱入しようと立ち上がっているではないか。

「ちょ……なんだか話がおかしなことになっていますよっ!?　姉上、待ってください！　誤解ですっ！　僕は薔薇の騎士じゃないし、しかもよりによって相手がモンモランシだなんて！　冗談じゃありません……！」

「ほーん？　誤解だって？『目的』は誤解だが、『結果』は事実じゃねーか。俺を倒して優勝したら、俺はお前の奴隷だぜアランソン？　人は『結果』しか見ないもんだ。お前がソドムの男だという世評が確定しちまうぜ。そんな暗黒の未来を掴み取ってしまっても、いいのか？」

「きみは黙っていてくださいモンモランシ！　精神攻撃は禁じ手ですよっ！　ああ、でも、イヤだっ……貴婦人に仕《つか》える騎士を目指しているこの僕が、ソドムの男という噂を立てられるだなんて、生涯の恥辱！　しかも相手が最悪だっ！」

「髪型を気にして手鏡ばかり見ているから誤解を生んだんだぜ？」

「髪型を整えるのは騎士のたしなみなんですよっ！　そ、そうだ！　モンモランシの馬のお尻を追いかけているのがまずいんだ！　逆にモンモランシの正面へと回り込めば！」

強引に馬首を翻し、慌てて進路転換を図ろうとしたアランソン。

その、がら空《あ》きになったアランソンの脇腹めがめて。

「やっと『隙』を生んだな。おかしな噂が流れちまって俺の立場がいよいよ危うくなったが、やれやれだ」

モンモランシが、ぽんっ、とランスの先端を突き当てていた。

落馬しながらもアランソンは（敗北は屈辱ですが、妙な誤解を受けて姉上に斬首されるよりは。それに……これでモンモランシを奴隷にするというおぞましい『未来』を免れたと考えれば）と内心、胸を撫で下ろしていた。

「なんと。勝者、モンモランシじゃ。これは大番狂わせじゃな～。決勝戦はリッシュモン対モンモランシじゃぞ！　もう日が暮れはじめておる。休憩はなしじゃ。ただちに試合開始っ！」

この時、すでにリッシュモンは「ああああ」と半泣きになりながら闘技場に足を踏み入れている。

起き上がったアランソンが慌てて「誤解です姉上！　僕は貴婦人にしか興味がありませんよっ！」と弁明しながら自分の馬とランスをリッシュモンに提供し、「はっ？」とリッシュモンが我に返って「なんだ、そうだったのか。ともあれ、これでモンモランシに堂々とお仕置きできるな！」と平常心を取り戻して、そのまま決勝戦の火蓋《ひぶた》が切って落とされたのだった。

「おいおいアランソン！　俺の勝機を奪い去りやがって～！　覚えてろっ！」

「あーあーもうダメじゃん。モンモランシをリッシュモンに取られちゃったよう」と嘆《なげ》くシャルロットの隣では、「いろいろあって錯乱していたリッシュモンが状態異常から回復したようです。かわいそうにモンモランシ……」とバタールが十字を切りながら、「モンモランシ奴隷調教メニュー」の作成にかかっていた。

「まずは女装ですねえ、女装によって男性の攻撃性と尊厳をことごとく奪い取るところからすべてははじまるんですぅ、かわいそうにモンモランシ〜」

「バタールあんた、ウッキウキじゃない？」

優勝候補のリッシュモン対万年劣等生モンモランシが、ついに相対《あいたい》した。

モンモランシは、アランソン戦からの連戦で疲れている。なにしろえんえんとアランソンから逃げ回り続けていたのだ。

「よくここまで勝ち残ってきた、偉いぞモンモランシ。自らの運命は自らで決めるというきみの覚悟は賞賛しよう！　だが！　乙女の胸を見た報《むく》いは受けてもらう！」

「ま〜だ言ってるのか〜！　しつっこいぜ！　お前、そんな性格だと将来、敵ばかり作るぞ！　あれは事故だ、忘れろ！」

「じじじ事故とはなんだ、モンモランシ！　わわわ私の胸は小ぶりすぎて、目の毒だったとでも言うのかっ！　シャルロットの大きい胸に比べればまるで子供だとでも……！」

「目の毒なわけねーだろ！　いやまあ、ある意味、俺のような幼い少年にとっては毒かもしれないが……失楽園……イブの林檎……悪徳……女の子の身体ってのは、男の子にとっては永遠の神秘だぜ……」

「こらっ誤魔化すな！　乙女を辱《はずかし》めておきながら、私をサタン呼ばわりとはどういうことだ！　幼なじみのよしみでちょっとは手加減しようと思っていたのに、きみは私を本気で怒らせた！　問答無用で倒すっ！　奴隷にしてお仕置きしてやる！」

「冗談じゃねえ～！　教会でお前を助けてやった騎士さまに対して、なんて仕打ち！　理不《り ふ》尽《じん》！　リッシュモン、お前は怒りっぽすぎる！」

「だ・ま・れ。それを言うならきみは女の子に失礼すぎる！　毒だの悪徳だの、もう我慢ならない！　私の胸の美しさを褒《ほ》めるとか感謝するとか崇拝するとか、あるだろうに！」

「いや。美しいと言うほどには成長していない」

「どうしても殺されたいらしいな、きみは！」

誰もが、リッシュモンがモンモランシを秒殺して「奴隷権」を獲得する、と予想していた。

フィリップも「も、モンモランシ。そんなに挑発したら……」と顔を手で覆《おお》っているし、シャルロットも「リッシュモンを怒らせたらかえって強くなっちゃうんだよ、ダメダメ！」とモンモランシの敗北を確信して気が気でない。

全員で上腕二頭筋をパンプアップさせながら「うおおおおお！　姫騎士に負けるなああ！　男子の本懐を見せてやれえええ！」と雄叫《おたけ》びをあげてモンモランシを応援する薔薇の騎士たちも、内心ではリッシュモンが放つすさまじい闘気に圧倒されていた。

音に聞くブルターニュの騎士はこれほどに強いのか！

なにしろリッシュモンは、迷信深いイングランド王室から「伝説の円卓の騎士団を率いた英雄アーサー王の再来、転生」と信じられていて、「アーサー王からブリテン島を強奪したイングランド王室を滅ぼす者」だと恐れられている。

ブルトン人の国・ブルターニュの王家に生まれ、「アルチュール（イングランド語でアーサー）」という名を与えられた時からそうだったのだが、幼くしてその正義感と頑固さを発揮してブルターニュのイングランドへの併合《へいごう》を阻《はば》んだことから、リッシュモンのフランスでの名声は一気に高まり、イングランドはいよいよリッシュモンを警戒することになったのだ。

ただ、そんなリッシュモンにも人間らしい欠点がある。潔癖症《けっぺきしょう》で、真面目すぎて怒りやすい。挑発に乗る。執念深い、と言っていい。正義にこだわる律儀さの裏返しだろうか。

対するモンモランシは、なにごとにも適当な性格である。地頭はいいのに錬金術《アルシミー》の本ばかり読んでいて授業を聞かないから、学校での成績も最下位だ。当然、リッシュモンとサシで一騎打ちなどできる技量もない。

その、はずだったが……。

「奴隷権なんぞがなければ、さっさと負けて終わりにしたいところだが……！　今回ばかりはそうはいかねえな！　でたらめな奴隷権と理不尽なお仕置きに異議を唱える！　お前をC.R.Cから救ってやった騎士さまに、貴婦人として褒美《ほうび》をよこせ！　なーんで俺がお前に制裁されなきゃならねーんだ！　照れ隠しもたいがいにしろよリッシュモン！」

「なななななにが照れ隠しだっ！　そっちこそ、素直に私の胸にときめいたと言えっ！　言わねば、制裁を加える！　一撃で葬り、奴隷にしてやるからっ！」

「だっ、誰がそんなこと言うかーっ！」

ことここに至り、観客席の生徒たちは「ざわ……ざわ……」と戸惑いはじめていた。

とりわけ、女子たちは乙女心に敏感である。

「もしかして、この二人」

「ジョスト大会にかこつけて、痴話《ちわ》ゲンカしているだけなのでは？」

「というか、恋人同士なんじゃないの？」

「幼なじみで仲がいいのは知っていたけれど、どうやら……」

「そもそも『胸を見た』ってなに？」

「教会でなにがあったの？」

「わかった！　きっと教会でこっそり結ばれようとしたのに、リッシュモンの服を脱がしたところでモンモランシがへたれて逃げたんだわ！」

「それはダメだわ！」

「いくら童貞で冴《さ》えないモンモランシだからって、限度があるわ！」

「土壇場《どたんば》で乙女に恥をかかせるなんて、怒られるに決まっている！」

女子陣が「リッシュモン！　へたれのモンモランシをぶっ倒して奴隷にしちゃって！」と盛り上がりはじめると、薔薇の騎士たちを含む男子陣も、

「うおおおお！　マジか、大人の階段を上っていたのか、モンモランシ!?」

「スゲー！　鏡で自分の髪型と顔ばかり見ているアランソンを抜いたッ！」

「しかも相手は、学校一の美少女リッシュモン……モンモランシさんかっこいいっす！」

「りりりリッシュモンのむむむ胸を見たってどういう……すげえええええ！　妄想しただけで鼻血が！」

「やっぱ少年愛より少女愛っすよ！」

「引き返すなっ！　勇気を出せ！」

「勝て！　勝ってしまえ！」

「ヘンリー五世がもうすぐ遠征軍を率いて上陸するという！　フランスが保《も》たん時が来ているのだ！　今こそフランスの男騎士どもの誇りと勇気を復活させるんだモンモランシ！」

「虐《しいた》げられしフランスの男どもに、希望の光を見せちくり〜！」

　完全に、決勝戦は男子陣と女子陣の代理抗争と化した。

「な、なぜなのだ？　私がモンモランシに胸を見られた話が校内に広まっている……あ、あ、あ」

「お前が闘技場のど真ん中で自分からぺらぺら喋《しゃべ》ったんじゃないか、リッシュモン」

「私を罠《わな》にはめたのだなっ、モンモランシ！　もう、私はほんとうにお嫁に行けないではないか！」

「いやだから、罠じゃなくて、お前が勝手に……お、落ち着け。目に殺意が宿っている気がするぜ!?」

「気がする、ですむかっ！　ううう……！　私を公衆の面前で辱めるとは……くっ……もう、きみを奴隷として獲得する以外に私が生きる道はないようだなっ！」

「みんな、お祭り騒ぎで楽しんでるだけだ！　すぐ忘れる！　思いつめるなーっ！」

「ううううるさーいっ！」

ドドドドド！

ランスを高々と掲げたリッシュモンが、モンモランシのもとへと突進を開始した。

「は、速い！　アランソンの三倍は速い！　逃げても即座に追いつかれる！」

モンモランシは（まずい！　リッシュモンのやつ、またまた混乱して正気を見失っている!?　こんなすさまじい勢いで直撃されたら、俺のうっすい鎧はランスで貫かれるぜ！）と自分自身の死を予感していた。

「まったく！　こうなったら、俺の命とリッシュモンの未来を守るために、ガチのマジで戦うしかねえな！　行くぜリッシュモン！」


だが――この時だった。

闘技場で、たった一人。

モンモランシへと急接近していたリッシュモンだけが、臨戦態勢に入って「本気」を解き放ったモンモランシに、気圧《けお》されていた。

騎士としての最高の技術と集中力を誇るリッシュモンだからこそ、感じ取ることができた――モンモランシの全身から溢《あふ》れてくる、「黒い闘気」に。

全身の毛が逆立つような感覚が、リッシュモンを襲っていた。

「……モンモランシ……!?」

黒い。なんだこれは。騎士が放つ闘気とは違う。黒く、濃く、そして――怒りと哀《かな》しみに満ちている!?

リッシュモンは、目の前に迫っていたモンモランシの背後に、幻影を観《み》た。

まるで砂まみれになっているかのように汚れて乱れた「幻影」を。

大人になったモンモランシの影が、蜃気楼《しんきろう》のように浮かび上がっていた。

何年後のモンモランシなのだろう？　五年後？　十年後？

今の少年モンモランシとはまるで異なる精悍《せいかん》で悲壮な表情を持つ美青年に成長していた。黒い髪の毛はさらに長く伸びていた。漆黒《しっこく》の鎧に身を固め、狼《おおかみ》のように鋭く尖《とが》った「牙《きば》」を剝き出しにして哄笑《こうしょう》しているその姿は――まるで――。

まるで――魔王――。

この者は激しい怒りと憎しみ、そして哀しみの感情を無限大に爆発させている。その感情の暴走を、止めるつもりもない。すさまじい「力」。おぞましい「黒い闘気」。この者は、フランスを滅ぼせる。ヨーロッパを滅ぼせる。それどころか人類すべてをことごとく滅ぼせるほどの存在なのだとリッシュモンは直感し、震え上がった。

まさか。この者は、ほんとうに未来のモンモランシなのか。そんなはずがない。幻影にすぎない。私にただ、夢を見ているにすぎない！

光が、堕《お》ちた。

未来の魔王へと、天空から、一本の白い光が。

まるで神が悪魔を滅ぼそうとするかのように。

魔王は、その黒いマントの内側から「使い魔」のような巨大な化け物どもを次々と繰り出して光に抗《あらが》ったが、ついに力尽きて全身を光に飲み込まれ、そして焼かれていく。

その刹那《せつな》。狂気から目覚めたかのように。

魔王が、優しさに溢れた笑顔を浮かべていた。

その笑顔に、リッシュモンは見覚えがあった。いつだって、私の隣で、彼はこの笑顔を。

やはり、モンモランシだ。

では、この魔王は、「未来」の……モンモランシなのか……!?

あ、あ、あ……モンモランシ!?　どうして？　と、リッシュモンは思わず悲鳴をあげていた。

消えゆく「未来」の魔王と、「現在」を生きているリッシュモンの視線が、合った。

『これで、よかったんだ。なあ、リッシュモン。お前は、お前が信じる正義を成したんだ。魔王を討ち滅ぼして、フランスを救ったんだ。仏英戦争は、終わる。お前の、正義を信じる意思の力で。だから、泣くな。笑えよ——』

そこで、魔王の声は、途切れた。光の中に、彼の身体は、ひとかけらの肉片も遺《のこ》すことなく消え去っていた。

「モンモランシ！　正義など……そんなものよりも、ほんとうは、私は……！」

不意に幻覚が消失してリッシュモンが気づいた時には、彼女は馬から下りていた。そしてその両腕は、「いてて。やっぱりお前、強いな……まあ、死ななくてすんだ」と苦笑している「少年」のモンモランシを抱きしめていた。

試合は終わっていた。リッシュモンのランスが、モンモランシを一撃で落馬させていた。モンモランシは、ランスをリッシュモンの身体に直撃させることをぎりぎりで躊躇《ちゆうちよ》して逸《そ》らしてしまったようだ。最後の最後に、「本気」を出しきれなかったらしい。リッシュモンが不意に現れた幻影に惑っていたその間にモンモランシが「本気」で攻撃していれば、あるいは。

「……も、モンモランシ？　け、怪我は……」

「なぜかお前のランスの軌道《きどう》が微妙にブレていたんで、助かったぜ。だがこれでついに奴隷堕《お》ちか……ブルターニュの貴族として恥辱！　くっ、殺せ！　なーんてな」

「殺すわけがない！　私が、モンモランシを殺すだなんて！　そんなこと、起こるはずがない……だって、私は……！」

「あれ？　リッシュモン？　なに泣いてんだ？　まだ怒ってるのか？」

ただならぬ雰囲気に観客席はまたしても騒然となっていた。あのリッシュモンが、モンモランシを抱きしめて泣いている⁉　ジョスト大会の優勝者なのに？　モンモランシへの懲罰はどうなったの？　いったいどうなってるの？

「愛よ！　愛だわーっ！　リッシュモンはモンモランシを愛しているんだわーっ！　本心では勝利の栄光を彼に譲りたかったのに、『正義の心』がそれを彼女に許さなかった！　心ならずも愛する殿方に勝ってしまったのよーっ！　だから泣いているのよ！」

またまた女子陣が騒ぎはじめて、男子たちも「そうだったのか！」「……か……かわいい……モンモランシを抱きしめて泣いているリッシュモン、マジでかわいい」「天使だ……！」「少女の純愛とは、少女が殿方のために流す涙とは、こんなにも美しいものだったのか！」「さらば少年愛！　こんにちは少女愛！」とうなずき、ついにここに騎士養成学校の男子陣と女子陣は対立ムードから一転、融和《ゆうわ》して一体となった。

「「べーゼ、べーゼ！」」

奴隷契約は成立した！　もうこの場でべーゼしちゃいなよ！　という声が四方から飛んでくる中、

（い、今の幻影はいったいなんだったのだろう？　悪夢にしては生々しかった。が、モンモランシはちゃんと生きているし……牙など生えていない）

と我に返ったリッシュモンは、

「はっ？　どんどん私とモンモランシがただならぬ関係だという話が一人歩きしている？　え

えい、離せモンモランシ！　妙な幻覚を私に見せて、私をさらなる罠に落とすとは！」

と真っ赤になってモンモランシを突き飛ばしていた。

「勝手に俺を抱きしめておいて、ひでえや。妙な幻覚ってなんだよ、リッシュモン？　シャルロットに毒入り林檎でも差し入れされたんじゃねーのか？」

シャルロットが「あああああ！　モンモランシを取られたあああ！　こうなったら荒ぶる雄《お》馬《うま》たちを闘技場に解き放って、大会をチャラにしちゃうんだから！」と騒ぎだし、フィリップとバタールが「くすんくすん」「完全に魔女ですから、それ！」と慌てて止める中。

「う、う、うるさいぞモンモランシ！　きみに胸を見られてから、ずっと調子がおかしくて……あうあうあう……諸君、聞いてくれ！　すべて誤解なんだ！　私はモンモランシの『奴隷支配権』をジョスト大会の賞品として受け取ることを、辞退する！　私はモンモランシにお仕置きしてやりたくて、心が悪に染まっていたのだ！　だが、たった今、とある奇跡が起きて目が覚めた！　私がさっき観た幻影は、神からの忠告だったに違いない！　お遊びでも、学友を奴隷にしたりしちゃいけない！」

リッシュモンが「正義の心」を発動させて、モンモランシを奴隷の身分から解放したために、モンモランシはリッシュモンから報復制裁を受けずにすんだのだった。

モンモランシは「幻影？　なに言ってるんだ？　やっぱ、お前、毒林檎を」とまだ首を捻《ひね》っているが、リッシュモンは「ああもう。きみに関《かか》わると私は酷い目に遭《あ》うんだ」と唇を尖らせて観客席へと舞い戻っていった。

「今日の姉上はずっとヘンでしたね、モンモランシ。冷や冷やしましたよ」

「奴隷になりそこねて残念でしたねえ！　せっかく、お仲間ができたと思ったのにぃ。でも準優勝は立派ですよモンモランシ～！」

アランソンとバタールがモンモランシを出迎えてくれた、が、薔薇の騎士たち男子陣が「モンモランシ、てめえ～！」「お堅いリッシュモンが実はあんなにかわいいと知っていながら「黙って抜け駆けしていやがったんだなあああ！」「シャルロットとフィリップともいちゃいちゃしているくせに！」「学校はお前のハーレムかよ！」「しかもあっさり負けおって！　死ねや！」と激怒してモンモランシに襲いかかってきたので、モンモランシは鎧を脱ぎ捨てながら走って闘技場から脱出しなければならなくなった。

一方、シャルロット、リッシュモン、フィリップの三姫騎士候補生のほうはといえば、シャルロットが嘘泣きしてリッシュモンに全面降伏することですぐに和解したのだった。

「女の子同士の友情にひび入っちゃったよね～。でもね、シャルは悪くないよ？　ぜーんぶ、モンモランシが悪いんだよ！　だからお願いリッシュモン、シャルを叱らないで～！　許してえええ！　うえーん！」

「うう……モンモランシの奴隷支配権を神聖なるジョスト大会の賞品にするのを認めるなど、私もちょっとどうかしていた……そうとも、シャルロットは悪くない。いや、悪いけれど。も、モンモランシが私の胸を見たのがすべての発端《ほったん》なんだ！　もうこの話はぜんぶ、なかったことにしてほしい……恥ずかしくて……その……」

「ふふ。もしも私が胸を見られても、モンモランシは男の子の胸と区別できなかったと思う。でも、ベーぜくらいすればよかったのに。みんな、リッシュモンを応援していたんだから」

「フィリップ？　お、お、応援とはいったいなんのことだ？　ベーゼとは夫婦になった男女が交わす愛の儀式であって、子供がお遊びですることでは……！」

「そーだ！　これから三人でモンモランシをとっ捕まえて、一緒にお仕置きしてやろうよ！　それでリッシュモンが胸を見られた件はチャラ！　シャルたち女の子三人の友情も復活だよ！　一件落着だねっ！」

　そうしよう、女の子同士の友情にひびが入る原因は常に男の子だ、とリッシュモンは苦笑いした。もう、闘技場で観た幻影についての記憶は、薄らいでいる。モンモランシが「黒い闘気」を封じると同時に、彼女の中であの幻影の記憶は急速に忘却されていったのだった。

　こうして、ジョスト大会はリッシュモンの優勝で幕を閉じた。が、これがパリの王立騎士養成学校が開催した最後のジョスト大会になるのである。なぜなら、まもなくイングランド王ヘンリー五世が上陸して百年戦争を再開するのだから。

※

　ブルゴーニュ公・ジャン無怖公はこの時、自国領のフランドルに舞い戻っていた。パリ宮廷は今、アルマニャック派の貴族たちが牛耳《ぎゅうじ》っている。「姫騎士団長殺し」事件にかこつけて自分に制裁を加えようとしている者がいると知ったジャン無怖公は、娘フィリップの晴れの舞台を観ることができず、苛立《いらだ》っていた。

はるばるフランドルへと旅行し、そのジャンのもとを訪れていた一人の少年がいた。

年齢も、高い身長も、体型も、モンモランシによく似ている。従兄弟《いとこ》なのだ。だが、表情はどこか暗い。陽気なモンモランシとは対照的だった。

彼の名は、ジョルジュ・ド・ラ・トレムイユと言う。

幼い頃から身体が弱く、パリの騎士養成学校には通えなかった。ライバルであるモンモランシに置いていかれた、と腹立たしく思っている。

ラ・トレムイユがジャンの部屋に招かれた時、でっぷりと太ったまるでナメクジの化け物のような僧侶が一人、ラ・トレムイユとすれ違って退室していった。偏執狂《へんしつきょう》的な「妖精の標本」製作という悪趣味に耽《ふけ》っているラ・トレムイユの目から見ても、その男はやたらと薄気味悪かった。

「あれは?」

「ピエール・コーション。パリ大学を取りしきっている『市民派』の神父だ。アルマニャック派がパリを訪れた私を狙っていることを注進してくれた、わが同志だよ。パリ大学は私の支配下にある。ピエールは口がうまい。根っからの煽動家《せんどうか》だ。奴が、市民たちをうまく煽ってくれるだろう。パリ宮廷は、必ず私が奪回する——遠からず。私には、策がある」

まだ少年のラ・トレムイユを迎えたジャン無怖公は、彼を歓迎した。

「きみのお父上ギー殿とは、ともに東方で十字軍として戦った戦友だ。ブルゴーニュ宮廷に仕えたいというきみの申し出は受けよう。きみはお父上に似て地頭がよさそうな顔をしている。ただし、今しばらくは故郷で学問に励むことだな。まださすがに若い」

「ありがとうございます。父は長らくオスマン帝国に囚《とら》われ、生きてフランスに戻ってくることができませんでした。身《み》の代金《しろきん》の支払いに手間取ったばかりに。財政破綻《はたん》しているフランス王室のせいです。あんな王室のために働くなど、ぼくはまっぴらご免なのです」

ましてやモンモランシがいずれ「騎士」として仕えるフランス王室など、とラ・トレムイユは内心毒づいていた。

ジャン無怖公は、ラ・トレムイユの薄暗い性格は「政治屋」に向いている、彼には陰謀を巡らせて宮廷を取りしきり「政敵」を排除できる資質がある、とラ・トレムイユの将来性を高く評価していた。囚われのギー六世を置いて自分だけがフランスに生還したことに対する贖罪《しよくざい》意識も少しはあった。いずれにせよ、「フランス王室」を憎んでいる上に人間への「情」が極度に薄いこの少年は「駒」として使える、とジャンは踏んだ。

「わが公国は領土を拡大し続けている。人手はいくらあっても足りない。とりわけきみのような若く未来のある人材はな。時期が来たら、きみをブルゴーニュ宮廷へ招こう。忠告しておくが、パリにはしばらく足を向けないほうがいい。これから起こる騒動に巻き込まれて死ぬかもしれんぞ。私の娘も、折を見てブルゴーニュに呼び戻すつもりだ」

「では、いよいよブルゴーニュ兵を率いてアルマニャック派と対決するのですか？　噂では

『金羊毛騎士団《トワゾン・ドール》』というブルゴーニュ独自の騎士団を創設する準備を進めておられるとか。公国は、王室よりもはるかに財政が豊かですからね」

「いや。金羊毛騎士団には、また別の『役割』がある。まだ準備を終えておらんしな。それに、賢王シャルル五世が王都として整備したパリを戦火によって灰燼《かいじん》に帰《き》してしまっては、私は民心を失う。口うるさいパリ市民を敵に回したら、ブルゴーニュ公家といえども厳しくなる。アルマニャック派の連中と直接対決するよりも、ずっとよい手がある」

それは？　とラ・トレムイユが震えながら尋《たず》ねた。ジャン無怖公の瞳の奥に、おぞましい邪悪さを感じ取ったからだった。ジャン無怖公は、にたり、と獰猛《どうもう》な笑みを浮かべた。

「政治は騙《だま》し合いだよ。そして戦争とは政治家が政争の舞台で切る『手札』にすぎないのだ、ラ・トレムイユくん。イングランド王ヘンリー五世に、アルマニャック派の貴族どもを始末させるのだよ」

ではジャン無怖公が、あの野心家をフランスに呼び込むのか！　仏英戦争が本格的に再開される！　そうなれば王都パリは。騎士養成学校は……！　下手《へた》をすればフランス王国ごとブルゴーニュ公国までイングランドに滅ぼされてしまう！　危険すぎる賭けだ！

戦争と聞くだけで十字軍で父親がどうなったかを思い出して身体の震えが止まらなくなるラ・トレムイユは、この、「恐怖」という感情を知らない無道の覇王を、はじめて本気で畏怖《いふ》していた。

リッシュモンたちの運命を一変させる「アザンクールの戦い」が、はじまろうとしていた。

第四話　アザンクールの戦い

ついに、その時が来た――。

フランス宮廷が、ブルゴーニュ派とアルマニャック派の派閥《はばつ》抗争によって空中分解寸前となっていた間隙《かんげき》を衝《つ》いて、イングランド国王に即位した若き野心家ヘンリー五世は、「フランスの王位継承」と「フランス国王シャルル六世の娘との結婚」を要求し、中断されていた英仏戦争を再開させた。

ヘンリー五世は、プランタジネット朝からイングランド王権を簒奪《さんだつ》したランカスター朝初代国王・ヘンリー四世の息子である。

簒奪したと言っても、ランカスター家はプランタジネット家の分家だし、父ヘンリー四世がけんめいに反乱勢力を潰《つぶ》し続けてきたので、二代目のヘンリー五世が即位した時には国内の敵対勢力はほぼ一掃されていた。

故《ゆえ》にヘンリー五世が最初に注力した軍事作戦は、「英仏戦争」の再開であり、イングランド王家のルーツとも言えるノルマンディの攻略だった。

そもそも、プランタジネット朝を創始したヘンリー二世とは、フランス王に仕《つか》えるノルマンディの領主「アンリ」である。また、史上初めて「イングランド王」となったノルマン朝の始祖ウィリアム一世もまた、フランス王国の家臣にしてノルマンディ公だった「ギョーム」なのだ。

ヘンリー五世が率いる兵力は、一万二千。まずはノルマンディの港町アルフルールを包囲し、新兵器である大砲を駆使してこれを陥落《かんらく》させた。アルフルールをノルマンディにおける拠点《きょてん》とするためだった。だが、このアルフルール包囲戦の最中《さなか》に、イングランド軍の内部で赤痢《せきり》が蔓延《まんえん》したのだ。半数近くが疫病《えきびょう》で失われた。戦《いくさ》には勝ったが、一万二千の兵力が七千に減ってしまった。

「百年戦争」が途方もなく長引いた原因のひとつが、「黒死病《ペスト》」をはじめとする疫病の流行である。

前半戦でフランス軍を破りに破ったエドワード黒太子《ブラック・プリンス》は、カスティーリャ（スペイン）遠征中に赤痢に感染して健康を害し、命を縮めたと言われている。

そのエドワード黒太子を撃破してフランスの「レコンキスタ」を実現した名将デュ・ゲクランも、南仏遠征中に疫病であっけなく急死した。

予期せぬ疫病の流行によって虎の子の戦力を半減させてしまったヘンリー五世は、アルフルールを落とすと同時にノルマンディ侵攻を中断し、北方の補給基地カレーへと撤退《てったい》を開始した。事実上の敗走だった。

戦争の天才と名高い若き英雄ヘンリー五世もまた、疫病によってその野望を阻《はば》まれたのだ。やはりフランスは神の国だ――フランスの貴族や騎士たちはこの奇跡に沸《わ》き立ち、「ノルマンディからカレーへ至る撤退路の途中に兵を集結させてヘンリー五世を待ち伏せ、弱りきっているイングランド軍の残党を壊滅させよう！」と追撃戦を開始した。

フランス軍の集結地は、「アザンクール」と定められた。

アザンクールへ連なる街道を大軍で封鎖《ふうさ》し、イングランド軍を蹴散《けち》らす。街道の両脇は森だ。イングランド軍は街道を押し通るしかない――。

クレシーの戦い、ポワティエの戦いでイングランド軍が率いるロングボウ部隊に大敗を喫《きっ》してきたフランス軍は、捲土重来《けんどちょうらい》とばかりにヘンリー五世の首を狙《ねら》っている。ポワティエの戦いではフランス国王が捕虜《ほりょ》となったため、フランスは一時滅亡寸前まで追い詰められたのだ。こんどはヘンリー五世を捕らえる番だ。軍が殲滅《せんめつ》されてもヘンリー五世が抵抗をやめぬのならば、そのまま討ってしまえばいい。

イングランド軍をフランスから駆逐《くちく》する時が来た！

豪雨が降り注ぐアザンクールに、たちまち総勢二万もの大軍が集結した。

イングランド軍が接近する中、ただちに軍議が開かれた。

総司令官は、ドルー伯《はく》シャルル・ダルブレ。歴戦の騎士であり、老獪《ろうかい》な政治力を持つ貴族である。そして、アルマニャック派の騎士たちのリーダー格でもあった。

「やはり集まった面々は、アルマニャック派がほとんどだな。ブルゴーニュ派は少ないか。しかしそれでもなお、わが軍は英軍の三倍を擁《よう》する。われらは明日の朝、イングランド軍を急襲する。これは殲滅戦だ。諸君、酒と肉をたっぷりと準備した。今のうちに好きなだけ腹ごしらえしておけ。いざという時に腹が減ってはなんにもならんぞ」

フランス軍随一《ずいいち》の戦歴を誇るドルー伯には貫禄《かんろく》がある。押し出しも立派だった。政略に長《た》け、戦争に関しても有能な彼は、フランスの騎士を悩ませてきたロングボウ対策を練ってきている。まずロングボウの恐るべき貫通力に対抗するため、フランス騎士たちの鎧《よろい》はただの鉄ではなく、頑丈な「鋼鉄」を素材として用いている。しかもその形状も改良に改良を重ね、全身を完璧に覆《おお》ったフルプレート・アーマーと化している。これで、一撃で鎧を貫通され討ち死にする危険はまずなくなった。

「ドルー伯！　われらの力だけでヘンリー五世を討てば、ブルゴーニュ派はパリ市民の支持を完全に失い、われらアルマニャック派が盤石《ばんじゃく》の政権を築けましょう！　前世紀から続く薔薇《ばら》と百合《ゆり》の戦争は、百合に凱歌《がいか》が上がる！　フランスに栄光あれ！」

副将のブシコー元帥《げんすい》は、すでにできあがって大いに気勢を上げていた。

ドルー伯もブシコー元帥もアルマニャック派で、ブルゴーニュ派が権勢を握った時期には職務を奪われた経験がある。

現在のパリはアルマニャック派が支配しているが、アルマニャック派がヘンリー五世を撃破すれば、いよいよアルマニャック派の権威は揺るぎないものになる。

「ヘンリー五世を倒せば次は、王弟オルレアン公を暗殺した不義不忠のブルゴーニュ公――ジャン無怖公《むふこう》に神罰を下す時だ！」

とブシコー元帥はいきりたっていた。

「ジャン無怖公は、騎士道にもとる男！　先代のオルレアン公はたしかに陛下《へいか》の妃《きさき》イザボーさまと恋に落ちられましたが、それを悪と断罪するのならば堂々と戦って雌雄《しゆう》を決するべきだったのです！　暗殺など貴族や騎士のやることではない！　ブルゴーニュ派は神の国フランスから駆逐されるべきです！　むろん、ヘンリー五世など論外！　イングランド王位を簒奪した者がフランスをも望むなど、言語道断！　明朝、あの強欲な男には必ずや神罰が下りましょう！」

「ブシコーよ。神罰などは下らぬよ。人間が人間を罰するのだ。ヘンリー五世は決して愚者ではない。われらが圧倒的に優勢ではあるが、軽挙妄動《けいきょもうどう》は慎《つつし》め。冷静に大局を見るのだ」

「ですが、ドルー伯」

「まあいい。酒ばかり飲んでいると二日酔いになるぞ。肉も食え。あと、その鎧を脱ぎたまえ。重いだろう？」

「いえっ、私の体力は無尽蔵《むじんぞう》！　かつて十字軍に参戦した折、ニコポリスの戦いに敗れてオスマン帝国の人質になるという生き恥《はじ》を晒《さら》して以来、未熟だったわが騎士道精神を磨きあげるべく寝る間も惜しんで五体を鍛えに鍛えて参りました！　ご覧ください！　はっ！　ほっ！」

ブシコー元帥は三十キロ近い重量のフルプレート・アーマーを着込んだままで、つま先を立てて「ばんっ！」と宙へ飛び上がり、華麗にくるくると踊りながら着地してみせた。

「どうですか！　鎧を着たまま蜘蛛《くも》のように城壁をよじ登ることもできますぞ！　わはははは！」

「……そ、そうか……だがこの軍議には、われらが盟主オルレアン公シャルルどのがおられるのだ。大口を叩くのは控えよ」

「いや。ドルー伯、気にしなくてもいい。俺の父は騎士道の罠《わな》に落ちたのだから。騎士が貴婦人に捧《ささ》げるべきは純愛であって、肉欲ではなかったはず。父は湖の騎士ランスロと同じ過《あやま》ちを犯《おか》した……だが！　この俺は父のようにはならない！」

軍の指揮はドルー伯とブシコー元帥が執《と》るが、軍の「看板」は熱血漢のオルレアン公シャルルだった。ジャン無怖公に暗殺された王弟オルレアン公ルイの嫡子《ちゃくし》である。母親は違うが、バタールの兄だ。

かつて宮廷を分断していた二大派閥のひとつ「オルレアン派」は、先代のオルレアン公が暗殺されたあと、「アルマニャック派」と名を変えていた。まだ若い新オルレアン公・シャルルには派閥を率いていく経験や名声が足りないので、親王家《しんのうけ》の最長老ベリー公が政界の大立者・アルマニャック伯の娘と新オルレアン公を結婚させ、アルマニャック伯を新オルレアン公の「後見者」に据えたからである。

「ドルー伯。ブシコー。明朝は俺に先陣の栄誉を賜《たまわ》りたい！　自《みずか》ら先頭に立って戦う！　明日の戦いが終わった時にはもう、俺はお飾りのオルレアン公ではない！　栄誉あるフランスの騎士《シュヴァリエ》となるのだ！　たとえ死んでも悔いはない！」

父親がパリで浮き名を流した好色家で、しかも最期《さいご》は兄の妻を寝取ってジャン無怖公に殺されるという顛末《てんまつ》を迎えたこともあって、オルレアン公シャルルは異常なまでに潔癖《けっぺき》な「騎士」となった。むろん、いずれは父の敵《かたき》・ジャン無怖公に復讐《ふくしゅう》することこそがわが正義と彼は信じている。

だが、パリ市民たちの多くは女好きで「王妃寝取り」という不義を犯した彼の父を嫌い、十字軍の英雄ジャン無怖公を支持している。王弟殺しという大罪を犯していながら、ジャン無怖公が罰されずにのうのうとしていることが、その証《あかし》だ。娘のジョスト大会の開催準備にかこつけて堂々とパリに入り、王妃イザボーと密会したという噂《うわさ》まである。

「……王妃はあさましい。国王陛下を夫としながらわが父と不義に奔《はし》り、父を殺したジャン無怖公に奔り……フランスの騎士たちを次々と誘惑して、かかる宮廷の惨状を招いたのだ！　だがむろん、わが父にも罪はある！」

だからこそ、俺は「騎士道」を遵守《じゅんしゅ》し、フランスの敵イングランド軍を殲滅するという「武功」を立ててこそはじめて復讐の大義名分を得られるのだとオルレアン公シャルルは誓っているものだった。

「まあ、そう逸《はや》るなオルレアン公。フランスの騎士たちがイングランド軍に撃破され続けてきた最大の原因は、その猪突猛進主義《ちょとつもうしん》だ。騎士道精神は大事だが、戦術を騎士道に縛《しば》られてはならん。エドワード黒太子がそうだったように、ヘンリー五世も騎士道精神など持ち合わせてはおらんのだぞ。だからこそ強い」

「しかしドルー伯。『ロングボウ』対策として俺たちが着用しているこの新たに改良された鎧は、遠距離ならばロングボウをも弾《はじ》き返す！　もはや、敵陣に迫る前に好き放題に針鼠《はりねずみ》にされる危険はなくなった！　ならばこそ騎士道精神と勇気を掲《かか》げて突進すべきだ！」

困ったものだ……とドルー伯はため息をついた。

オルレアン公は若い。彼が討ち死にしてしまえばアルマニャック派は崩壊してしまう。アルマニャック伯自身が独力でジャン無怖公と戦えるはずもない。アルマニャック伯の権力は、貴族の中の貴族「最長老」のベリー公と、若き旗頭《はたがしら》のオルレアン公あってこそ。が、仮にも親王家の「騎士」に対して無理強《じ》いはできない。彼の希望を容《い》れて前線へ投入するしかあるまい。

「オルレアン公、問題ない。この私ブシコーがあなたの露払《つゆはら》いとしてイングランド軍に特攻し、簒奪者ヘンリー五世に神罰を下してさしあげよう！　そう。この最新モードの鎧がある限り、もはやロングボウなど恐るるに足らず！　ははははは！」

「うっぷ。酒臭《さけくさ》いぞブシコー。ほどほどにしろ！　明日はフランスの命運を決する戦いになるのだぞ！」

　この三人が軍の中心だが、さらに、アルマニャック派に属するブルボン女公とアランソン公も参戦していた。アランソン公もまた親王家で、アランソンの父親だ。アランソンという愛称は、父親がアランソン公というところからつけられている。アランソン公が死ねば、嫡子のアランソンが公位を継ぐことになっているのだ。

　しかし、このアランソン公は元来戦争を苦手としている気が弱い男で、

「……敵は七千。味方は二万。しかし、イングランド軍と正面から決戦して勝った例《ためし》はない。はたして騎士道に固執《こしつ》した騎馬特攻で勝てるかどうか……拙者《せっしゃ》は、恐ろしくて奥歯がかちかち鳴り続けております」

　と軍議の隅っこで青ざめていた。酒も肉も喉《のど》を通らない。

　息子のアランソンも学校では「へたれ」で通っているが、父親譲りなのかもしれなかった。

「……わが子ジャンが、リッシュモンに連れられて参戦しているのが気がかりでのう……父子《おやこ》ともに討たれてしまったら、アランソン公家はどうなるのか」

ちなみに父親であるアランソン公の名前は「ジャン」だが、息子のアランソンの名前も「ジャン」なので、実にややこしい。他に名前はなかったのだろうか。鷹揚《おうよう》なアランソン公の人柄《ひとがら》のあらわれなのかもしれない。

「だいじょうぶよ！　フランスは神の国。最後には必ず神の恩寵《おんちょう》が！　ロングボウなどという非人道的な野蛮な兵器を用いて騎士道精神を踏みにじってきたイングランド軍は、騎士道精神によって打ち倒されなければならないの！」

騎士道を尊重してやまないブルボン女公ジャンヌは、オルレアン公と意気投合しているらしかった。姫騎士《シュヴァリエール》のほうが男の騎士よりもより「騎士道」にこだわりを見せることが多いのは、「女」だからという理由で侮《あなど》りを受けることもあるからだろうか。

「ブルボン女公。われらは騎士道精神も重視するが、単に猪突猛進するだけでは、クレシーやポワティエの二の舞となる。私の作戦は、こうだ。われらは明朝、街道を進んできたイングランド軍と正面決戦すると見せかけて、ひそかに重装騎兵隊を迂回《うかい》させ、イングランド軍の背後へと回り込む。ロングボウ部隊が正面のフランス軍本隊に気を取られている隙《すき》を衝くのだ」

ブルボン女公に「さあ食いなさい」と焼けた肉を勧《すす》めながら、ドルー伯は老獪《ろうかい》な笑みを浮かべていた。

「背後へ回り込むのですか？　これほどの戦力を擁《よう》していて？　卑劣《ひれつ》ではありませんか？」

「三倍の兵力を擁するからこそ可能な策だよ、ブルボン女公。それに最終的には騎馬突撃によって雌雄を決するのだから、卑劣ではない。卑劣と言うのならば、ロングボウなどという残虐な兵器を戦争に用いたイングランド軍こそが卑劣というものだ」

「それは、そうかもしれませんが」

「それにな。二万もの兵を森に挟まれたアザンクールに固めておくほうが愚策だ。部隊を適切に展開させねば、大軍は味方にとっても『障壁《しょうへき》』にしかならん」

「この俺、オルレアン公シャルルにその奇襲部隊の任務をお与えください、ドルー伯！　ヘンリー五世を一騎打ちで討ち取ってみせます！」

「いえっ？　われらが旗印オルレアン公を死地に立たせるわけには！　このブシコーが未来のフランス軍を担《にな》う元帥として奇襲部隊を率いましょうぞ！　正義は勝つのです！」

「では左翼《さよく》をオルレアン公に、右翼《うよく》をブシコー元帥に任《まか》せるとするか。私はブルボン女公とともにアザンクールの本陣を指揮し、イングランド軍を正面に引きつける役目をこなしてみせよう」

「おおお！　有り難き幸せ！　これで、勝ちましたな！」

「ブシコーよ、くれぐれも軽挙妄動は慎むのだぞ。統制を重視せず、めいめいが騎士道精神を発露《はつろ》させて独断専行し、むざむざ各個撃破される――これが、十字軍以来長々と続いているフランス軍最大の悪習だ。その上、戦術を破綻《はたん》させた戦犯が、騎士道精神を貫いた、と褒《ほ》め称《たた》えられるのではな……」

「ドルー伯！　私はたしかにニコポリス十字軍の折にはオスマン帝国のイェニチェリどもに大敗し、捕らわれました。ですが、あれは私が騎士として未熟だったからであり、さらに言えばわが者顔で十字軍を仕切っていたジャン無怖公が軍の統制に失敗したからです！　あげく、ジャン無怖公はこたびのアザンクールの決戦から逃げた！　フランスが誇る騎士道が異教徒に敗れたわけではないのです！　それを明日、私はこの鋼鉄の肉体と高貴なる精神をもって証明いたしましょう！」

「……まあよい。常備軍さえ再建できれば、統制の問題は解決するのだがな」

しかし常備軍を復活させるとなれば、またしても「税制」を見直さねばならん。税が増えれば、亡国の危機に陥《おちい》っているにも拘《かかわ》らず金を出し渋る愚かな民衆どもの反感を買う。パリ市民やパリ大学にはなおもブルゴーニュ派が多い。新税制導入などどだい不可能だろう。まずはアルマニャック派がイングランド軍を撃破したという実績を手に入れてパリの世論を味方につけるのだ。

ドルー伯は老獪で慎重だ。かつてシャルル五世が率いていた「常備軍」なしにはイングランドとの戦争を勝ち抜けないことは頭ではわかっていても、その性格は保守的である。アルマニャック派とブルゴーニュ派の対立を解決しない限り、迂闊《うかつ》に先には進めない、進んではならんのだ、と己《おのれ》の「改革案」を胸のうちに秘している。

「落ち着きたまえ。肉を食え、酒を飲め。いいな。独断はならんぞ」

ドルー伯は、「先駆けしてみたいものですよ！」「今回こそは、だいじょうぶです！」と血気《けっき》に逸る騎士たちをなだめた。

「そういえばブルターニュから『赤髭《あかひげ》のジャン』が来ているはずだが、軍議に顔を見せんな。奴が率いる無法者どもの傭兵団は、戦局が拮抗《きっこう》している時には動かぬが、追い打ちをかける際には頼りになるのだが」

赤髭のジャンの名を聞いたオルレアン公は、たちまち憤慨《ふんがい》した。

「奴は補給と称して、そのあたりの村で略奪にかまけていますよ！　騎士道精神のかけらもない男です。捕縛《ほばく》しましょう！」

「開戦前夜に仲間割れはならんぞ。傭兵《メルスネール》という連中はそういうものだ、仕方がない。不運にも略奪を喰らった村には、あきらめてもらおう。明日の戦で捕虜にしたイングランド貴族どもから身《み》の代金《しろきん》を搾《しぼ》り取れば、奴もおとなしくなる」

「ですがドルー伯。奴ほどの裕福な貴族ならば、自分自身の騎士団を率いるべきです！」

「あれは銭をけちっているのだ。傭兵ならば、戦争が終われば解雇できるからな」

解雇された傭兵が村や町を荒らし回る。占領した土地を統治しなければならないので好き勝手は許されないイングランド軍よりも、傭兵はよほどたちが悪い連中だった。

フランスの衰退《すいたい》は疫病と傭兵の二重苦が原因だが、傭兵の害は、常備軍を設立すれば解決する問題なのだ。ドルー伯にはしかし、税制と軍制の改革を急ぐつもりはなかった。すべてはブルゴーニュ派を無力化してからだ。

「が、そのブルゴーニュ派からも、お目付役が来たらしい。あるいは、間諜《かんちょう》というべきか。それとも、もしかすると……フフ。ジャン無怖公は悪辣《あくらつ》な男だ」

　ジャン無怖公の二人の弟。

　ブラバンド公とヌヴェール伯が、軍議に押しかけてきた。

「卑劣なり！　われらが兄、ブルゴーニュ公の参戦を拒否なさいましたな！」

「ブルゴーニュ軍が参戦すれば、さらなる大軍勢となったものを！　アルマニャック派だけに手柄《てがら》は奪わせせんぞ！」

　オルレアン公にとっては、父の敵《かたき》の一族である。

　たちまち、軍議の席は一触即発となった。

「貴様ら！　総大将のドルー伯に対して無礼な！　ジャン無怖公のほうが参戦を拒否したのではないか！　言い訳のように申し訳程度の兵とともに弟たちを送ってくるとは！」

「落ち着きたまえオルレアン公。パリを守っているアルマニャック伯がジャン無怖公の参戦を望まなかったのは事実だ。もっとも、ジャン無怖公とて自らアザンクールには出てこようとはしなかった。それこそ、むざむざ殺されに来るようなものだからな」

「当然です！　あの男が現れたら、俺は即座に決闘を申し込むかもしれなかった！」

　結局、ブルゴーニュ派からは、ささやかな援軍しか来なかった。

　ジャン無怖公自身も出兵を拒否したし、アルマニャック派のリーダーであるアルマニャック伯もジャン無怖公の参戦を許さなかったのだった。

　ドルー伯は（この二人は、ブルゴーニュ公位に野心を抱いている。いつアルマニャック派に寝返るかわからん。奴の愛娘《まなむすめ》フィリップが公位を継ぐ際に邪魔になる連中だ……ジャン無怖公め。実の弟たちを、敵である私に預けて始末させようと言うのか。だが、開戦前にそんなことをすれば軍の統制が乱れ戦術は破綻する。毒を送ったつもりだろうが、その手には乗らんぞ）と苦笑していた。

オルレアン公やブシコー元帥たちは、ドルー伯の苦笑の意味に気づいていない。ジャン無怖公の弟二人もだ。彼らはひたすら、「王弟殺しの一族め！」「王妃を寝取った悪党を断罪しただけだ！」「われらの動きをイングランド軍に報告するつもりだな、間者《かんじゃ》め！」「なにを言う、無礼な！　フランス軍の騎士としてはせ参じたのだ！」「ブルゴーニュ公を連れてきなさい！　若きオルレアン公が堂々と参戦しているというのに……！」と反目するばかりだった。

（アルマニャック伯も、不可解な動きをする。形だけでも参戦を要求しておいてジャン無怖公が一方的にそれを断ったという落としどころに持っていけば、パリ市民のジャン無怖公びいきを断ち切り、ブルゴーニュを討伐《とうばつ》する理由ができたというのに。伯らしくないな……やはり、ヘンリー五世という巨大な『戦果』は確実にアルマニャック派で独占すべし、と考えておられるのか？）

虚々実々の駆け引きが繰り広げられている。

不安にかられたアランソン公が「今は派閥争いをしている場合では……だいじょうぶなのか、これで」と青ざめる中、もう一人の「問題の人物」が、軍議の席に遅参《ちさん》して入ってきたのだった。

パリの騎士養成学校から、アランソンを連れて抜け出してきたアルチュール・ド・リッシュモンだった。

幼い頃からブルターニュ公国のイングランドへの併合《へいごう》を断固として拒絶した「正義の人」として名高く、そして、誰よりもフランス宮廷の貴族たちから煙《けむ》たがられている姫騎士候補生だった。

「ドルー伯！　ブシコー元帥！　開戦はしばしお待ちください！　わが兄ブルターニュ公が八千のブルトン人部隊を率いてこちらへ向かっております！　二万の兵力が、三万近くに増えます！　しかも、ブルトン人部隊はフランスでもっとも精強な騎士たちです！　ブルトン人部隊が本隊と合流すれば、ヘンリー五世といえども打ち破れません！」

面倒な娘が来た、とドルー伯はこめかみを押さえていた。

リッシュモンの母親は、ヘンリー四世の妻。つまりリッシュモンは、カレーへと敗走しているイングランド王ヘンリー五世の義理の妹なのだ。今のブルターニュ公家（モンフォール家）はそもそもフランスに反旗《はんき》を翻《ひるがえ》し、イングランドの後押しを得て「ブルターニュ継承戦争」を経《へ》た上で公位を継承している。なにしろ先代の賢王シャルル五世も現王のシャルル六世も、イングランドとの戦争の勝敗を左右する厄介《やっかい》な「外様《とざま》」大国ブルターニュを併合しようとして失敗している。

その上、ランカスター朝を開いたヘンリー四世は、ブルターニュ公国の後押しを得てイングランド王朝を簒奪したのだ。だからフランスの貴族たちから見れば、リッシュモンとその兄ブルターニュ公はフランスの「敵」であり、イングランド側の人間なのだった。フランスに忠誠を誓うと言っても、意志の弱いブルターニュ公はどこまでもフラフラした男で、いつ大恩あるイングランドに寝返るかわかったものじゃないし、しかも実母がイングランド王家に嫁《とつ》いでいる。

さらに言えば、リッシュモンは憎きブルゴーニュ公国に招かれてフィリップと姉妹同然に育てられていた時期がある。まだ幼い少女とはいえ、その経歴を考えれば、二重三重に信用ならない。

そんな中、「ブルターニュはフランスを宗主国として仕え、守らねばならないんだ！　大陸にブルトン人を移住させてくれたフランスこそがブルトン騎士の主君だ！」とフランスの騎士を自認しているリッシュモンこそが酔狂《すいきょう》なのだった。

政治屋のドルー伯には、彼女の純真すぎる正義の心は理解しがたかった。ブシコーやオルレアン公のような騎士道かぶれともまるで違う。

「なにを言っているのだ、姫騎士候補生！　ブルターニュ軍など待つ必要はなし！　すでに彼《ひ》我《が》の兵力は三倍の差！　ドルー伯に必勝の策あり！　この大雨の中、敗走を続けるイングランド軍の士気はもう尽きているのだぞ！　なおも援軍を待つとは、臆病《おくびょう》ではないか！」

フランス至上主義に染まっているブシコー元帥が、「外様」のリッシュモンに食ってかかる。

「そもそも！　ブルターニュ軍が味方かどうかさえ疑わしい！　もしもイングランド側に寝返ったらどうするのだ！　ブルターニュの連中は、しょせんはフランス人にあらず！　ブリテン島から来た移民連中ではないか！　大陸に居座ったイングランド人だ！　必ず裏切る！」

「違う！　われらはイングランド人ではない、ブルトン人だ、ブシコー元帥！　侵略者アングロサクソン人とブリテン島の先住民を一緒くたにしていただきたくない！　撤回を要求する！」

「どのみち、ブルトン人はフランス人ではないということだな！」

「それを言うなら、ヘンリー五世が言うように、イングランド王家はもとを正せばフランス人ではないか！　人間の価値を血統だけで決めるのか、貴公は⁉」

「ふん！　血は争えぬというぞリッシュモン。貴公の母親は、イングランド王をたらし込んだ淫婦《いんぷ》だ。貴公も、いずれは」

リッシュモンが碧《あお》い目に涙を浮かべて「……貴様……無礼者め……！」と激昂しかけたその時。

「待て、ブシコー元帥。リッシュモンがいなければ、ブルターニュはヘンリー四世に併合されていたのだぞ。彼女はフランス王室への忠誠心の塊《かたまり》だ！　すまなかったリッシュモン。このオルレアン公シャルルがブシコー元帥の非礼を詫《わ》びる！」

熱血漢のオルレアン公が、リッシュモンに膝《ひざ》をついて謝罪したため、リッシュモンとブシコー元帥の衝突は回避された。

「弟からきみの噂は聞いている。美しいだけでなく、文武に優れた天才姫騎士候補生なのだとか。明日が初陣《ういじん》だそうだが、ぜひ助力を頼む！　ともにイングランド軍をフランスから追い払おう！」

「オルレアン公。完勝を期すためには、兄の到着を待つべきです。ドルー伯は重装騎兵による迂回奇襲を考えられておられるでしょうが、ヘンリー五世もすでにその策を予想しているはずです。危険です。ただし、ブルトン軍がその奇襲部隊の役目を果たしますれば、ロングボウ部隊を破れます！」

「それは不要だ！　ブルゴーニュ公は遅すぎる！　このままでは機を逸《いっ》する！」

とブシコー元帥がなおも反対し、リッシュモンも（兄上は優柔不断。しかもこの大雨。大軍が長駆《ちょうく》行軍するには厳しすぎる。兄上は決定的に遅参するかもしれない）と思うと、強引に意見を押し通すことはためらわれた。

しかしそれでも、「このまま開戦しては危険だ」と、天才姫騎士の頭脳が破滅を予感していた。この軍議の席の緩《ゆる》んだ雰囲気はなにごとか。なぜ軍議の席で酒や肉を振る舞って宴会を開いている？　もう、戦に勝ったつもりなのか？　しかも、ブルゴーニュ派とアルマニャック派の間に流れる険悪な空気……！　そして、ブルゴーニュ公ジャン無怖公はやはり、この歴史的な決戦に参加していない。フィリップの参戦も、ジャン無怖公に阻止《そし》されるだろう。

やはり、リスクを取ってでもここは兄上率いる最強のブルトン兵を待たねばならない、アザンクールから後退することになっても、とリッシュモンは結論した。

高慢なブシコーの非礼に怒ったブルボン女公が、ドルー伯に「この幼い姫騎士の意見をお聞きください！」と迫ったので、ドルー伯は「わかったわかった」としぶしぶうなずいた。

「『正義の人』。きみの意見は大いに尊重しよう。が、結論を下すのは総大将である私だ。なぜヘンリー五世がわれらの戦術を上回れると言いきれる？　人を説得するには、理屈が必要だ」

「はいっ！　それではドルー伯！　お聞きください！」

幼いとはいえ、性急すぎる。たとえ彼女の言葉がすべて「正論」でも、理屈だけではこの場にいる面々を説得しきれまい。「正義」だけでは、人間は生きられぬのだ。もっとも、このリッシュモンという気高《けだか》い少女は別なのかもしれんがな……まるでブルターニュの女神のような……が、それは、祝福でもなければ幸いでもない、むしろ悲劇なのだ、とドルー伯はリッシュモンの「未来」を予見するかのようにため息をつき、目を閉じていた。

※

その頃。アザンクールでの戦勝を信じてやなまい王都パリの市民たちは、それぞれが教会や酒場に集まり、あるいは自宅に家族で集《つど》って、神に祈っていた。この決戦に敗北すれば、フランスという国はイングランドに併呑《へいどん》されてしまうだろう。「兵力は三倍」「イングランド軍は疫病で兵の半数を失って敗走中」という情報が、彼らに「勝利」という希望を与えている。

ただ……フランス軍の編制に、問題があった。

前《さき》のポワティエの戦いでは、フランス王が捕虜にされ宮廷は莫大《ばくだい》な身の代金を支払わねばならなくなった。そのため、今回の決戦に王シャルル六世は担《かつ》ぎだされていない。そもそも精神の病が篤く、戦場に出られる状態ではないのだ。シャルロットの長兄・王太子ルイも、パリに留《とど》まっている。王太子には、パリを離れられない理由が別にあった。

王太子ルイは、ジャン無怖公の娘と結婚している。しかし先代のオルレアン公亡き後、アルマニャック派とブルゴーニュ派の派閥争いが激化することに危機感を抱いた王太子は、個人的にアルマニャック派に接近し、両派を和解させようとしていた。

にも拘らず、アルマニャック派のリーダー・アルマニャック伯ベルナールはいまだに王太子ルイを「ブルゴーニュ派の太子」と警戒していた。ルイがイングランド軍の捕虜になれば、アルマニャック伯は病に倒れている父王と王妃イザボーを説き伏せ、ルイを廃嫡《はいちゃく》させて弟のジャン王子を王太子にしてしまうかもしれない。これでは王太子は動けない。

そのアルマニャック伯もまた、パリから出ようとしなかった。ブルゴーニュ派にパリを乗っ取られる恐れと称して、パリ大学は今もなお、ジャン無怖公を支持している。故に現場は子飼いの部下であるブシコー元帥とドルー伯に託していた。

王も。

王太子も。

アルマニャック派のリーダー、アルマニャック伯も。

さらにはブルゴーニュ派のリーダー・ジャン無怖公も。

この国家の存亡をかけた「決戦」に、誰も参戦していない。

病に臥《ふ》している王は別として、すべては派閥争いの弊害《へいがい》だった。

対するイングランド軍は、数に劣るとはいえ、若きイングランド王ヘンリー五世自身が率いている。

この事態を深く憂《うれ》いている「貴族の中の貴族」、老ベリー公は、すでに死の病に憑《つ》かれて明日をも知れぬ命となっていた。ベリー公は、フランスを救った「賢王」シャルル五世の実の弟で、シャルル五世政権を支えてきた親王家の最長老である。傍若無人《ぼうじゃくぶじん》なジャン無怖公ですら、ベリー公の前では平伏するしかなかった。

ベリー公は、派閥の対立を「武力」ではなく「話し合い」によって平和的に解決しようと奔走《ほんそう》してきた。王弟オルレアン公を殺したジャン無怖公は大罪人である。しかしイングランド軍をフランスから駆逐するまでは、内戦などやっている場合ではないのだ。

だが、ジャン無怖公を暴走させてパリに君臨させるような事態もまた防がねばならなかった。父を失った若い新オルレアン公シャルルに実力者アルマニャック伯の娘を娶《めと》らせて、崩壊寸前だったオルレアン派を「アルマニャック派」として再生したのもベリー公だった。

さらに、デュ・ゲクランが創設した騎士養成学校の運営を引き継ぎ、ジャン無怖公の娘フィリップや、ブルゴーニュで養育されていたリッシュモン、さらには王家の姫シャルロットを次々とパリの騎士養成学校に招いて「派閥解消」のための布石《ふせき》を打ってきたのも、他ならぬ老ベリー公である。

そのベリー公が、アザンクールの戦いが終わるまでは臨時休校と決まった学校の寮から、シャルロットを自宅の病室へと招いていた。

「……この決戦を前に、パリの人間はみな気が立っておる。ブルゴーニュ公の娘を妻に持つ王太子ルイとアルマニャック伯を仲裁するために、王太子の弟ジャンをパリへ招還したが、この大雨では間に合うかどうか……シャルロット。そなたと王妃さまが力を合わせて、ただちに両者の仲裁に動いてほしい。二人に手を取らせて、ともにアザンクールへ出兵させてほしいのじゃ……それで、不幸は避けられる。アザンクールでの勝利も、確実なものとなる。敗れれば、フランス王家とパリに取り返しのつかぬ悲劇が起こるじゃろう。ごほ、ごほ……」

　シャルロットは「リッシュモンが参戦しているから、だいじょうぶだよ。お爺《じい》ちゃん」とベリー公の背中をさすりながら苦笑していた。

「いや、戦歴のない姫騎士候補生では、発言権はないに等しい。たとえ発言を許されたとしても……リッシュモンのあの激しすぎる性格では、旧態依然《きゅうたいいぜん》とした騎士道精神に凝《こ》り固まっているブシコーたちを説得することはできぬ……ブシコーは、十字軍遠征でオスマン帝国に敗れて以来、頑迷な国粋《こくすい》主義者となった。ブルターニュのブルトン人を『純血のフランス人ではない』と差別しておるからのう……総司令官のドルー伯は物わかりのいい男じゃが、武人というよりも政治屋じゃ。派閥争いに勝つ『手札』としてこの戦いを観ておるとすれば、危うい」

　ベリー公は「そなたの家庭環境は、文字通りの悪夢じゃったろう。辛《つら》いことばかりじゃったろう。じゃが、フランスの人民すべての運命を、王家は背負っておるのじゃ。高貴なる者には、義務があるのじゃ……頼む」と咳《せ》き込みながらシャルロットに懇願《こんがん》した。

「……お爺ちゃんのおかげで、学校に通えて楽しい日々を過ごせたんだもの。ほんとうだったら、手に入れることのできない思い出を、たくさんもらったよ。わかった。がんばってみるね。あと、いちどだけ……」

勇気を奮《ふる》い起こしたシャルロットは、不仲で口も利《き》かない母イザボーのもとに押しかけ、「アルマニャック伯と兄上を和解させてただちに戦場へ援軍として――」とベリー公の「生涯最後の献策《けんさく》」を伝えた。

かつてイザボーとオルレアン公の「不義」の関係を巡って、母と娘は壮絶に言い争いをした。それ以来、互いに心を許すことはない。しかもイザボーは愛人オルレアン公を殺されたあと、こともあろうにオルレアン公を殺したジャン無怖公と新たな「愛人関係」に陥っていた。自分を不義と罵《ののし》った娘シャルロットの顔など見たくもなかったが、さすがに今がフランス王室存亡の機だということは理解している。しかも、かろうじて宮廷を完全崩壊の一歩手前で支えていた賢人のベリー公がまもなく亡くなるのだ。

「わかりました。王太子のほうは、もともと戦意に溢れていますから心配ありません。アルマニャック伯を説得しましょう。それで王太子とアルマニャック伯による援軍が実現します。ただし、あなたは来なくてもいいです――余計な口出しをして、取り返しのつかないことになってしまいます」

「いいえ。シャルも一緒に行くわ。それが、お爺ちゃんの意志なのだから」

「……私にことごとく逆らうのね、あなたという娘は……いいでしょう。しかし、政治交渉の席は子供が顔を出すべき場所ではない。伯を前にしたら、黙っていなさい」

母娘《おやこ》の間に、寒々とした空気が流れる。

イザボーはしぶしぶシャルロットを連れて、アルマニャック伯のもとを訪れた。たがいに言葉を交わすことなく。

シャルロットは（こんな女と一緒にいるだけで吐きそうになる。辛いよ。でも……これで、リッシュモンとアランソンを救うことができる）と耐えていた。

しかし。

イザボーから出兵を要求されたアルマニャック伯は、シャルロットが耳を疑うような言葉を口にしたのだった。

「戦争は、元帥とドルー伯シャルル・ダルブレに一任してありますのでな。わしはパリをしっかりと守る所存。なに、勝ちますよ。兵数差は歴然ですぞ。われらは神に祈っておればよいのです。ほ、ほ、ほ……」

「そういうものなのですか。たしかにこの雨と疫病は、イングランド軍を苦しめているとは聞いていますが。では、王太子ルイの出兵も」

「必要ありますまい。ですが、王太子が出兵をお望みならば、敢《あ》えて止めはしませんぞ。パリをわしに任せていただければ、それでよいのです」

王妃イザボーには、戦争がどういうものなのかはわからない。が、宮廷を泳いできただけあって、政治感覚は鋭い。老ベリー公の命はもう保《も》たない。今、王太子だけをパリから出せばこの男がパリの独裁者になると危惧《きぐ》して、

「そうですか。では王太子もパリにとどめましょう。危険を冒《おか》すまでもありません」

と答えていた。なにしろイザボーは、誰も公然とは口にしないが、ジャン無怖公の愛人である。彼女はただその時その時の「強い権力者」を男として好むにすぎず、政治思想などないのだが、れっきとしたブルゴーニュ派の一員なのだ。アルマニャック伯にパリを私物化させる機会を与えれば、イザボー自身が危なくなる。

だが、学校で戦争について学んできたシャルロットは、思わず口を開いてアルマニャック伯に反論していた。

「イングランド軍はこれまで、何度も寡兵《かへい》でフランスの大軍を撃破してきたわ！　しかも、ヘンリー五世自身が指揮官なのよ！　こっちだって、兄上やあなたが出陣しなければ！　フランス軍にはアルマニャック派もブルゴーニュ派もない、ともにフランスのために戦うのだという姿勢を、あなた自身が見せなければ！　ブシコー元帥やドルー伯に現場を丸投げしていては、軍の統制が取れなくなる！」

イザボーは「あなたは、また！　黙っていなさい！　自分の兄を戦場へ送りだそうと言うの!?　ルイがロングボウに貫かれて死ねばいい、と？　太子の座でも窺《うかが》っているの!?」とシャルロットの頰を打《ぶ》ったが、シャルロットは黙らなかった。

「アルマニャック伯！　兄上とあなた自身が手を携《たずさ》えて出陣すれば、イングランド軍に勝てる

というのに！　この期《ご》に及んで、派閥争いを優先するなんて……！」

「これだから子供は……ただ目の前の戦争に勝てばいいというものではないのですよ。老ベリー公はまもなくお亡くなりになる。そうなれば、わしがパリの主ですぞ。あなたは、学校でジャン無怖公の娘と仲むつまじかったそうですな。それ以上わしを愚弄《ぐろう》すれば、王太子と同じくブルゴーニュ派と見なしますぞ」

「あなたがパリの主？　冗談はやめて。アルマニャック派と言ったって、旗頭はバタールのお兄さんのオルレアン公シャルルよ！　あなたはただの後見人だわ！」

「そのオルレアン公シャルルは、アザンクールの最前線を志願されておられましたなあ。さて、まだ子供も生《な》しておられない若きオルレアン公が消えれば、パリはどうなりますかな？　少なくともアルマニャック派は文字通り、このわし、アルマニャック伯のものとなりますなあ」

　イザボーが「なにを言っているのです不埒《ふらち》な！」と憤《いきどお》り、シャルロットは震えて青ざめていた。

（この男の目つき……これは殺人者の目だわ。いつからこうなったの？　以前は、こんな男ではなかった。でも今は、パリに君臨するという野望に憑かれている。権力欲に憑かれた人間は、こうも人変わりしてしまうの？　シャルルも、母上も……逆らえば殺される！）

※

フランドルのブルゴーニュ公国宮廷では、ジャン無怖公がドイツからの報告を受けて「これで東方の脅威《きょうい》は去った。あとはフランスの力を削ればブルゴーニュ独立は成る」とほくそ笑んでいた。

「薔薇《ばら》十字団の『思想』を吹き込まれたボヘミアのフス派連中が、公然と皇帝と教皇に対して異議を申し立て、過激な宗教改革に突っ走った。その結果、連中が崇《あが》めていたヤン・フスは火刑に処された――皇帝ジギスムントは、教会の大分裂《シスマ》を解決したことに浮かれて歴史的な失策を犯したな。教皇の上に立つことばかりに夢中で、民《たみ》をおろそかにしたのだ。これでドイツは終わりだ――カトリック対改革派。果てしのない宗教戦争の泥沼に、帝国は足を踏み入れたのだ」

ヤン・フスはボヘミアの貧しい民を指導する宗教改革者で、十字軍やその戦費を捻出《ねんしゅつ》するために教会が売りさばく免罪符《めんざいふ》を激しく糾弾《きゅうだん》していた。

ヤン・フスを「異端の親玉にして錬金術《アルシミー》・異教を信奉する秘密結社『薔薇十字団』を率いるC.R.Cその人」と信じ、これを火刑に処してライン川へとその遺灰を投げ捨てさせた皇帝ジギスムントは、「これ以上異端をのさばらせてはおけない。ボヘミアは自ら統治する」とばかりにボヘミア王位を奪った。

ジャン無怖公は、ジギスムントがハンガリー女王だった時代からの旧友である。ともに十字軍の戦士としてオスマン帝国軍と戦ったこともある。敬虔《けいけん》なカトリックの信者であるジギスムントがどのように怯え、どのように慌てたのかまで、手に取るようにわかった。

指導者ヤン・フスを焼き殺された上に、王位まで皇帝に簒奪されて国そのものを奪われたボヘミアの民衆は、皇帝と教皇に対して徹底抗戦すると思い定め、いっせいに武器を取って蜂起《ほうき》した——皇帝は、すぐさまボヘミアに対して十字軍を派遣した。

「フス戦争」が、はじまったのだ。

「フフフ。計算通りだ」

残るは、フランスである。イングランドと噛み合わせ、弱体化させればいい。ヘンリー五世は大喜びでノルマンディに上陸し、仏英戦争を再開させていた。アザンクールで、両軍はまもなく激突する。

しかも、今やわが手には「聖杯《グラール》」がある！

ジャン無怖公はついに、ヨーロッパの覇者たる資格を得たのだ。

「ブルゴーニュ公は、西ヨーロッパ大公となるのだ。いずれは帝位を。ドイツ、フランスに続く『第三帝国』を、今こそヨーロッパの中央に築き上げる時が来た！」

あとは聖杯と人間との身体を接続する「エリクシル」だ。エリクシルは液体だという。ならば聖遺物《ホリック》のうちの「聖血《プレシュー・サン》」こそが、エリクシルに違いない。フランドル全土を駆け巡って「聖血」を手に入れれば、ジャン無怖公はユリスになれる。何年、力を保てるだろうか。その限られた時間の間、彼は「無敵」となる。ユリスの力を駆使して、弱体化させたドイツとフランスを併合してしまえるだろうか。できるはずだ。

しかしそんなジャン無怖公のもとに、パリから愛娘フィリップが訪れて、「ただちにアザンクールに出兵をお願いします！　お父さまが出兵されないのでしたら、私が」と頼み込んできたのだった。

ジャン無怖公は、深々とため息をついた。

「お前は臆病で戦争が大嫌いだったはずだ。いったいどうしたのだ、フィリップ？」

「さ、参戦したリッシュモンとアランソンが心配なんです。ブルゴーニュ軍の精鋭が加勢すれば、きっと勝てます。くすん」

「今回の戦争は、欲の深い弟たちに任せてある。勝てばフランドル領のみならず奪ったイングランド領からも封地をくれてやると約束したら、大喜びで出陣していったぞ」

「そんな。それでは、かえって現場に不和をもたらすだけです。アルマニャック派の騎士たちが疑心暗鬼《ぎしんあんき》にかられて、功名《こうみよう》争いに。足並みが……乱れるかも……わざと統率を乱されるような真似を、なぜお父さまは？」

「私は参戦せんぞ。終戦後、イングランドとフランスの仲立ちをしなければならんのでな」

「勇猛なお父さまらしくない……どうして？　だったら、私が行くわ。リッシュモンたちを助けたいの！」

「いかん。決して参戦は許可せん。お前の身柄は、この戦いが終わるまで安全な場所に匿《かくま》っておく」

「お父さま!?」

「いいか？　フィリップよ。私はかつて十字軍に参戦して、オスマン帝国のイェニチェリどもとも戦った。フランスの騎士どもがいかに時代遅れで役に立たぬ連中に成り下がってしまったかを、つぶさに見てきた。この私自身を含めてな！　騎士道という古めかしい概念《がいねん》が、フランス軍の『成長』を阻んでいるのだ。私の言葉の意味がわかるか？」

学校では、フィリップは「騎士道精神」を毎日のように教えられてきた。戦争を野蛮なものとせず、「神と正義と貴婦人への忠誠のために」捧げて芸術へと昇華《しょうか》する騎士道精神こそがフランスが他国に誇れる素晴らしい伝統であり文化なのだと。フィリップも、騎士道物語《ロマンス》に胸をときめかしていた。しかし、ジャン無怖公は、

「それはあくまでも『理想』であり『夢物語』だ。現実の武人があのような絵空事を現実と混同して本気にしていることこそが、フランスがイングランドに勝てぬ最大の理由なのだ。十字軍がオスマンに勝てず聖地を失陥《しっかん》したのも、同じ理由だ。戦争とは『現実』なのだよ、フィリップ。私はな。ニコポリスでイェニチェリたちと戦った時に、愚かな過ちをしでかした。東方に詳しいハンガリー女王ジギスムントやワラキア公は、奴らが騎士道精神など歯牙《しが》にもかけないことを熟知していた。だから、フランス軍の無謀な突撃主義に反対した」

「……でもお父さまは、フランスの騎士として突撃を？」

「そうだ。異教徒との戦いであればこそ、フランスとカトリックの大義——騎士道精神を貫かねばならぬのだ。そもそもイェニチェリたちはもともとはキリスト教徒の子供たちではないか。オスマンの異教徒どもに人質とされ異教を奉じる戦士に『改造』されてしまった憐《あわ》れな者たちなのだ、騎士道精神を知らしめて彼らを救うのだ！　若かった私はワラキア公を叱《しか》り飛ばし、

大勢の騎士たちとともにフランス伝統の重騎兵突撃を敢行《かんこう》した――イェニチェリども、オスマンの弓兵どもはたしかに脅威だった。だが、騎馬軍団の速度と破壊力をもってすれば、弓兵たちの陣を突破し分断することは可能だと信じていた」

「そ、その結果、どうなったの？」

「イェニチェリどもは、いや、オスマン帝国軍は、フランスの騎士が突撃一辺倒だということを経験で知っていた。奴らは全員が戦場に『杭《くい》』を持参していた。大地にその無数の『杭』を打ち込み、馬の足を止めたのだ。騎馬軍団の最大の強みである突進力は、杭の迷路によって無残に奪い取られた。あとは、一方的な虐殺だった……多くの騎士が、杭によって串刺しにされ、晒《さら》し者にされた……私はからくも生き延びたが、知ってのように、オスマン帝国の捕虜となった」

フィリップは思わず顔を覆《おお》った。

「イングランドには、騎士道精神がある。同じヨーロッパのキリスト教国であり、フランスとは兄弟のような国だからな。奴らはガーター騎士団なる騎士団をも編制している。しかしなフィリップ。イングランド軍は、騎士道精神を『現実の戦術』としては決して用いない。フランス軍の騎士道精神を逆手《さかて》に取ってロングボウで騎士を遠距離から討ち取る、それが奴らの戦術なのだ。私は恥ずべき敗北から現実の戦争を知った。そして、学び、生まれ変わったのだ。騎士道精神と『戦術』は別だ、と理解したのだ。思えばフランス軍を率いてイングランド軍に勝てた者は、傭兵あがりで騎士道精神など戦術に決して持ち込まないデュ・ゲクランだけだったとも、気づいた」

「で、で、でも……お父さま。こ、今回はクレシーやポワティエとは違う、ふ、フランス軍にも、た、た、対策はある、って……」

「ヘンリー五世は、その対策の上手《うわて》を行く。あれは王位を継ぐ以前は海賊どもと一緒になってほうぼうを遊び歩いていた手の付けられない悪ガキだったらしいが、今は違う。フランスの支配を本気で望む強大な王だ。いまだ騎士道精神を金科玉条《きんかぎょくじょう》のように信奉して戦術として用いるフランス軍は、私と違って自らの失敗に学ばない。連中はアザンクールでも、十字軍がニコポリスで敗れた愚を重ねる。お前が戦場に行っても、私が戦場に行っても、そもそも総大将と元帥がアルマニャック派なのだから、同じことにしかならんのだ」

「それじゃ、アランソンは？　リッシュモンは？　私の、お友達なのに……！」

「二人はアランソン公家の嫡子とブルターニュ公家の姫。高貴な身分の貴族だ。とりわけリッシュモンはヘンリー五世の義妹《いもうと》だ。斬首されることはあるまい。人質になるかもしれんが、丁重《ていちょう》に扱われるし、身の代金の支払いも容易だろう。生きていればまた再会できる」

ジャン無怖公は、泣き伏してしまったフィリップの身体を抱き上げて言った。

「この私が、ヘンリー五世を御《ぎょ》する。この戦争に敗れたアルマニャック派は瓦解《がかい》するだろう。私はパリを支配し、仏英両国を手玉にとってブルゴーニュに『第三帝国』を築き上げる。あの無法者のヘンリー五世とて、ブルゴーニュ、フランドル、そしてパリを手中に収めた私を相手に正面きって戦うことはできぬ。お前の二人の友人は必ず救いだす。リッシュモンを御せる者こそが、フランスを御せるのだから。案ずるな、フィリップ」

フィリップは単なるアザンクールでの敗戦以上におぞましい「未来」を予感し、泣き続けた。

（お父さまは神をも恐れない大それた野望に憑かれてしまっている、いったいどうして？）

が、ジャン無怖公に、父親に逆らうことはできない。

「……私に……もっと、力があれば……お友達を守れる力が……」

※

雨が降りしきる夜のアザンクールでは、なおもリッシュモンがフランス軍総司令官ドルー伯とブシコー元帥を説得するべく熱弁を振るっていた。だが、感情が高ぶれば高ぶるほど、彼女の言葉は上滑りしてしまう。

とりわけ、ブルトン人を「外国人」だと蔑視《べっし》しているブシコー元帥は、リッシュモンが激すればするほど醒めていくらしい。これでは逆効果だった。

（なぜ、こんな簡単なことすら理解されないのだ。なぜ信じてもらえない）

ブルターニュの騎士デュ・ゲクランさまがご健在ならば、きっと私を信じていただけたはず。

リッシュモンは涙目になりながら、自らの戦術の要点を必死で語り続けた。

「重装騎馬による突撃を困難としているものは、この大雨です。われわれが布陣しているこのアザンクールの丘陵《きゅうりょう》地帯はさほどでもありませんが、丘を降りれば低地は泥濘《でいねい》です。フランス軍はロングボウ対策として、騎士のみならず馬をも装甲で固めています。しかしその重量が、仇《あだ》になります。しかもこの雨は、明日の朝になっても止《や》む気配はありません」

ひとつは天候の問題——この雨のため、戦場はぬかるみ、足場が悪くなっている。重装騎馬隊の「速度」を殺す結果になる。対するイングランドのロングボウ部隊には、天候は関係ない。

「イングランド軍は今、疫病による兵力の損耗《そんもう》と深刻な兵糧《ひょうろう》不足によって追い詰められています。われらが大軍でアザンクールを塞《ふさ》いでいる限り、ヘンリー五世は必ず乾坤一擲《けんこんいってき》の勝負に懸《か》けてくることでしょう。それ以外にカレーへと辿《たど》り着く道はないのですから。正面から激突する『決戦』は、まだ行うべきではありません。兄上がブルターニュ兵を率いて合流してから、満《まん》を持《じ》して決戦するべきです。今は一時後退しつつ、兄上と連携して敵軍のカレーへの進路を再び塞ぎ、イングランド軍の兵糧を完全に尽きさせるのです！」

イングランド軍は敵中孤立している。フランス軍は自領で戦っている「利」を取り、相手の兵糧が尽きるまで「持久戦術」に出る。イングランド軍の撤退先の村々にある食糧は、ことごとくフランス軍が買い上げてしまう。宮廷の財政状況は厳しいが、イングランド軍を撃破できれば人質を取れるから、彼らの身の代金で補填すればよい。敵の兵糧が完全に尽きてイングランド兵が体力気力を喪失したところで、ついに決戦を挑む。

さらにその時には、遅参しているブルターニュ軍八千が合流している。

もちろん、雨も上がっている。

残るは索敵《さくてき》と主戦場の決定のみ。その一点さえ間違えなければ、フランス軍は、万全の態勢で決戦に臨《のぞ》める――。

（アザンクールから撤退する以上、不確定要素はあるが、見事な戦術だ）

とドルー伯シャルル・ダルブレは感嘆《かんたん》した。

（アルチュール・ド・リッシュモンは、ほんとうにまだ十代前半の幼い少女なのだろうか？　これが彼女の初陣《ういじん》なのか？　輜重《しちょう》、索敵、天候、士気、そして軍資金の問題までを総合して作戦を立案している。しかも徹底したリアリストだ。彼女は噂以上の傑物《けつぶつ》だ、戦争の天才なのかもしれん）

と舌を巻いた。ブルゴーニュ公がリッシュモンを娘の姉妹として手許《てもと》で育成しようとした理由も、老ベリー公がパリの騎士養成学校に彼女を招聘《しょうへい》した理由もわかった気がした。

だが、「現実」はリッシュモンの理想を受け入れられるほど透明な世界ではない。

「敵の兵糧切れを待つだと？　村々から食糧を買い取って、敵兵を干し上げるだと？　しかも、後退せよとは？　三倍の兵力を持ち、街道を塞いでイングランド軍を追い詰めていながら、むざむざアザンクールを捨てて敗走せよというのか！　そんなものは誇り高きフランスの騎士がやるべき戦いではない！　優雅でもなければ勇敢でもない！　ブルトン人の考えそうなことだ！」

ブシコー元帥が、リッシュモンの作戦を「騎士道精神に欠ける、卑劣で臆病だ」と一蹴《いっしゅう》してしまったのだ。

そして慎重なドルー伯もまた、リッシュモンの策に折り込まれている「不確定要素」を受け入れがたかった。ようやくイングランド軍を捕捉したのだ。もしも索敵に失敗して、まんまとカレーへ逃げ込まれてしまったら？　「騎士道精神」を遵守《じゅんしゅ》して戦い続けてきたフランスの騎士たちには「戦略的後退」というリッシュモンの「策」は、単なる「敗走」にしか思えないのではないか。ならばこの策は危険極まる博打になる。戦略的後退のはずが、ほんものの敗走になりかねない。

「わが軍にはブルゴーニュ公の弟たちが紛《まぎ》れ込んでいるのですぞ、ドルー伯！　彼らがイングランド軍に内通していたら、どうなさいます！　再び奴らを捕捉することは不可能になってしまう！　リッシュモンとて、ヘンリー五世と内通しているかもしれませんぞ！　この娘はヘンリー五世の義妹《いもうと》ではないですか！　そうとも。リッシュモンは義兄《あに》をカレーへと逃がすために、ブルターニュ公と示し合わせて」

「ブシコー元帥！　そのような疑いの目で自軍の騎士たちを見るから、あなたは……！　なぜあなたのような者が、フランス軍の元帥なのか!?」

「ブルトン騎士は、『ブルターニュを併合する』と王が命じればたちまち反旗を翻すコウモリのような連中ではないか！　デュ・ゲクラン元帥からして裏切り者だ！　もしもブルターニュを王領に併合できていれば、イングランドに巻き返されることもなかったのだ！」

オルレアン公シャルルが、再び激怒してブシコー元帥に斬《き》りかかろうと動いたリッシュモンの腕を慌てて押さえていた。

「すまないリッシュモン！　ブシコー元帥は決戦を前にして気が立っている！　俺はきみを信

じる！　しかし、目の前にイングランド王と弱りきった敵軍を追い詰めていながらの後退策に、騎士たちが納得できるかどうかは……正直言って、難しいかもしれない」

「……オルレアン公……残念です。私が騎士候補生ではなく、元帥ならば」

「貴様！　この私から元帥位を奪い取るつもりかあああ！　この野心家め！　ヘンリー五世の義妹が、フランス軍の元帥になりたい、だと？　売国の徒だ！」

いよいよ神経を逆なでされたブシコー元帥が声を荒らげ、ブルボン女公ジャンヌに「幼い少女を相手に大人げない！　いい加減になさい！」とたしなめられた。

オルレアン公シャルルは、若く経験のない自分があくまでもアルマニャック派の「お飾り」に過ぎないことをこれほど悔しく思ったことはなかった。このままアザンクールで戦いを開始すれば、九分九厘《くぶくりん》勝利できるはずだ。だが、一厘でもヘンリー五世がフランス軍を破る可能性が残っているのであれば、リッシュモンを信じるべきではないのか。この少女は「正義の人」だ。彼女の戦略にも、フランスへの忠誠心にも、私心がない。祖国ブルターニュを愛していることもたしかだ。だが、一見矛盾《むじゅん》しているが、いずれも彼女にとっては「ほんとうの気持ち」なのだ。この戦いに敗れれば、フランスという国はなくなってしまうかもしれないというのに。俺にもっと強い発言権があれば……！

「みんな、仲間割れしている場合ではないぞ！　ここは、総司令官のドルー伯に決めていただこう」

オルレアン公は、ドルー伯に（リッシュモンを信じるべきです）と熱い視線を向けて訴えた。

ドルー伯は、しばし熟考した。彼は「戦争」を「政治」という盤面《ばんめん》の駒として捉《とら》えている。血気に逸るブシコーのように「騎士道精神こそがフランス軍の伝統であり誇りなのだああ！」と思考停止して頭の中の観念に酔いしれるような男ではない。が、リッシュモンのように純粋に「戦場での勝利」を目的として動く軍人でもない。

「アザンクールの戦いは、政治的な示威《じい》行為でもあるのだ、リッシュモン。アルマニャック派の手でイングランド軍を倒してこそ、ブルゴーニュ派を沈黙させられる。不運なことにパリでは、『貴族の中の貴族』老ベリー公が危篤《きとく》の身となっている。アルマニャック派とブルゴーニュ派との不安定な政治バランスは、ベリー公が逝去《せいきょ》すれば再び崩壊する――だからこそ、どうしてもアルマニャック派はこのアザンクールで戦果を上げねばならぬのだよ。もしも戦略的撤退を行っている間にベリー公が息を引き取れば」

アルマニャック派で占められているフランス軍の士気こそが危うくなる、とドルー伯はリッシュモンに語りかけた。この激情家の娘は納得するまい、とわかってはいた。が、今は諭《さと》すしかない。

「そんな。この戦場のただ中で、敵軍を前にしていながら派閥争いの心配など！　ドルー伯、それは戦いに勝った後で考えるべきことです！」

「私は騎士道精神に固執するつもりはないが、この戦いは異教徒を倒すための十字軍ではないのだリッシュモン。カトリック教徒同士の戦いなのだ。『干し殺し』のような真似はできんよ。それこそ、アルマニャック派の評判が下がる。パリ大学の連中はブルゴーニュ公と組んでいる

『獅子身中の虫《ししちゆう》』だからな……そなたはまだ若い。正しい戦術が、政治的、戦略的にも正しいというわけではないのだ」

「しかしイングランド軍は、そのカトリック教徒同士の戦いにロングボウを持ち込んだ！　もはや、戦争に異教徒もカトリックもないのです！」

「それは正論だ。が、正解ではない。きみの献策を、パリの貴族たちが認めるとは思えん。とりわけ、村々の兵糧をことごとく買い占めるという策はな。国庫は危機的状態なのだ。村々を略奪してまわる、というのならば話は別だが」

「略奪など、ありえません！　自国の民を苦しめるなど！　それでは焦土《しょうど》作戦です！」

この純粋すぎる少女は、清濁《せいだく》を併《あわ》せ飲めぬか――ドルー伯はかぶりを振っていた。

交渉は、決裂したのだ。

「ならば、やはりきみの策は、採用できない。敵軍の補給を絶てないのならば、われわれはいたずらに敵を逃がしてしまうだけになる。これで決まりだな。諸君。明日、このアザンクールで決戦に及ぶ」

リッシュモンは、私はドルー伯を説得できなかった、と絶望した。

「ドルー伯。この二万の兵力をむざむざ敗戦で失ってしまうくらいなら、いっそただちにパリへ全軍で入城して宮廷の改革に着手すべきです！　愚かな派閥争いなど二度と起こらぬように！　ブルゴーニュ公と和平を結び、革命の旗手となられるべきです！　それで、はじめてイングランド軍と対等に戦えるというのならば！」

「宮廷の改革？　革命？　私はそのような大それたことを為す器《うつわ》ではない――宮廷の腐敗と派閥抗争には、複雑な事情と歴史的な背景がある。たとえば、オルレアン公がお父上を暗殺したジャン無怖公を『赦《ゆる》す』ことができると思うかね？」

いや、俺は……とリッシュモンの「正義の心」に揺さぶられたオルレアン公がドルー伯の発言を遮《さえぎ》ろうとした。が、ドルー伯はリッシュモンとオルレアン公を諭すように語り続けた。

「公が赦したとしても、公の家臣団が赦すまい。リッシュモン、そなたは性急すぎる。正論だけで国は変えられない。改革には長い長い年月がかかるのだよ。『正義』一辺倒では、賛同者も得られようが、一方で敵を作り続けるだけだぞ。信念を貫き通すのはいい。だが、急ぐな。貴族には狡猾《こうかつ》さと慎重さ、清濁併せのむ器量が必要なのだ。それが大人の世界であり、政治の世界だ」

「すまないリッシュモン、俺たち騎士は総司令官の命令に従わねばならない」

とオルレアン公が頭を下げた。

(ドルー伯は私の戦術を認めてくださったにも拘らず、政治的判断を優先した。しかも彼には、これほど腐敗した宮廷を真に改革するつもりなどないのだ……平和な時代ならばともかく、この国家の危機を前にして……フランスは敗れる)

完全に絶望したリッシュモンは、

「……承知しました。私も、フランスの騎士としてこのアザンクールで戦います」

とかろうじて答えると、悔し涙を浮かべながら軍議の席から退出した。

アザンクールの丘陵には、二万もの兵がひしめいている。自陣へ戻ろうとしたリッシュモンは、その長い道中、「赤髭のジャン」が率いる傭兵部隊に遭遇していた。

赤髭のジャン――ブルターニュとアンジューに両属している大貴族である。広大な土地を持ち、悪辣な手段で財産を殖《ふ》やし続けている「悪徳の男」だった。そして、モンモランシの祖父でもある。モンモランシが錬金術《アルシミー》や魔術《マジー》に耽溺《たんでき》するようになったのも、この赤髭のジャンがあまりにも悪辣な男だったからだ。幼い頃から純真だったモンモランシは、祖父の非道ぶりを見せつけられてきて現実に嫌気がさしてしまったのだ。

しかも赤髭のジャンは今、こともあろうに、傭兵たちに命じてアザンクール近郊の村を略奪し、私腹を肥やしているのだった。

「いったいなにをしている!?」

「これはこれは。ブルターニュの姫さま。なにしろ、大急ぎでこのアザンクールまで駆けつけてきましたのでな。ちょっとした現地調達ですよ」

傲岸《ごうがん》な男だが、さすがに主君筋のリッシュモンに対してはうわべだけは恭《うやうや》しく振る舞う。が、目は笑っている。「小娘め。潔癖だな。さすがは『正義の人』だ」と言いたげな態度だった。

リッシュモンは、戦争が終わればとたんに狼《おおかみ》の群れと化して村を襲う傭兵たちが嫌いだった。彼女はフランスの騎士たちが「騎士道精神」に固執して敗れ続けている現状を常に憂慮《ゆうりょ》しているが、実は彼女こそが誰よりもその「騎士道精神」を尊んでいる。「騎士道精神」は、守るべき人民に対してこそ発露《はつろ》されねばならないのだ。傭兵たちにはそれがない。開戦前からもう略奪に奔っているこの男などは論外だ。

「これから決戦だというのに、そなたは……私腹を肥やすことしか頭にないのか!?　恥を知れ……!」

「おや、ずいぶんとお怒りのようで……姫。わが孫ジルは、姫を守るために参戦すると騒いでおりましたが、押しとどめて参りました。あなたの兄上同様、ジルは来られません」

「モンモランシを……押しとどめた?」

「……姫。この戦、負けますぞ。戦場では、わが鼻は犬のように効きますのでな。フランス軍はヘンリー五世に敗れますぞ」

　おどけていた赤髭のジャンは途中から不意に声を潜《ひそ》め、リッシュモンの耳元にそっと「忠告」を伝えてきた。

「姫。ヘンリー五世の義妹たる者がひとたびイングランド軍に捕らえられれば、決して解放されませんぞ。ましてや、『アルチュール王の再臨』と恐れられている姫であれば、なおのこと。もはやジルとの再会は叶《かな》いませぬ。ジルと添《そ》い遂《と》げたいのならば、今すぐこのアザンクールからお逃げなされ」

「そ、添い遂げ、って!?　わ、わ、私とモンモランシは、そ、そ、そういう仲では……た、た、ただの幼なじみで、そのっ」

「子供らしい顔に戻られましたな。が、明日になれば、あなたの子供時代は終わりを告げることになりましょうな。闇に紛《まぎ》れてお逃げなされ。今宵《こよい》の略奪は、実のところ、逃げ支度なのですよ。わが領地へすみやかに敗走するためには、十分な物資が必要でしてな」

「……私は騎士だ。逃げることなど、できるはずが……ない」

「姫とわが孫が結婚すれば、わが家はさらなる領土と富と名声を獲得できる。姫をむざむざ捕らえられるわけにはいきませんのでな。いいですな、忠告はしましたぞ」

赤髭のジャンは、笑いながらリッシュモンのもとから立ち去っていった。

「……モンモランシは……来ない……あの男が……『壁』として立ち塞がっているのか……そうか……」

なぜだろう。モンモランシが来ない、と告げられた瞬間から、あれほど燃えていたリッシュモンの戦意が萎《な》えはじめていた。

（来てくれると、どこかで信じていたのだろうか。来てほしかった、のだろうか。隣にモンモランシがいてくれれば、もしかしたら、私の献策は通ったかもしれない。モンモランシならば、ひょうひょうとドルー伯やブシコー元帥を説得してくれたかもしれない。たとえ通らなかったとしても、私は、彼に慰《なぐさ》められて癒《い》やしてもらえたかもしれない。私は……泣きたい。モンモランシに、優しく慰めてほしい……）

だが、リッシュモンは逃げるわけにはいかなかった。軍議での献策を却下《きやつか》された直後に戦線から離脱すれば、フランスを裏切った「裏切りの騎士」だと罵られる。ブルトン人はやはり「外国人」だった、イングランド人の手先だった、とさらなる軽蔑を受ける。

「……私は、あくまでもフランスの騎士として、戦う。たとえ、モンモランシと再会できなくなるのだとしても……」


フランスの命運を決める軍議の席上で、リッシュモンとドルー伯との議論についに一言も口を挟めずに終わったアランソン公は、己の小心ぶりを恥じながら自陣に戻っていた。

だが、そこには彼が励ますべき者がいた。

息子のアランソンことジャンだった。

まだ学生だが、従姉《いとこ》のリッシュモンに連れられて参戦してきたのだ。

むろん、リッシュモンはアランソン公の参戦を知っていた。それで、息子のアランソンを父親の陣へ連れてきてくれた、というわけらしい。

アランソンは寝台の片隅にうずくまって、震えていた。

「……父上……姉上の献策が却下されたと、兵士の間で噂になっています……僕は身体がすくんで、軍議の席に顔を出すことすらできませんでした。歩けないんです。ドルー伯やオルレアン公たちの前で、僕のような子供が意見を述べるなど、とても……考えただけで……」

「やむを得んことじゃ」

「軍議に参加することすらできず、姉上のお役に立てませんでした。明日の戦いでも僕はきっと恐怖でなにもできません。とても騎士になどなれません。自分の臆病さを恥じています」

アランソンは、頭を抱えながら父に告白していた。

「いや。幼いお前が、このアザンクールの戦場に参上したのじゃ。それだけでも、お前は立派な騎士じゃ、ジャンよ。それに、リッシュモンを庇《かば》えなかったのはお前の罪ではない。わしの罪じゃ。リッシュモンを弁護すれば、わがアランソン公家もブルターニュ公家とももどもイングランドへの内通を疑われる。わが妻はブルターニュ公家の姫じゃからな。それが怖かったのじゃ。ヴァロワ朝の樹立以来、ヴァロワ家を守り続けてきた最古の親王家当主でありながら、情けない」

「……父上……」

「いい歳をした老人が、このありさまじゃ。ジャンよ。わしはアランソン公家の当主としても、騎士としても、半人前のまま歳だけを重ねてしもうた。しかし、お前は違う。リッシュモンに尻を叩かれながら、騎士養成学校で己を磨いてきたのじゃ。なれるとも。お前は、アランソン公家にその名を残す騎士になれる。今のお前はまだ子供だ。じゃが、経験を積めば、必ずな」

「……姉上はこれからどうなさるのでしょうか？」

「フランスに忠誠を尽くして、明朝、このアザンクールでイングランド軍と戦うじゃろう。義理の兄を相手に。死をもいとわず……まだ十一、二歳くらいであったのう。子供と言っていい歳じゃ。彼女は、フランスからもイングランドからも『裏切りの騎士』として忌《い》み嫌われ恐れられる運命にある少女じゃ。騎士を目指すのならば、リッシュモンを補佐してやらねばならんぞ」

父子は、仏英戦争初期の激戦「クレシーの戦い」でアランソン家の当主がどうなったかを知っている。それだけに、イングランド軍への恐怖は大きかった。

アランソン家は、フランス王家ヴァロワ家の分家であり、最古参の親王家である。仏英戦争が勃発《ぼっぱつ》した時の当主は、当時のフランス国王フィリップ六世の実の弟で、「アランソン伯シャルル二世」と名乗っていた。アランソン伯はクレシーの戦いでイングランド王エドワード三世とその息子エドワード黒太子を相手に果敢《かかん》に戦い、ロングボウ部隊の餌食《えじき》となって針鼠《はりねずみ》のようにされて死んだ。

フランス軍の騎士たちによる「重装騎馬突撃」戦術は、イングランド軍が導入したウェールズのロングボウ部隊によって完璧に粉砕されたのである。

「思えば、クレシーの戦いはもう七十年も昔のことじゃ……七十年を経《へ》てなお、ロングボウ部隊を正面から撃破した者はフランス軍にはいない。軍制改革はまったく進まず、フランスを滅亡の危機から救った賢王シャルル五世の常備軍構想は頓挫《とんざ》し、いまだにフランスの騎士たちは戦争となれば騎馬突撃のひとつ覚えじゃ。フランスの貴族も騎士も、これまでの悲惨な敗戦からなにも学んでおらぬ」

「……鎧を強化し、ロングボウに対する防御力を向上させた、と聞きましたが……」

「それだけでは足りぬ。リッシュモンの『正論』をドルー伯が退《しりぞ》けたのは、彼女の戦術を評価しなかったからではない。ブルゴーニュ派との政治的な駆け引きを優先したのじゃ。彼はそれを『大人の選択』だと思い込んでおるが、違う。老いているのじゃ。時代と戦争、そして国家そのものの変化に、ついていけんのじゃ」

「ヘンリー五世はまだ二十歳《はたち》をいくつかすぎたばかりの青年王でしたね。王座に就《つ》く前は、庶《しょ》民《みん》に交じって海賊同然の無頼な暮らしをしていたとか」

「その通り。七十年前のエドワード黒太子と同様に、ヘンリー五世は新たな戦争を開始するじゃろう。新たな戦術、新たな戦略を打ち出してくるじゃろう。もう、これからの仏英の戦いは同じ血を引いた王族同士の騎士道ごっこではない」

「……新たな戦術、ですか……いったいどのような？」

「わしにはさっぱりわからん。王家を支えるべきアランソン公たるわしもまた、ドルー伯と同じじゃよ。もはや老人の時代ではない……あの破天荒《はてんこう》な青年王ヘンリー五世を破れる者は、リッシュモンしかいないじゃろう。それがわかっていながらなにもできぬ。老いたのじゃ」

父アランソン公は、息子の肩を抱きながら苦笑していた。

「わしがブルターニュ公家から妻を迎えたのも、強い騎士を欲《ほっ》したからじゃよ、ジャン。ブルトン人騎士は、強い。故国ブリテン島のアルチュール王伝説を胸に抱き、騎士としての誇りと信念を貫いて果敢に戦う。かのデュ・ゲクラン元帥もブルトン人であった。ジャンよ。お前には、ヴァロワ家の血とともに、そのブルトン人騎士の血が流れている。きっと、強い騎士になれる」

なれるのだろうか、とアランソンは思った。こうして恐怖に居すくんでいる自分が、アザンクールで堂々と戦えるのだろうか。

「リッシュモンは、情熱の人じゃ。他人と歩調を合わせることが不得手じゃ。イングランドへと渡りブルターニュをイングランドに併合させようとしたご母堂のことが心の傷になっているのじゃろうか、煽《あお》られればたちまち激昂してしまう。心が不安定なのじゃ。しかも悲しいことに、フランス宮廷から裏切りを疑われ続ける定めじゃ。従弟として、フランス王家を支える親王家の男として、お前が助けてやるのじゃ。お前には、リッシュモンにはない冷静さがある。それが、お前の徳じゃ」

「僕に、ブルターニュ公家とフランス王家を繋《つな》ぐ『架け橋』になれというのですね父上は」

「重い役目を背負わせてすまない。だがお前にしかできぬことじゃ。決して、従姉どのと仲違《なかたが》いするでないぞ」

「わかりました、父上」

だがアランソンは、父が立ち去ったあと、髪をかき乱しながら呻《うめ》いていた。

(それ以前に、僕には目の前の戦場を生き延びる自信がない。明日、僕は死ぬことになるのだろう。冷静さなど要《い》らない。僕は勇気が欲しい。勇気がなければ、戦場でただ命を落とすだけになってしまう)

※

対するイングランド陣営——疫病《えきびょう》によって兵力を半減させ、アザンクールをフランス軍に占領されてカレーへの撤退路《てったいろ》を封鎖《ふうさ》されたイングランド軍の将兵たちは、雨中の敗走で心身ともに消耗《しょうもう》し、疲れ果てていた。兵糧《ひょうろう》も残り少ない。

　馬で行軍してきた大貴族たちはまだしも、徒歩で泥濘《でいねい》の道を駆け続けてきた身分の低い兵士たちは不平不満を溜め込んで爆発寸前となっていた。

「フランスとの戦争なんて、前世紀に終わっていたんだ。俺たちは陛下《へいか》の酔狂《すいきょう》に付き合わされちまったんだ！」

「そうだ。フランスはもはや異国だ。ウェールズを討伐《とうばつ》したのとはわけが違う」

「デュ・ゲクランに大陸の領土を奪い返されてから、もう何十年も経《た》ってるんだ。ノルマンディすら奪え返せねえよ」

「ああ……こんな無茶ぶりな戦争の中で、疫病なんかで死にたくねえなあ」

「この雨に乗じて、逃げるか……？」

　戦う意義を見出《みいだ》せない兵士たちが動揺する中。

　弟のグロスター公やベドフォード公、エセクター公やソールズベリー伯《はく》といった重臣たちが「クレシーの戦いのようにはいくまい」「兵糧はまもなく尽きる。明日決戦するしかない」「が、戦力比は……」「大砲の類《たぐい》も、逃走中にすべて置き捨ててしまった」と軍議を続けている本陣から抜け出して、アザンクールの森を一望できる大木に上がって居眠りをしていたヘンリー五世に、この兵士たちの動揺を伝えた幼い姫武官がいた――ファストルフという小柄《こがら》な少女だった。

　ファストルフはヘンリー五世が「ハル王子」と呼ばれていた時代に「私を従者にしてくださ

い！」と押しかけてきた盗賊まがいの娘だが、ヘンリー五世の命令とあればまめまめしく働く。

「兵士たちはみんな怒っているわ、陛下！　陛下のお父上の代で王朝が交代したイングランドはもう、フランス王の家臣じゃない、れっきとした『独立国』だって。今さらわざわざフランス本土まで乗り込んで戦う意味なんてもうない、って」

「……意味か。フフ。戦争にもともと意味などないさ、ファストルフ。人はなぜ戦うか？　戦いたいから、戦うのだ。死すべき運命にある人間として生まれたからには、英雄になってみたい。たとえ一瞬だったとしても——余は、この戦争に正当性があるかどうかなど、最初からどうでもいいのだ。ただ、余はあのエドワード黒太子《ブラック・プリンス》ですら成《な》し遂《と》げられなかった『フランス征服』事業を成し遂げてみたかっただけだ。イングランド史上最強にして最高の王に、英雄に、なってみたかっただけだ」

「わかります！」と大木を登ってヘンリー五世のもとまで這《は》い寄ってきたファストルフは、目を潤《うる》ませながら「こくこく」とうなずいていた。

「だが、貴族どもはフランスの大軍を前にして怯《おび》えきっている。フランス軍重装騎馬隊の武装が大幅に強化されていることを知って、もう単純なロングボウ戦術では勝てない、ではどうする、わからない、と同じ話をぐるぐると何度も何度も。朝が来るまで軍議を続けるつもりだな、あいつらは。その上、兵士たちはこの戦《いくさ》にロマンを見出せず、疲れ果てて士気が下がりきっているとくれば、この戦は負けるな！」

「くす。楽しそうに笑っている。勝つつもりなのでしょう、陛下は？」

「むろんだ、ファストルフ！　余は何者をも恐れぬ。フランスの騎士たちは、前世紀同様に騎士道精神に魂を縛《しば》られている！　たかが武装を改良したところで、魂は成長していないのだ。ならば余は、悪魔に魂を売ってでも勝つ！」

ヘンリー五世は王子時代、手が付けられないならず者だった。庶民《しょみん》たちに交じって、山を駆け、海を渡り、盗賊と同様の無頼な暮らしを続けていた。ケンカがなによりも好きで、暴力沙《ざ》汰《た》や事件を常に巻き起こす。リチャード二世から王位を簒奪《さんだつ》した「野心の男」父王ヘンリー四世でさえ、この不肖《ふしょう》の息子を廃嫡《はいちゃく》しようと何度も迷ったほどだった。そんなヘンリー五世の後ろにはいつも、小柄なファストルフがちょこん、と相棒のようにくっついていた。あのファストルフとかいう得体《えたい》の知れない不良娘が王子に悪い遊びや悪友どもを紹介してあんなふうにしてしまったのだ、と貴族たちは常に憤《いきどお》っている。

「悪魔に？　魔法でも使うの？　面白そう！」

「いや。そういうのは、ベドフォードの領分でな。あいつはスコットランドだかフランスだかで聖　槍《セイント・ランス》を手に入れたらしいが、今回の戦争ではそんな不確定なものは使わん。余が使うものは――人間の知恵、だ。それを悪魔の所業と呼ぶ者もフランスにはいるだろうが、なにが善でなにが悪かを定めるものは司教でも神父でもない――余が、決定する」

ファストルフは「楽しみ！」と歓声を上げて、思わず木の枝から落ちそうになる。ヘンリー五世は、「骨が折れるぞ」とファストルフの腕を摑んで支えながら、野望に燃える瞳を輝かせていた。

「今宵《こよい》は、星空にひっそりと影のように巣くうブラック・スターが一段と美しい。見えるか、ファストルフ？　あのブラック・スターこそが、余が摑み取る星だ。黒太子の星にして、英雄の星だ」

「見えるわ、陛下」

「ファストルフ！　貴族どもと兵士たちを全員、余のもとに集結させよ！　今すぐにだ！」


貴族たちによる軍議は、強制的に打ち切られた。

あらゆることに型破りな、若きイングランド王ヘンリー五世は、驚くべきことに貴族も身分の低い兵士たちも一緒くたにして、全員を己《おのれ》のもとへと召集したのだった。もちろん、席次もなにもない。ここは王宮ではなく、城内でもない。ただの野原なのだ。しかもドーヴァー海峡を越えた大陸にある「異国の野原」だ。すでにカレーへの退路は、三倍の兵力を誇るフランス軍が封鎖している。

誰もが戸惑《とまど》っていた。狭い野原に無理矢理に詰め込まれた面々は、場所取りをする猶予《ゆうよ》すら与えられなかった。なにしろやんごとなき王弟グロスター公の隣に、むさ苦しいウェールズの弓兵たちが立っている。グロスター公は「昔から礼儀作法を気にしない人だったが。兄上はいったいなにをしようとしてるのか？」と困惑《こんわく》しきっていた。鷹揚《おうよう》なベドフォード公も、戸惑っている。この場でもしも兵士たちが暴動でも起こしたら、王弟たちは真っ先に殺されてしまう。

まだ、雨もあがっていない。

だが、この時、太陽が昇りはじめている。

七千名の疲れ果てたイングランド軍の将兵たちの前に現れた、ヘンリー五世の背後から。ハル王子時代から、変わっていない。若く、野心に満ちた自信家の王。終生、リチャード二世から王位を奪って殺した「簒奪者」として反乱軍の討伐に明け暮れねばならなかったヘンリー四世とは違う。権力者にありがちな後ろ暗さというものが、ヘンリー五世にはなかった。余は父とは違う。余は簒奪者ではなく、生まれながらのイングランドの王だ、そしてイングランドの王を超えていく者だという絶対的な「信念」を胸に抱き、高々と声を上げていた。彼は、彼自身の「力」のみを、信じる。余は神にも比肩《ひけん》すべき英雄になるのだ、フランス併合《へいごう》などは偉業の第一歩にすぎず、いずれは分裂したヨーロッパを統一する覇者となり聖地エルサレムを奪還し、この「世界」に永遠にわが名を刻むのだ、と幼い頃からエドワード黒太子の星「ブラック・スター」に誓っていた。

ベドフォード公は、「賢者の石」に取りつかれている自分よりも、自らをアレキサンダー大王の如《ごと》き「英雄」へと「錬成」しようという野望に燃えている兄のほうが、はるかに異常でありはるかに異端でありはるかに偉大だ、と信じていた。が、兄はなにを口走ろうとしているのか。同じ敗残の身といっても、馬で悠々《ゆうゆう》と移動してきた貴族たちと、地を這って逃げてきた兵士たちとの間には越えがたい「壁」がある。もしも決定的な不和を発生させれば、開戦前にイングランド軍は瓦解《がかい》する。

「夜が明けたぞ、諸君。イングランドへ戻りたい者は遠慮なく申し出るがいい。王の名誉にかけて、必ずや無事に帰国させよう。余以外の全員が戦線を離脱しても、かまわぬ。だが諸君――今日は、聖クリスピアンの祭日だ」

帰国を許可する、だと？　なにを言いだすんだ。しかも戦術の話から入らないのか、とベドフォード公は唸《うな》った。

「諸君。今日のこのアジンコート《アザンクール》の戦いから生還して帰国を果たした者は、これより聖クリスピアンの祝日が来るごとに、クリスピアンの名を聞くごとに、偉大な冒険を果たした己《おのれ》への誇りを胸に足を爪立《つまだ》てるだろう。聖クリスピアン祭の前夜に隣人たちを招いて、袖《そで》をまくりアジンコート《アザンクール》の古傷を見せるだろう。これが、聖クリスピアン祭の戦いで受けた傷だと自慢するだろう――人は誰もが老いる。そして、死んだ人間はいずれ歴史に埋もれ忘れ去られていく。誰も彼も。王も貴族も兵士も農民も。誰もが年月を重ねるごとに人々に忘れられていき、最後にはこの地上の世界に生きていた証《あかし》すら残らず消えてしまう。名前すらも――だが、しかし！　余は、諸君に保証する。諸君が今日この日このアジンコート《アザンクール》で成し遂げた冒険の記憶だけは、決して人々から忘れ去られることはない！」

ヘンリー五世は、朝日の光を浴びながら、将兵たちの中へと飛び込んでいた。彼の意識には、身分も格式もない。貴族たちと王が起こしたこの戦争に憤っていた名もなき兵士たちは、思い出していた。王がまだハル王子だった頃の時代を。イングランド宮廷で用いられてきた「貴族語」であるフランス語など一言も覚えずに、身分低き庶民たちとともに酒場で暴れ、イングランド語で語り続けてきた王子を。

　王子は王となった今も、なにも変わっていない。この戦争は、彼にとっては「冒険」なのだ。王の目的はただひとつ。アキレウスやアレキサンダー大王のような「神話の英雄」になることだけなのだと。それも、ただ一人でではなく、われらとともに「神話」を築こうとしているのだ。そう、知った。

「これより先、永遠に人々が口にし続ける英雄たちの名前は、アジンコート《アザンクール》で戦ったわれわれの名前だ！　王ヘンリー。ベドフォード。ウォリック。エクセター。タルボット。ソールズベリー。グロスター。そして余とともに戦った諸君すべての名前を、後世の人々は酒を満たした盃《さかずき》を掲《かか》げて思い出し続けるだろう！　父親は、われらの物語をその子に伝え続けるだろう！　その子が父となった時には、またその子に——今日この時からこの世界が終わるその瞬間まで、聖クリスピアンの祭日が訪れるたびに人々はわれわれの伝説を思い出すのだ！　人間の歴史が続く限り、永遠にだ！　諸君！　人間として、戦士として生まれついた者にとって、これほどの幸福、これほどの栄誉が他にあるか⁉」

「否《いな》！」と、七千の将兵たちが声を上げていた。

　もう、貴族も庶民もない——皮肉屋のベドフォード公ですら顔を紅潮《こうちょう》させて、左右のウェールズ兵たちと肩を組み合っていた。

「余は、このアジンコート《アザンクール》に集《つど》った幸福な少数の諸君を、われわれ全員を、兄弟団と呼ぼう！　今日これから余とともに戦い余とともに血を流す者は、みな、余の兄弟なのだから！　どれほど卑賤《ひせん》な生まれの人間であろうとも、今日をもって貴族と同列となる！　イングランド本国で今日という日をのうのうと寝て過ごしている貴族どもは、聖クリスピアン祭が来るたびに、彼らは今日このアジンコート《アザンクール》にいなかった己を恥じ、悔しがるだろう！」

夜は明けた！　戦おう！　と、ベドフォード公が叫んでいた。

やはり兄は、真の「英雄」だ、と彼は確信した。

この破天荒な演説は、演技ではない。ただ、己の心の中で湧き上がる思いを言葉にして叫んでいるだけなのだ。あるいはヘンリー五世は狂っているのかもしれない。正気ではないのかもしれない。王の心中の辞書には「平和」という文字もなければ、「非戦」という文字もない。フランスを征服するための大義名分すらない。王を動かしているものは、十字軍のような宗教的情熱ですらない。彼は、人間としての欲得や時代の価値観を超えたなにかに突き動かされている。分裂したヨーロッパを統一するという意思に。そして、人としての命の限界を超えた「神話」の世界へ自《みずか》らを引き上げようとする情熱に。

「やろう！」

「やっちまえ！」

「そうだ。こいつは、祭りだ！　聖クリスピアン祭だ！」

「歴史に俺たちの名を刻み込んでやる！」

「人間の命は短い、どうせ黒死病《ペスト》か赤痢《せきり》で死ぬ！　いつ死ぬかもわからねえ！」

「だったら……陛下とともに！　俺たちは、兄弟団の神話を築いて死のう！」

七千の将兵たちは、ここに、一体となった。

ファストルフが、ヘンリー五世が綿密に計画した「戦術」を書き留めた羊毛紙《ようひし》を、ベドフォード公に手渡した。

「陛下の情熱がみんなに伝わったみたいね。でも情熱だけでは戦争には勝てないわ、ベドフォード公。陛下は、フランス軍を一戦で撃破する戦術を考え続けてきた。それが、これよ。読み上げて！」

「……こいつは……おいおい。兄上。これぁ、司教どもを激怒させるぞ？　ほんとうにやるのか？」

「ベドフォード！　イングランド軍は、エドワード黒太子が考案し、フランス人どもが『モード・アングレ』と恐れている戦術、V字陣型を構築して敵軍を引き込み、そこにロングボウを主体としたアウトレンジ攻撃をかけて殲滅《せんめつ》するという戦術を用いてフランスに勝ち続けてきた！　だが、連中もクレシーやポワティエと同じ失敗をまたしても繰り返すほど無能ではない！　フランス騎士ご自慢の重装騎兵の防御力は圧倒的に向上している！　故《ゆえ》に余は、モード・アングレをさらに改良した新戦術を実行する！　この通りに、やれ！」

ヘンリー五世は、街道を封鎖した「本隊」を囮《おとり》として、戦闘中に街道の左右から重装騎兵を迂回《うかい》させロングボウ部隊を背後から奇襲するというフランス軍の戦術を読み切っていた。従来の「モード・アングレ」戦術では、あくまでも正面からの騎馬突進を阻《はば》むためにだけ馬防柵《ばぼうさく》を用いてきた。が、今回は違う。背後の死角から来る敵を、殲滅する。どうやって？　これみよがしに堅陣《けんじん》を構築すれば、背後からの奇襲攻撃を読んでいることを悟られてしまう。

だから、「ロングボウ部隊の背後はがら空《あ》きだ」とフランスの騎士たちを「騙《だま》す」。そのために、ヘンリー五世は掟破《おきてやぶ》りの戦術を考案した。

「やれやれ。兄上は俺たちをさんざん煽《あお》り立てておきながら、冷静な戦術家でもある。恐ろしい男の弟に生まれてしまったものだ」

ベドフォード公が、苦笑していた。

「このあたりは森林だらけだ。木なら、いくらでも生えている。すぐさま準備させるさ。が、いいのか？『アングルの王アンリ』は悪魔に魂を売った、とフランスの騎士どもに罵《ののし》られるぞ？　それも、地獄でな」

「ハハ。どうせフランス語など、余にはわからん！　それに、地獄などどこにもない！　神父どもの世迷《よま》い言《ごと》だ！　余の世界には、地上の世界と天上の世界のふたつしかない！　やれ、ベドフォード！」

※

「なんと？　イングランド軍が前進を開始しているううう！　両脇を森に挟まれたアザンクール本陣へと肉薄《にくはく》されれば、迂回は困難に！　ドルー伯の迂回戦術を無効化されてしまううう！　諸君！　今こそニコポリスの汚名を雪《すす》ぎ、フランス騎士《シュヴァリエ》の矜持《きょうじ》を取り戻す時だあああ！

突撃イイイイイ！」

重装騎兵隊を率いてアザンクールの右翼に展開していたブシコー元帥《げんすい》は、イングランド軍が猛然と突き進んでくるさまを見て、いてもたってもいられなくなった。丘陵《きゅうりょう》に本陣を敷いているドルー伯に報告するまでもない、と突撃を逸《はや》った。数に劣り士気の振るわないイングランド軍の前進はありえない。その楽観を、突如《とつじょ》として覆《くつがえ》されたのだ。ニコポリスでオスマン帝国のイェニチェリを相手に大敗を喫《きっ》したトラウマを払拭《ふっしょく》するために、ブシコー元帥は血反吐《ちへど》を吐きながら肉体を鍛錬し、甲冑《かっちゅう》の重量を克服した。が、その「戦術眼」は、フランスの伝統的な騎士道精神を崇拝《すうはい》するあまり一歩も先へと進んでいない。むしろ、「こんどこそ騎馬突撃で雌雄《しゆう》を決する」とすでに破れ去った突撃戦術に固執《こしつ》していた。

「イングランド軍が隘路《あいろ》に突っ込んでくる前に、全速力で迂回してロングボウ部隊の背後を奪ううううう！　きゃつらの陣型を見よ！　例の如《ごと》く『V字陣型』だ！　正面からの騎馬突撃を迎え撃つための陣型だぞ！　後ろへ回り込めば、ロングボウ部隊を粉砕できる！　急げ、諸君！」

「承知いたしました、元帥！　フランスに栄光あれ！」

「ブシコー部隊、全軍突撃！」

右翼のブシコー隊が突進を開始するとほぼ同時に、左翼に騎馬隊を伏せていたオルレアン公シャルルも「父の仇討《あだう》ちは、目の前のイングランド軍を粉砕してからだ！　今はアルマニャック派もブルゴーニュ派もない！　フランスの騎士道精神は死なず、とイングランド兵に思い知らせる時だ！　突撃を開始する！」と叫んでいた。

が、オルレアン公率いる騎馬隊は、「ドルー伯の指示に逆らってでも」「われらブルゴーニュの兄弟が先駆ける! ブルゴーニュ派が逃げたのではないことを証明する!」と無断でイングランド軍の正面へと襲いかかろうと出撃していたブルゴーニュ軍の騎馬隊に、その進路を妨害されていた。

「ブラバンド公？　ヌヴェール伯？　いったいなにをしている!?　邪魔だ！　ドルー伯の指示通りに動け！　Ｖ字陣型の背後へと迂回奇襲する、それが作戦だ！　わからないのか！」

「お言葉ですがオルレアン公！　われら兄弟は軍議の席であれほど愚弄《ぐろう》されていながら、このまま黙ってブルゴーニュに帰るわけにはいかない！」

「そうとも！　イングランド軍に内通などしていないことを証明するために、正面へと突撃して果敢《かかん》に討ち死にしてみせる！」

「軍議での非礼は詫《わ》びる！　俺は命など惜しまない、だが！　名誉《のち》のために死ぬことだけが戦争の目的ではないぞ！　まず勝利を手にするために戦い、しかる後に死ぬべきだ！　ドルー伯の作戦に従え！」

「いやっ！　われらにもわれらの意地と誇りがある！　裏切り者と謗《そし》られながら戦場の片隅で待機しているなど、まっぴらだ！　なんのための騎士道精神か！」

「迂回したいならば勝手にするがよい！　道を空《あ》けよ、オルレアン公！」

ブシコー元帥の無断出撃に続き、ブルゴーニュ派の兄弟が暴走したことで、たちまちフランス軍の前線はまるで統制が取れなくなった。

オルレアン公が断固として兄弟の暴走を認めず、と断を下していれば、戦況はまた変わったかもしれない。が、オルレアン公は「この二人を妨害すれば、俺は父を殺された恨みを戦場に持ち込んだと軽蔑《けいべつ》される――」と躊躇《ちゅうちょ》し、兄弟の暴走を黙認してしまった。このオルレアン公の「騎士道精神」の発露《はつろ》が、皮肉にもフランス軍の戦術を完全に破綻《はたん》させるきっかけとなった。

アザンクールは両脇を森に挟まれている。狭い左翼側で、オルレアン公隊とブルゴーニュ兄弟隊が互いに「どけ!」「道を譲れ!」と相争っているさまを丘陵の本陣から見下ろしていたドルー伯は、

「いったいなにをやっている。まるで統制が取れていない。これでは十字軍だ! 味方同士で狭い道を奪い合っていては、イングランド軍にさらなる接近を許し、手遅れになる」

と思わず腰を浮かしていた。

ブルボン女公ジャンヌが「私が前線へ! イングランド軍の正面へと歩兵を率いて突進し、これ以上の前進を阻止。ロングボウ部隊を引きつける囮となります! それで重装騎兵隊が敵背後へ迂回する空間と時間を稼《かせ》げます!」と手勢を率いて丘陵を駆け下りていく。

「待て。丘陵を降りて敵の正面へ出れば、そこは雨水でぬかるんだ泥濘地帯だ! ブルボン女公! ロングボウの的《まと》になるだけだ! 右翼側は幸い、渋滞《じゅうたい》は起きていない! ブシコーが迂回するまで待つのだ!」

「待てません! 追い詰められたイングランド軍は全滅覚悟で攻めてきました。この戦いは、短時間で決着がつきます!」

「……ジャンヌ……無事を、祈る……」

いかん。この両脇を森に挟まれたアザンクールに、二万の軍勢は多すぎる。脇目も振らずに、七千しかいないイングランド軍が怒濤《どとう》の勢いでわれらめがけて突っ込んでくるとは想定外だった。しかもリッシュモンが危惧《きぐ》していた通り、丘陵の下は泥と化した悪路……！

ドルー伯は（ヘンリー五世め。無謀にも程がある。若すぎる。疲れ果てている将兵たちがついてこられまい）とヘンリー五世の異常なまでの闘争心に驚嘆《きょうたん》していた。が、それでもなおフランス軍には三倍の兵力がある。ブシコーは迂回に成功するだろう。ブルゴーニュの兄弟に進路を塞がれているオルレアン公も、必ずやこの窮地《きゅうち》を脱して敵の背後に回り込んでくれるはずだ。ロングボウ部隊へと「接近」してしまえば、重装騎兵の突進力はイングランド軍を圧倒する。初手を奪われて混乱してはいるが、勝利は疑いない。

「落ち着け。クレシー、ポワティエでの敗戦を糧《かて》に、何年も考えてきた戦術だ。間違いであるはずがない。海賊や山賊とのケンカと、大国フランスを相手にした戦争とを同じに考えているような、無学な若造などに」

ブシコー元帥率いる右翼隊が、ついにイングランド軍の後方へと到達するさまを、ドルー伯はたしかに見た。

勝った、と思った。

だが、しかし。

「諸君！　よくぞ私とともにここまで駆けてくれた！　イングランド軍の背後を取ったぞおお

おお！　われらは今、アザンクールの隘路にイングランド軍を追い詰めた！　きゃつらのロングボウ部隊は、正面から迫るフランス軍本隊への対応で精一杯である！　われらを悩ませ続けてきた馬防柵も、後方にはない！　前後より挟み撃ちである！」

と迂回に成功して勝利を確信し、狂喜していたブシコー元帥は、次の瞬間には身も世もない悲鳴を上げていた――あまりの恐怖に、騎士としての矜持など、吹き飛ばされていた。

ロングボウ部隊の弱点は、接近戦になると騎馬隊の速度と圧力に手も足も出ないその防御力の薄さにある。遠隔攻撃戦術で騎馬隊を討ち取るためには、杭を用いた「馬防柵」を構築しなければならない。これまでの戦いでは、イングランド軍はあらかじめ敵正面に向けて馬防柵を準備し、フランス軍の騎士たちの突撃を待ち構えていた。

が、今回は違う。ドルー伯は「馬防柵」が準備されるはずのないイングランド軍の後方へと騎馬隊を放ち、守りが手薄な背後から突撃させたのだ。イングランド軍は、アザンクール丘陵から押し寄せるフランス軍本隊を阻《はば》むために、正面に馬防柵を構築して守るのがやっとのはずだ。三倍の兵力があるからこそ可能な戦術だった。

しかもあろうことか、ヘンリー五世は陣地に馬防柵を構築して守りを固める「モード・アングレ」を捨てて、自ら全軍を率いてアザンクールへと殺到してきたのだ。

ならば、馬防柵など、どこにもない。

ロングボウ部隊は、裸も同然である。

ブシコー元帥は、そう信じていた。

だが。

そのブシコー元帥と彼が率いる重装騎兵たちは、イングランド軍の背後へと突進する最中《さなか》に、信じがたい光景を目にしていたのだ。

ロングボウ部隊の兵士たちが構えていたものは、あの巨大な弓ではなかった。

杭だ。

長大な杭を、全員がその鍛え上げられた太い腕に抱《かか》えている。

「来たぞ！　フランスの騎士どもが！」

「陛下の予想通りだ！」

「まこと、なにもかもが陛下の予見した通りに進んでいる！　陛下はまるで戦いの神だ！」

「全軍！　杭を、泥濘の大地に打ち込めええええええ！　『馬防柵』を、構築開始せよ！」

なんだとおおおお？　とブシコーは叫んでいた。

イングランド軍の兵士たちは、みな、「杭」を運びながらアザンクールのフランス軍へ向かって前進していたのだ。

その「杭」が、雨水を吸って柔らかくなった大地へと次々と打ち込まれていく。

「そんな。そんな馬鹿なあああ!?　くそっ！　足場が悪い！　ぬかるんでいる！　馬も私も、身に帯びた装甲が重すぎて速度が出ない！」

ブシコー元帥率いるフランスの重装騎兵が彼らの陣へと到達するよりも早く、にわかにイングランド軍の後方に強力無比な「馬防柵」が出現していた。

その「馬防柵」の形に、ブシコー元帥は見覚えがあった。

これは。これは、ニコポリスの戦いでオスマン軍が用いた「馬防柵」と同じ形だ……！

「……五芒星《ごぼうせい》……！　『ソロモンの封印』……！　テンプル騎士団が崇《あが》めていたバフォメットの紋章の形！」

その事実に気づいたブシコーの脳裏に、ニコポリスでの大敗北の悪夢が蘇《よみがえ》っていた。彼の騎士道精神はいちど、東方で異教徒に粉砕された。その悪夢から立ち直るために、騎士の中の騎士となるべく己を鍛え続けてきたはずだった。それなのに、その努力はすべて五芒星の形に組まれた「悪魔の馬防柵」をこのアザンクールで目撃した瞬間に無駄となった。いわば彼は、十字軍遠征の際に負ったＰＴＳＤを突如《とつじょ》として発症したのである。

「栄光あるフランスの騎士を殲滅するために、異教徒どもが用いた悪魔の戦術を……！　カトリックの王が、用いるのかあああ!?　『テンプル騎士団を弾圧し解体したフランス王家を滅ぼす』というジャック・ド・モレーの呪いを、貴様が成就《じょうじゅ》させるというのか？　へ、へ、へ、ヘンリー五世……！　う、う、うわあああああ!?」

指揮官のブシコーが錯乱し、重装騎馬隊は混乱に陥《おちい》った。が、ここで突進をやめてはならない。撤退命令は出ていない。この上は馬防柵を突破してイングランド軍に斬《き》りこむのみ——しかし足下の泥濘が馬の速度を殺す。そして、五芒星の形状に組まれた迷路のような馬防柵を通り抜けるために騎士たちが右往左往《うおうさおう》しているところに、ロングボウが雨あられのように降り注ぐ。フランス軍部隊が得意としているクロスボウとは違い、ロングボウが放った矢は上空から

「降ってくる」。凄《すさ》まじい衝撃と破壊力だった。騎士たちの鎧は強化されている。貫通はしないが、このままでは迷路の中で立ち往生《おうじょう》するばかりだ。矢の直撃を受ければ、それだけで激しい衝撃が走る。肉体にダメージが蓄積されていく。彼らはたまらず馬から下りて、剣を抜いた。

が、やはり鎧が重い。重すぎる。ぬかるみの中では、重装騎士は極度に動きが鈍《にぶ》くなる。イングランドの剣士たちが、「陛下を、神話の英雄に！」「黒太子を超える栄光を！」と雄叫《おたけ》びを上げながら突進をかけてきた。彼らは軽装だ。しかも、指揮を執《と》るべきブシコーは「異教徒めがあああ！　イングランド王は異教徒に寝返ったのだあああ！　あ、あ、あ、悪魔めえええ！」と錯乱したままだった。もはや、勝負にならなかった。

フランス軍にとって、残る希望は、左翼側から敵後方へと回り込みつつあるオルレアン公シャルル率いる重装騎馬隊だけとなった。が、すでにその後方には「馬防柵」が構築されている。しかも、ブシコーが錯乱してしまったために先行部隊の騎士たちは統率を失いちりぢりに乱れて馬防柵の中に孤立しながら戦い、あるいは逃げている。

ドルー伯は、「杭を兵に持たせて、即席で馬防柵を組み上げた、だと……？　しかもあの形は……！　ニコポリスでオスマン軍が用いた『ソロモンの封印』！　アングルの王アンリは。ヘンリー六世は。悪魔か!?　いかん！　ブシコーが正気を失っている！　ここまで計算して異教徒の戦術を用いたか、ヘンリー！　これがカトリック同士の戦いか！　外道《げどう》の小僧め！　戦争の常識もわきまえぬ野蛮人め！」と叫びながら、ただちに丘陵から降りる決意をしていた。

「イングランド軍は正面にも馬防柵を構築するぞ！　ならば正面に突出しているブルボン女公も危ない！　しかも！　後方で潰乱しつつあるブシコーの部隊と、道を奪い合っているブルゴーニュ兄弟の部隊が邪魔となって、オルレアン公の騎馬隊まで死兵になる！　ただちにオルレアン公を呼び戻せ！　彼が捕らわれれば、アルマニャック派は終わりだ！　それはすなわち、フランスという国家の終焉《しゅうえん》を意味する！」

ドルー伯は自ら丘陵を降りて最前線に出ることで必死で軍の統制を回復しようと試みたが、軍議の席ですら派閥争いで分裂していたのだ。もはや、この混乱をどうにかできるはずがなかった。両脇を森に挟まれているアザンクールでは、逃げ場もない。

「ええい。数が多すぎることが、仇となったか……！　私は、ヘンリー五世という若造を見誤っていた！」

歩兵部隊、前進！

クロスボウ部隊、前進！

丘陵から降りたフランス軍本隊は、相次いで前進を開始する。誰が命令しているのかも、もはやわからない。が、ヘンリー五世は正面にも次々と「杭」を打ち込ませ、「馬防柵」を魔法のように現出させる。その形はまたしても、ソロモンの封印。五芒星。テンプル騎士団のシンボル。悪魔の紋章。

ベドフォード公が「兄上。こんな紋章を戦場に描かせて、しかもカトリック教徒の血を吸わせてもいいのか？　ほんとうに悪魔を招喚しちまうぞ？」と皮肉を言って笑っている隣で、へンリー五世はフランス軍の騎士たちが恐怖に怯《おび》えながら逃げ惑い混乱するさまを眺め哄笑《こうしょう》していた。

「ハハ。ハハハハハ！　エドワード黒太子は、イングランド軍を苦しめ続けてきたウェールズ人のロングボウ部隊をそっくり自軍へと取り入れ、そしてクレシーとポワティエで勝利した。強大な敵から学び、停滞《ていたい》と敗北から学び、苦戦と屈辱《くつじょく》から学ぶ。戦争とはそういうものだ！余もまた、十字軍とカトリック世界の仇敵《きゅうてき》であるオスマン帝国軍の戦術を取り入れたまでだ！それほどに異教の神が、ブラック・スターの紋章が恐ろしいのならば、好きなだけ恐怖するがいい！　余は、貴様らなど敵とも思っていない！　余と兄弟団の伝説は、これよりはじまるのだ！　必ずや、到達する！　アレキサンダーの高みまで！　道を空けよ！　空けぬのならば！貴様らを、踏み潰《つぶ》していく……！」

部隊を展開する空間が、なかった。イングランド軍の将兵たちはみな獣《けもの》のような雄叫びを上げながら果敢にアザンクールへと殺到し、しかも悪魔の紋章をかたどった馬防柵を瞬時に構築していた。もはや、フランス軍になすすべはない。フランス軍のクロスボウ部隊が慌《あわ》てて放った矢が、フランス軍の歩兵の背中に命中する。混乱が混乱を呼び、恐怖が恐怖を呼んだ。

「ドルー伯シャルル・ダルブレ！　屈辱の敗者となって歴史に名を刻んだフランスの老いた司令官よ！　最後に、貴様へフランス騎士に相応《ふさわ》しい名誉を与えてやる！　余自らが貴様を打ち倒してやろう！　これは、余から貴様への返礼だ！」

血が、高ぶる。ヘンリー五世は自ら剣を抜いて、単騎フランス軍の本陣へと突進していた。

「陛下を死なせるなあああ！」

「行け！　突っ込め！　われらは兄弟団だ！」

「アジンコート《アザンクール》の伝説を永遠に、『歴史』に刻み込め……！」

イングランド兵たちが、ヘンリー五世を必死で追いかける。もう、ウェールズもコーンウォールもアングロサクソンもない。彼らは、ヘンリー五世のもとで一体となった。ドルー伯率いるフランス軍本隊が、ヘンリー五世の姿を見て恐慌《きょうこう》に陥る。彼らは、たちまち潰乱した。ドルー伯とブルボン女公を置き捨ててでも、「アングルの悪魔」から逃げようと背を向けた。

イングランド軍の、一方的な勝利だった。

フランスの騎士道は、このアザンクールの敗戦をもって、完全に息の根を止められたと言っていい。

まさに、歴史に残る戦いとなった。

その兵士たちの狂騒に乗らずに後方に留《とど》まった弟ベドフォード公は、「アレキサンダーは早死にしたのだぞ。世界征服を果たして生きることに飽《あ》きてしまったかのようにな、兄上。強すぎるというのも、不幸なのかもしれんな。ハハ」と苦笑していた。

「なぜアルマニャック伯は戦場に来なかった……！　そうか。伯の真の目的はイングランド軍に対する戦術的勝利ではなく、『パリ独裁』か……！　この私も。ブシコー元帥も。そしてなによりも、アルマニャック派の旗頭《はたがしら》であるオルレアン公も。このアザンクールの戦場で消耗してくれればよいと、そう望んで……！」

クレシー、ポワティエをも超える歴史的大敗。フランスが誇る重装騎士たちは泥濘と馬防柵にその進撃を阻止され、無残にも敗走している。そして、後方からなだれ込んでくる味方の歩兵たちと衝突する。彼らはドミノ倒しのように倒れていく。

ドルー伯は、自分は結局はアルマニャック伯に利用されていたと悟った。戦術的勝利にただ固執するのではなく、政治的な大局のもとに「戦争」を手札として扱うことができる、と彼は自分を評価していた。その上で勝利のために作戦を立案し、行動した。しかし――ここでアルマニャック派の実力者たちがブルゴーニュ派の連中とともに消耗しきってくれればパリに自軍を温存している自分こそが真の「独裁者」になれるというアルマニャック伯の野心は、もはや「政治」ですらない。彼は、この戦いでフランスが敗れればどのような破局が訪れるかを見失っている！　自軍が三倍の兵力を擁《よう》しながらこれほどの大敗を喫することまでは想定していなかったのだろう。フランス貴族らしい楽観だ！

（このアザンクールでヘンリー五世を捕捉したその瞬間から、私は派閥争いにまつわる政治的なしがらみをいったん捨てて純粋に「戦術的勝利」のみを追い求めるべきだったのだ、たとえアルマニャック伯の不興を買うことになろうとも。リッシュモンが正しかった。正しいとわかっていながら、私は彼女の献策《けんさく》を採用する「良識」と「勇気」を派閥争いの最中《さなか》で見失っていた）

とドルー伯は呻《うめ》いた。

そしてなによりも、「異教徒」オスマン帝国軍の戦術を臆面《おくめん》もなく、迷いなく、躊躇なく、神罰を恐れずに「カトリックの同胞」へ対して平然と用いたヘンリー五世。

「騎士の時代は、終わった……いや。すでにクレシーで終わっていたのだ。われらは、七十年間その『現実』から目を背《そむ》けてきただけだったのだ……！　私は、なんと愚かな司令官であったことか……！」

　丘陵を駆け下りたフランス軍本隊は、たちまちのうちにイングランド軍の放つロングボウにその速度を殺され、泥濘の中に足を取られて倒れた。あとは、一方的に斬られ、打ち倒され、首を討たれる。混乱の中、傷だらけになったブルボン女公ジャンヌが、落馬したドルー伯の身体を抱き起こしていた。

「ドルー伯！　ヘンリー五世がすぐそこまで迫っております！　お逃げください！　あなたはフランス軍の総司令官です、あなたがいなくなればフランスはもうイングランドに対抗できません！　私が殿《しんがり》を務めます！　パリへと退却してください！」

「……いや。老将は去りゆくのみだ、ジャンヌ。私は恥ずべき過《あやま》ちを犯《おか》し、かかる大敗を招いた。もう老人の時代ではない……これからの戦争では、ヘンリー五世やリッシュモンのような若い騎士の純粋さと果断《かだん》さこそが必要なのだ。目の前の戦場よりも政治としての戦争を意識する老人などは、新しい世には不要だった。私は、ヘンリー五世と一騎打ちし、責任を取る。せめて、最期《さいご》くらいは、な……」

「そんな。ドルー伯!?」

「そなたは生きよ。われらの最後の希望、オルレアン公をお守りせよ。陛下は病篤《やまいあつ》く、もう政治の場に復帰できぬ。『政治』と『個人的野心』の区別すらつかなくなっているアルマニャック伯などにはパリは守れん。宮廷は、腐敗しきっている！　若き親王《しんのう》オルレアン公が死ねば、フランス王国はその瞬間に終わる。ブルゴーニュ公とヘンリー五世とに容赦《ようしゃ》なく分割支配され、王国は解体される。そなたにとっては死ぬよりも辛《つら》い選択だろうが、重大な任務だ。行け……！」

そうだ。オルレアン公を救わねばならない。ブルボン女公ジャンヌは「おさらばです。ドルー伯……！」と涙交じりの声で叫ぶと、老いた将軍をアザンクールの泥濘の中に置き捨てて、馬を駆けさせた。

ドルー伯の視界に、黄金の甲冑《かっちゅう》に身を包んだ若い王の姿が、映った。

「シャルル・ダルブレ。余の勝ちだ。『政局』などは、目の前の決戦に『圧倒的な《アザンクール》』戦術的勝利を収めた者のみが口にしていい領分だ――見よ！　余は、このアジンコートの一戦で貴様らが『政局』と呼んできたもののすべてをひっくり返したぞ！　フランスの騎士道そのものを、余は討ち取り、殺したのだ！　これが英雄の戦争だ！　貴様には、神話の英雄になる資格も矜持もない！　が、誇りはあるようだな！　せめて最後は騎士として死なせてやる！」

「……やるがいい。ヘンリー五世よ。貴公は今日このアザンクールで、『神話の英雄』になった」

ドルー伯は、落馬した際に折れた腕をわなわなと震わせ、剣を杖代《つえが》わりにして、最後の気力を振り絞って立ち上がった。ヘンリー五世へと、打ちかかろうと。

ドルー伯が剣を振り上げたその刹那《せつな》、彼の意識は飛んだ。

総司令官ドルー伯が降伏を拒絶して討ち死にしたとの悲報がアザンクールの将兵たちにいっせいに伝わる中、ブシコー元帥はいよいよ錯乱していた。

「うわ、うわ、うわあああ！　イングランド軍めがあああ！　きゃつらは、カトリックではないいいい！　異教徒どもだ！　ここはエルサレムだ……！　わわわわれらフランスの騎士は、聖地と信仰を守るために殉教《じゅんきょう》した十字軍だあああ！　まだだ、まだ終わらんぞおお！」

ブシコー元帥率いる重装騎馬隊は、迂回に成功してイングランド軍の背後へと出ている。

が、その「背後」はもう、馬防柵によって完全に攻略の道を閉ざされている。

ブシコーは乱心し、イングランド軍とオスマン帝国軍の区別すらつかなくなっていた。

「兵糧だ、兵糧を断てえええ！　戦場の後方に控えているイングランド軍の輜重《しちょう》部隊を略奪し焼き尽くし殺し尽くすうううう！　きゃつらは餓《う》えている！　フランス軍を破り一万を超える捕虜を取れば、もはや今日一日の食い扶持《ぶち》すら残らんんん！　きゃつらの生命線である輜重隊を皆殺しにせよおおおお！」

ブシコーは、非戦闘員である輜重部隊を襲って虐殺しようとした——カトリック国同士の戦争においては、重大な違反行為である。が、かまわない。奴らは「異教徒」だからだ。「異教徒には、騎士道精神など無用！　適応の範囲外である！」とブシコーは騎士たちに命じた。

しかし、ヘンリー五世に油断はない。

背後へ迂回したフランス軍が窮地《きゅうち》に追い詰められて輜重部隊を襲おうとする可能性も、あらかじめ織り込み済みである。

「やれやれ。やらかしたな、ブシコー元帥よ。この混乱ぶりでは、戦場から逃げ果《おお》せられるフランス兵はせいぜい半数といったところか。これでフランス軍の捕虜たち一万人は、ことごとく殺されることになるな。ハハ」

ベドフォード公率いるロングボウ部隊が、矢を放ちながら「五芒星」の馬防柵から飛びだし、背を向けたブシコーたち騎馬隊めがけていっせいに追撃をかけた。

すでに統制を失っていたブシコーの部隊は、輜重部隊に到達する前に全滅した。

「なぜだあああああ！　なぜ、栄光ある騎士道が悪魔を信奉する異教徒どもに敗れるのだああ!?　神は、神はフランスを救ってくださらないのかあああ!?」

十字軍での敗北以来、崩れそうになってきた心を「騎士道精神」を崇拝し己を理想の騎士として鍛え抜くことで持ちこたえてきたブシコーは、もう自我を保っていることができず、完全に取り乱したまま馬から引きずり下ろされてイングランド軍の捕虜となってしまった。彼自身は高名な騎士であり貴族である。戦えない状態になった今、殺されることはない。「身《み》の代《しろ》金《きん》」を請求できるからだ。

ヘンリー五世は本来、ドルー伯の首ひとつでこの戦いを終わらせるつもりだった。ドルー伯は、そのためにヘンリー五世との無謀な一騎打ちに応じたのだ。が、例外はある。もしもこの敗北を認められず騎士道精神を捨てたフランスの騎士がイングランド軍の「兵糧切れ」を狙《ねら》ってイングランドの輜重隊を襲撃するという暴挙に出た時に限り、フランス軍の捕虜は全員殺す、と決めていた。

その最悪の事態が、現実となった。

ブシコー元帥の「醜態《しゅうたい》」を知ったヘンリー五世は、激怒していた。

「フランス軍最高の騎士たる者が、愚かにも騎士道精神を見失うとは！　相手を『異教徒』と認定すれば、即座に高潔な騎士道精神とやらをかなぐり捨てて、獣《けもの》と化すのか！　十字軍の戦士ともあろうものが、そのザマか！　恥を知れ……！　余の歴史的勝利に泥を塗ったな！　ベドフォード！　身の代金を取れる貴族、騎士以外の捕虜は全員殺せ！　カレーまでこの大量の捕虜どもを生かして連れていこうとすれば、われらは干し殺される！」

ヘンリー五世には独特の「美学」がある。戦争を、人間が「神話の英雄」の高みに昇るための一個の芸術だと信じている。その美学を穢《けが》されて激怒してしまえば、もう止められない。

「まったく。一人の馬鹿のおかげで一万人を殺すことになった、教皇はいよいよ激怒するぞ」

と、ベドフォード公は嘆《なげ》いた。

ヘンリー五世が苛烈《かれつ》な「捕虜虐殺」を命じたこの瞬間より、「仏英戦争」は、中世の王侯貴族によるスポーツから、真の「国家間戦争」へと変貌《へんぼう》を遂げた。

フランス軍の中で、これほどの大敗を予想していた者はリッシュモンしかいない。

老獪《ろうかい》にして卑劣《ひれつ》な戦いぶりで悪名高い赤髭《あかひげ》のジャンですら、狭いアザンクールの戦場でたちまち大混乱に陥《おちい》って自軍の兵士同士が押し倒し合い踏みつけ合って自滅していく様を呆然《ぼうぜん》と眺めているしかなかった。

泥濘。隘路。逃げる者と戦おうとする者とが互いに衝突して混乱し、自滅していく大量のフランス兵たち。これでは逃げる暇《いとま》すらない。

「敗れることはわかっていたが、まさかブシコーがこれほどの無能ぶりを晒《さら》すとは！　ありえん！　愚か者どもめ！　フランスはもう終わりだ……！」

そして、悲劇は起きた。

一本の流れ矢が、赤髭のジャンとともに退路を探していた嫡子《ちゃくし》アモーリの急所を、貫いていた。

「……アモーリ？　ば、馬鹿な!?　その矢……味方の方角から飛んできたぞ!?」

「申し訳、ありません。ここで死すべき定めだったのでしょう、父上……」

「いかん！　お前が死んだら、わがクラン家はどうなる!?　俺はいったいなんのためにあちこちから領地と財産をかすめ取ってきた？　死ぬな！　悪魔に魂を売ってでも、生き延びよ！」

赤髭のジャンはこの年、娘と婿《むこ》をともに亡くしている。そして今、目の前で息子も死のうとしている。もう、悪事の限りを尽くして手に入れてきた資産を引き継がせる「子供」が、赤髭のジャンには残っていない。みんな、たった一年足らずのうちに死んだ。アモーリはもう助からない、と赤髭のジャンにはわかった。人間が死ぬ時には、みな、同じ表情を浮かべる。「魂」が、抜けていくのだ。

「……クラン家の世継ぎは……亡き妹が生んだ甥《おい》……ジルに……幼くして両親を失った、かわいそうな子、です……どうか……父上」

「わかった。俺の資産もお前の資産も、すべてを、ジルに……わが孫に、遺《のこ》す。だから、安心して逝《ゆ》くがいいアモーリ。悪の限りを尽くしてきた俺は地獄落ちするが、善良だったお前は天国へ召される。永遠の別れだ息子よ」

赤髭のジャンは、息子の亡骸《なきがら》を抱きながら十字を切っていた――フランス王家などのためには二度と戦わぬ、俺はジルに王位を与えてやるのだ、そのためにわが資産のことごとくを投じてくれる！　と誓いながら。

フランスの運命は今や、敗残兵たちの群れに進退を妨《さまた》げられて戦線で孤立している若きオルレアン公シャルルの肩にかかっている。この親王が死ねば、彼を旗頭としているアルマニャック派は壊滅し、パリと並ぶフランスの「都」であるオルレアンもイングランド軍に奪取されることになるだろう。

が、オルレアン公シャルルには逃げる意思などなかった。

父の敵《かたき》であるブルゴーニュ公の弟たち二人が、「われら兄弟は、軍の統率を乱した責任を取って討ち死にする！」「フランス万歳！　ブルゴーニュに栄光あれ！」と雄叫びを上げながらロングボウ部隊へと特攻をかけて、そして華々しく討ち死にする姿を目撃したからだった。

逃げれば、「やはりブルゴーニュの連中はイングランドに内通していた」「卑劣な裏切り者だった」と白眼視《はくがんし》される。誇り高きブルゴーニュ公家の一族である二人は、それが腹立たしく、耐えがたかったのだろう。騎士として、貴族としての名誉に殉じたのだ。

ここで俺がおめおめと生き延びられるか！　恥ずべきことだ！　ブルゴーニュの騎士たちを死なせておきながら、オルレアン公たる俺が死なずに生きながらえるなど！

「どけ！　道を空けろおおおお！　俺は、最後までイングランド軍と戦う！」

オルレアン公シャルルは、潰乱する自軍の兵士たちを必死でかきわけながら、ついに敵陣の目前へと辿り着いた。

が、もう、戦えるような状況ではない。

ロングボウ部隊が矢を放つ。直撃を受けてもオルレアン公の鎧を貫通はしない。が、次々と骨を砕かれるような衝撃を受けて、姿勢を保っていられない。ついには、馬ごと打ち倒された。

オルレアン公シャルルを捕らえた！　フランス最大最高の「親王」を捕らえた！　と、イングランドの歩兵たちが口々に叫ぶ。泥濘の中に捕縛され転がされながら、「無念……！」とオルレアン公シャルルは自分の唇を噛み破っていた。

「俺は決して降伏などしない！　イングランド軍の人質になどならない！　殺せ……！　これ以上、俺に恥辱を加えるな！」

「いいえ！　ドルー伯は仰《おお》せでした！　オルレアン公を死なせてはならない、と！　恥辱に耐えて生き延びるのです、オルレアン公！　それが、ヴァロワ家の親王に生まれついた高貴な者としての義務です！」

オルレアン公を止めた者は、ブルボン女公ジャンヌだった。彼女もまた、オルレアン公を追いかけてきた途上でイングランド兵に捕らわれ、すでに「人質」になっていた。

「だが！　俺は耐えられん！　ロンドンに護送されて生殺しにされる日々など……！　父は無念にも暗殺された。戦場で死ななかった。俺は、俺はせめて戦場で死にたいのだ！」

「それでも、生きなさい！　あなたは『オルレアン公』よ！　フランス王家最高の親王であり、フランスの副都オルレアンの当主なのよ！　パリは落ちるわ！　でもオルレアンさえ健在ならば、フランスはまだイングランドと戦える！　なぜならば、カトリック教徒同士の戦争には暗黙の決まり事があるでしょう！『その町の領主を人質として捕らえている間は、町を攻撃し奪ってはならない』！　しかしイングランドはあなたというフランス最強の『駒』を解放できない！　何十年であろうとも！　あなたが生きる限り！　オルレアンは、守られる！　フランスという国も……！　あなたが守るのよ、恥辱《ちじょく》に塗《まみ》れてでも生き抜いて！」

「オルレアン。フランス。そうか。俺が生きている限りは、オルレアンをイングランド軍は奪えないのか。わかった……」

　と、オルレアン公シャルルはうなずいていた。

（これから、死ぬよりもはるかに辛《つら》い日々がはじまる。終わりなき「人質」としての恥辱の日々が。ロンドンに捕らわれて自由を奪われた日々が。いつ終わるのだろうか。あるいは、俺は二度とフランスの地を踏むことなくロンドンで死ぬのか。だが、それでも俺は生きねばならないのか、それが親王としての「義務」――）

オルレアン公は、ドルー伯からの言葉を聞き入れた。

「わかった。ジャンヌ。俺は、降伏する……！　どれほどの恥辱に塗れようとも、這いつくばってでも生き続けてみせる！　バタール。わが弟よ。オルレアンを、頼むぞ……！」

次々とフランスの兵士がロングボウに撃たれ、槍《やり》や剣の直撃を喰らって死んでいく中。

血に塗れたアランソンは、恐怖のあまり身動きできずに、戦場のただ中に立ち尽くしていた。

いつ馬を失ったのかも、記憶にない。降伏した騎士や貴族は「人質」として命を保障されるが、身の代金を支払えない名もなき歩兵たちや傭兵《メルスネール》たちは、容赦なく殺されていく。降伏しても、許してもらえない。これはもう、一方的な「虐殺」だ。いったい何人殺されればこの戦いは終わるのか？　戦争がこれほどに残虐なものだなんて、アランソンは学校では教わらなかった。高邁《こうまい》な騎士道精神の理想は、どこに消えてしまったのだろう？　これが、同じカトリック教徒同士の「戦争」だというのか？

「……あ、あ……あ、あああ……！」

なにもできず戦場で呆然と立ち尽くしている息子を救うために、救援に駆けつけてきた騎士がいた。

老いた父・アランソン公だった。

だが、そのアランソン公はすでに、深手を負っている。

「ジャンよ！　逃げろ！　もう、わしは助からん！　わが馬を使え！」

「……ち、父上……!?　ぼ、僕は……僕は、いったいなにを」

「これほどの大敗北を喫するとは！　甘かった！　お前をリッシュモンのもとに従者として付けるべきだった！　選択を誤った！　アランソン公家はジャン、お前が継ぐのだ！　お前はいつか、最高の騎士になれる！　たとえ何度敗れても、決して折れるな！　リッシュモンを支えよ！　ともにフランスを守り抜け……！　わが、息子よ……『アランソン公ジャン二世』よ！」

力の限り、叫んだ。

それが、最期だった。

アランソン公は、息絶えて馬から落ちていた。

「……うわあああああああ!?　ち、ち、父上ええええええ!?　僕なんかのために……そんなそんなあああああああ!?」

殺してやる！　イングランド軍どもめ！　よくも！　もう、勝敗は決したというのに……！

騎士道精神を捨てたというのならば、もう、カトリックの同門ではない！

完全に四方を包囲されたアランソンは、降伏を拒絶し、父が遺した馬に乗って「徹底抗戦」を開始しようとした。

が、腕が震えて剣を抜くことができなかった。重い鎧に覆われた身体に鞭打《むちう》ちながらかろうじて馬に乗ったところで、体力も気力も尽きて萎え果てていたのだ。

父を失った悲しみと、この血みどろの戦場を包む「殺意」への恐怖が、再びアランソンを囚《とら》えていた。アランソンは、誰よりも冷静な精神を持っている。怒りが、持続しない。そして極限状況での冷静さは、経験の浅さが加われば、「恐怖」へと繋がる。これはジョスト大会ではない。戦争なのだ。僕一人で何人の敵兵を倒せるというのだ。無理だ。誰も倒せない。僕は父上の想いをなにひとつ果たすことなく、無意味に犬死にするんだ……！

「……あ、あ、あ……僕は……僕は……！　騎士なんかじゃ、ない……！　勇気が、ない……！　父上を目の前で失っていながら、僕という男は……！」

アランソンが絶望の叫びを上げて、涙にくれている時だった。

「……アランソン……！　私のせいだ！　すまない！　アランソン公まで、死なせてしまった！　お前だけは絶対に死なせない！　この包囲網を突破して、脱出させる！」

リッシュモンが、無謀にもアランソンを救援するために単騎突進してきた。

馬鹿な姉上だ、とアランソンは思った。戦場でただ怯えて泣いているだけの、僕なんかのために。あなたまでが捕らわれてしまう。イングランド王の義妹《いもうと》にしてブルターニュの姫、アルチュール・ド・リッシュモンが。ひとたび捕らえられれば、あなたは僕と違って、決してイングランドから解放されないというのに。

「姉上。僕はもう、いいのです。イングランド軍に捕らわれて恥辱を受ける日々を過ごすことが、臆病者には相応《ふさわ》しい。ですがあなたは、捕らわれてはいけない。あなたが捕らわれれば、ブルターニュ公国はイングランドの傘下《さんか》に入ることに。そして――モンモランシと、二度と会えなくなります」

「なんと言われようとも！　アランソン、お前を脱出させる！　私の命と引き換えにしてでも！　私がお前を参戦させなければ！　アランソン公までが死ぬことは、なかった……！」

だが、やはり無謀だった。この時点ですでに、フランス軍の将兵のほとんどすべてが戦意を喪失して敗走するか、あるいは降伏している。戦闘のうちに命を落とした者、降伏していながら容赦なく殺された者は、およそ一万人。二百人を超える貴族、千人を超える騎士が捕虜となっていた。完全崩壊したフランス軍のうちでなおも戦っている者はもう、リッシュモンただ一人だったのだ。いや、もうフランス軍などアザンクールには存在していない。文字通り、地上から「消滅」したのだ。

近寄る騎士を次々とランスで打ち倒し続けたリッシュモンも、ついに、ロングボウ部隊による一斉射撃を浴びて、泥濘の中に倒れていた。二千人を超える兵力を、ヘンリー五世はリッシュモン一人を捕らえるために動員したのだ。

「絶対にリッシュモンを逃がすな！」

それが、ヘンリー五世の厳命だった。

金縛りが解けたかのように覚醒したアランソンは、「降伏する！　わが名はアランソン公ジャン二世！　アランソン公家の当主だ！　姉上と同じ牢へ収容されることを希望する！」と叫び、リッシュモンのもとへと駆け寄っていった。父上。せっかく送りとどけてくださった馬を捨てたこと、申し訳ありません。と心の中で「故アランソン公ジャン一世」に謝りながら。

「……『正義の人』は、受難の道を歩むことに……父上……」

リッシュモンが、アランソンの腕の中で意識を回復した時。

馬上のヘンリー五世が、自分を見下ろしていることに、彼女は気づいた。

「そなたが『イングランドを滅ぼす者』――ブルターニュに再臨したアーサー王だな。わが義妹よ。余が、イングランド王ヘンリー・オブ・ランカスターだ！　余とともに来るのだ、リッシュモン。いや、リッチモンド伯！　兄とともに、『神話の英雄』になれ！　ブルターニュなど忘れよ！　国境も国家も血筋すらも、余にとってはなんの価値もない！　この『世界』をわれら兄妹《きょうだい》の手に、摑み取るのだ！　余とお前が揃えば、偉業を成し遂げられる！」

フランスをどうするつもりだ、とリッシュモンがかろうじて声を発すると、ヘンリー五世は、太陽のように燃える瞳でリッシュモンを睨《にら》みつけながら、哄笑した。

「これからはイングランド語で話せ、義妹よ。余はフランス語が話せん！　一言もな！　すなわち余は、史上はじめて誕生した、『生まれながらのイングランドの王』だ！　これより、イングランドの王がフランスを征服し支配し統治する！」

※

アザンクールでフランス軍が壊滅したことがパリ市民たちに知れ渡るや否や、パリの街は大混乱に陥っていた。とりわけ、アルマニャック派の旗頭で王家の守護者だった親王オルレアン公シャルルが捕虜になったことは、パリ市民を絶望させた。オルレアン公は、決して釈放されまい。イングランド王ヘンリー五世はルーアンを陥落《かんらく》させノルマンディの再征服を果たし、いずれは王都パリへと攻め込んでくるだろう。

病床《びょうしょう》でこの惨劇について伝えられた老ベリー公は、

「……リッシュモンまでが……フランス王国の『未来』が……シャルロットに伝えよ……ただちにパリから逃げよ、と……」

と言葉少なに呟《つぶや》くと、その日の夜、静かに息を引き取った。ベリー公の命をかろうじて保《も》たせていた最後の希望が失われたのだろうか。フランスにとって不幸なことに、宮廷内での派閥争いの調停役として奔走《ほんそう》してきたベリー公は、想像を絶するアザンクールの歴史的大敗北によって不可避となったパリの混乱を収拾《しゅうしゅう》する策を立てる前に没したのである。もっともすでに、そのような体力は老いて病み衰《やおとろ》えた彼には残されていなかっただろうが――。

ベルトラン・デュ・ゲクランが創設したパリの騎士養成学校は、ベリー公の逝去《せいきょ》とともに「永久閉校」と決まった。学校の「華」だったリッシュモンとアランソンの従姉弟《いとこ》、そしてバタールの兄オルレアン公がイングランド軍の捕虜となり、さらにはアランソンの父アランソン公ジャン一世が討ち死にするという衝撃の悲報に打ちのめされた生徒たちは、迫り来るイングランド軍の恐怖と学友を奪われた悲しみに泣きながら、混乱するパリからそれぞれ脱出し、故郷へと落ち延びていくしかなかった。

この間、あまりにも混乱が激しく、シャルロットに老ベリー公の末期《まつご》の遺言は伝わっていない。ただベリー公の死という事実だけを知らされた傷心のシャルロットは、学校の教室に留《とど》まっていた――もう、リッシュモンも、アランソンも、そしてフィリップもいない。フィリップはアザンクールへの参戦を渋る父ジャン無怖公を説き伏せるためにフランドルへ舞い戻っていたが、父親の説得に失敗したらしい。フィリップ自身も、参戦を許可されずジャン無怖公のもとに押しとどめられてしまったという。そして、モンモランシもパリから消えていた。リッシュモンと共闘するために故郷へ戻り、兵を率いてアザンクールへ向かったというが、その後の消息は摑めない。

（シャルが、アルマニャック伯を説得できていれば、こんなことにはならなかった。アランソンはまだしも、リッシュモンはもうフランスには戻ってこられない……イングランド王家の姫として、ヘンリー五世のもとに囚われ続けることに……）

シャルロットは、父王シャルル六世がすみやかに兄上の王太子ルイに王位を継承していればこれほどの絶望的な敗戦はなかったはず、と悔いていた。だが、シャルル六世は発作を繰り返しており、一時的に正常な意識を取り戻しても、次の瞬間には王妃イザボーを魔女と罵り怯えはじめる。王の言葉はもはや法的根拠を持たないのだ。しかも宮廷の貴族たちはアルマニャック派とブルゴーニュ派とに分かれて相争い、お互いの政策を否定し合っている。故に、王位継承問題についても対立し続けてきた。悪循環だった。そして王も王太子も不在のフランス軍は、ヘンリー五世という一人の若き王によって粉砕されたのだ。

この椅子にはフィリップが座っていた。その隣には、モンモランシが。リッシュモンもいた。アランソンも。

つい最近まで、一緒にこの学校で。

姫騎士団長が殺された時には探偵ごっこに興じたり、ジョスト大会ではモンモランシの奴隷支配権を賭けて仲良しの姫たちが戦ったり。

でももう、今となっては、なにもかもが、夢だったかのような……。

自分たちの「子供時代」が終わったことを、シャルロットは悲しんでいた。自分はこれから、母親と同じ「女」になるのだ。吐きそうだった。あんなものには、なりたくない。シャルは、ずっとこの学校でお友達と一緒に幸福に暮らしていたかった——。

しかし、そんなシャルロットをさらに過酷な現実が襲う。

「しゃ、しゃ、シャルロットさま！」

パリではすでに、ブルゴーニュ派市民の反乱が勃発《ぼっぱつ》している。パリ大学の司教ピエール・コーションが市民を煽動《せんどう》しているのだ。身を守るために鎧を身につけたバタールが、シャルロットの前へと転がり込んできていた。

「バタール……どうしたの……？　もう、これ以上悲しいお知らせは、ないよね？　これ以上は……」

バタールも、兄上をイングランドに捕らわれてしまった。フランス王家に次ぐヴァロワ家の最重要人物・フランスの副都オルレアンに封じられたオルレアン公を。ヘンリー五世は戦争をスポーツ感覚で行っていた今までのイングランド王とは違う。フランスを征服し尽くすまで戦いをやめない。きっと、オルレアン公は死ぬまで解放されることはない。フランス王家さえこんなていたらくでなければ、バタールの兄上はこんな悲劇に巻き込まれなかった……そう思うと、シャルロットは顔を上げることができなかった。

「姫さま。どうか、落ち着いて聞いてください！　ひ、ひ、姫さまのお兄さまが……」

「ルイ兄上が!?　まさか!?」

「アザンクールでの悲報を聞き、『もうアルマニャック伯の力は頼まん！』と出撃準備にかかっていた王太子ルイさまが、にわかに急死なされました！　それだけではなく……急遽《きゅうきょ》パリへと向かっていた弟君のジャン王子さまも、客死《かくし》！　いずれも死因は伝染病、だと……」

シャルロットの世界が、ばらばらに崩壊した瞬間だった。

そんな馬鹿な。こんな時に、同時に？　ありえない。二人の兄上は、誰かに暗殺されたんだわ。いったい誰に？　わからない。なにも、わからない。フランス王家ヴァロワ家は、終焉《しゅうえん》を迎えた。病篤い王シャルル六世はもう、決して回復しない。さらにアザンクールでフランス軍の主力が壊滅したまさにその時、王太子ルイは死んだ。そして、その次に王位継承権が回ってくるはずのもう一人の兄ジャンまでが。

ヴァロワ家にはもう、男子の嫡子がいない！

「……嘘でしょう？　バタール？　冗談よね……二人の兄上が……シャルを置いて……そんな

こと、ありえないよね……？　悪夢なのよね。目が覚めたらシャルは教室でリッシュモンたちと授業を受けているのよね？　ブリエンヌ先生が、仏英戦争の歴史をだらだらと語っていて、ベルトラン・デュ・ゲクラン元帥は犬のような顔をした醜男《しこお》だったけれども天才的な騎士だったって自慢話をして、そして」

「う、う……ほんとうなんです……！　ボクも信じられません。テンプル騎士団の呪いが、フランスを滅ぼそうとしているとしか……シャルロットさまも危険です！　パリにいては政争に巻き込まれます！　逃げましょう、シャルロットさま！　急ぎオルレアンへ！　いえ、オルレアンも危ないです！　ロワール川を越えて南仏へと逃げなければ！」

「……でも。リッシュモンたちの帰りを、待たないと……この、教室で……シャルたちは、だって……お友達なのよ？　セーヌ川の畔《ほとり》で誓ったのだから」

「しっかりしてくださいシャルロットさま。リッシュモンはもう、イングランドに捕らわれてしまいました！」

「嘘よ！　嘘だわ！　そんなこと、あるはずがない！　リッシュモンは、フランス最強の騎士なのでしょう？　それなのにどうして……！」

「リッシュモンは、戦場に孤立したアランソンを救うために敵中に単騎突入して、そして」

シャルロットは、激しい目眩《めまい》と吐き気に襲われて立っていられなくなった。これでヴァロワ家直系の血統は絶えた、と絶望しながら、バタールに抱きとめられた。

「でもまだ、親王家が。バタールの兄、オルレアン公シャルルに王位継承権が……」

と呻《うめ》くように呟いていた。

だが、

「ですからボクの兄上も、イングランドの捕虜になったんですよ」

バタールのその悲痛な言葉が、シャルロットを残酷な現実へと連れ戻していた。

そして。

得意満面のアルマニャック伯が、傭兵たちを引き連れて教室内へと突入してきたのだった。

この男が兄上たちを殺したんだわ、とシャルロットは直感した。哀悼《あいとう》の表情を浮かべるべき男が、笑みを嚙み殺しているとは！

「ブルゴーニュ派の煽動者どもが、市民をそそのかして蜂起《ほうき》しております。このアルマニャック伯ベルナールが、こともあろうに王太子とその弟君を暗殺したと、信じがたい流言飛語《りゅうげんひご》をまき散らしているようです。なにもかもブルゴーニュ公の思惑《おもわく》通りになってしまいましたぞ。ジャン無怖公がブルゴーニュ兵を引き連れてパリへ入城する事態だけは避けねばなりません。フランスの王位継承権は、サガラ法に基《もと》づき、嫡子である『女子』にもございます。ともにパリを守り王国を守りましょうぞ――『シャルロット姫太子』」

アルマニャック伯が、胸を反《そ》らして鼻を鳴らす。

「このベルナール、戦死したドルー伯に代わってフランス軍の総司令官としてパリ防衛戦を戦い抜く所存にございます」

シャルロットは、唾《つば》を吐きかけてやりたい衝動を抑えながらアルマニャック伯を睨《にら》みつけていた。

オルレアン公が捕らわれた今、アルマニャック派のリーダーは、名実ともにアルマニャック伯となった。そしてパリの混乱の最中《さなか》、ブルゴーニュ公家から妻を迎えている王太子と王子の二人が、立て続けに暗殺された。しかもこの三人の誰にも、まだ子はいない。

（シャルロットを「姫太子」として担ぎ上げ、パリを独裁するつもりなんだわ、この男は……！　これが狙いだったんだわ！　だからアザンクールに参戦しなかったんだわ、最初からイングランド軍に負けるつもりだったんだわ……！　ケダモノめ……！）

そういうことだったのだ。二人の兄を暗殺した犯人は、アルマニャック伯なのだ。

「母上は？　母上はどこに？　シャルを勝手に姫太子にしないで！　母上が認めるわけがない！」

「王妃イザボーさまは、パリから追放しました。ブルゴーニュ公の愛人ですからな。ブルゴーニュ公に王の座を明け渡すために二人の王子を毒殺した疑いもございます」

「母上が自分の息子を殺すだなんて。そんなこと、するはずがない！　なにもかも、あなたが……！　お爺《じい》ちゃんは。ベリー公は、こんな独裁者を生みだすために奔走《ほんそう》してきたんじゃない！　人殺し！　裏切り者！　不忠者……！」

「不忠とは。王妃イザボーさまを追放する命令を下したのは、姫太子。あなたご自身ですよ？　次々と悲報が舞い込んで、姫太子は混乱しておられる。お忘れになっているのです」

「シャルはそんなこと、していない！」

「おや、そうですか？　イザボーさまは、あなたを恨んでおられましたよ。あなたが王位を盗み取るために二人の兄を殺したのだと思い込んでおられます」

「……そんな……!?」

「姫太子！　今はそのような話をしている場合ではございません。ブルゴーニュ派の暴徒どもが、この騎士養成学校へと進軍中なのです。急ぎ宮廷へ。なにしろ、アザンクールから一兵も戻ってこなかったのです。このわしにとっても、これほどの敗北は想定外だったのです。兵力が足りませぬ。事態は一刻を争いますぞ——お互いに、このままでは暴徒どもに殺されるかもしれぬのです」

「たとえ死ぬことになったって、兄上を殺したあなたなどと手を組むなんて、絶対にしない！　姫太子になんて、ならない！」

「シャルロットさま、どうか落ち着いて……！　シャルロットさままで殺されちゃいますよ！　今は耐えてください！」

　とバタールが必死でシャルロットに抱きついて止める。

　シャルロットは、（夢ならば早く覚めて。お願い。助けて。誰か……シャルを助けて……）と泣き伏すことしかできなかった。

　パリ進軍を思いとどまらせようと執拗《しつよう》に説得してくる娘フィリップを宮廷にとどめ、自ら軍を率いてフランドルを出立《しゅったつ》したジャン無怖公は、その道中、思わぬ「訪問者」を拾い上げていた。

「これは。パリでお会いすることになると思っていましたが。なぜ王妃、あなたがこんなところに？」

急遽、二人の兄の死を受けて王位継承者となった「姫太子シャルロット」によって着の身着のままでパリから追放されるという屈辱を受けた、王妃イザボーだった。

ドイツからフランス王家へ嫁《とつ》いできたイザボーは、かつては王弟の先代オルレアン公ルイを愛人とし、今はブルゴーニュ公ジャン無怖公の愛人になっているという、恋多き女である。年齢は違うが、シャルロットによく似ている、美しく肉感的な女だった。夫シャルル六世が発病してからは、「恋」の探求と誘惑に対して歯止めが利《き》かなくなっていた。

「……おお、ジャン……シャルロットが、この混乱に乗じてわが二人の息子を。ルイとジャンを殺したそうなのです！　妹が、兄を……！　あの子は、悪魔の子です！　その上、王妃である私をパリから追放するなど！　今、パリで蜂起したブルゴーニュ派の市民たちは、アルマニャック派の傭兵どもに虐殺されています！　どうか、急いでパリへお入りください！」

不仲だった娘シャルロットに裏切られた怒り、愛する息子二人を殺された怒りで、イザボーは周りが見えなくなっている。もともと、政治感覚に乏《とぼ》しい王妃なのだ。私からなにもかもをシャルロットが奪い取ったんだわ、「不義」を犯した私にいつか復讐しようと、あの子はとぼけた演技を続けながら虎視眈々《こしたんたん》と機会を窺《うかが》っていたんだわ、と信じ込んでいた。王弟との「不義」に奔《はし》ったために英邁《えいまい》だった夫シャルル六世の心を病ませて狂気の淵《ふち》に叩き込んだという

「事実」を、イザボーはすでに忘れている。息子たちを殺された怒りは、それほど大きい。シャルロットを廃嫡《はいちゃく》するためならば、どんなことでもやる、と誓っていた。

「ルイとジャンが……わがブルゴーニュ公家から妻を娶《めと》った、あの王子たちが……言うまでもなくアルマニャック派の犯行だろう。だがシャルロットがそのような大それたことをする野心家だとは思えないが？　フィリップからいつも彼女の話は聞かされていた。その……聡明《そうめい》だが性格が、少々昼行灯《ひるあんどん》というか、やる気がなくていつもお祭り騒ぎに興じている少女だと」

「ですから、すべては演技なのです！　シャルロットは、フランス国王シャルル六世陛下の子ではありませんでしょう！　シャルロットは、フランス国王シャルル六世陛下の子ではありません！　私と先代のオルレアン公ルイとの間にできた不義の子なのです！　王位継承権など、あるはずがないのです！」

「ほう。私が暗殺した先代オルレアン公の……」

ジャン無怖公はイザボーの情のこわさに少々退《ひ》きながらも、苦笑いを浮かべてみせた。以前からそういう噂はあったが、ただの与太話だと思っていた。このさい真実だろうが嘘だろうが、どうでもいい。しかし、ジャン無怖公にとってイザボーとシャルロットのこの常軌《じょうき》を逸《いっ》した不仲は好都合だ。

王太子ルイもジャン王子も、ブルゴーニュ公家の婿であり「駒」だった。アルマニャック伯は、混乱に乗じてこのふたつの「駒」を強引に消し去ったのだ。まさかあの男が「暗殺」を強行するとは。お株を取られた、とはこのことだろう。アルマニャック伯にしてやられた。しかし、残る「駒」であるシャルロットを実母にして王妃であるイザボーが潰してくれるのならば、五分と五分だ。

「ならばシャルロットは、私にとっても政敵ということになるな。私は、宮廷を牛耳《ぎゅうじ》り政治を私物化していた先代オルレアン公ルイを誅《ちゅう》し、公家を継いだオルレアン公シャルルはアザンクールでイングランド軍に捕らわれた。『貴族の中の貴族』老ベリー公はみまかられ、アルマニャック派はパリからほぼ一掃された……今こそ、パリ宮廷があなたとブルゴーニュ公家のもとでひとつになる時が来た。私はそう信じて、パリをイングランド軍から守るために出兵したのだが」

「いいえ。そうはなりませんでした！　アルマニャック伯とシャルロットが結託して宮廷の権力を奪い取り、パリを支配しようと市民相手に無情な暴力を振るっているのです！　あの二人は、パリのブルゴーニュ派市民たちを皆殺しにするつもりです！　パリは今や、市民たちの血に塗《まみ》れています！　夫もどうなることか！　兄を殺した妹、母を追放した娘です！　父親だって平然と殺せます！　絶対に、あの娘の王位継承を許してはなりません！」

わかった。すみやかにパリを鎮圧《ちんあつ》し、腐敗と不正の極みに達したアルマニャック派の連中を一人残らず殺し尽くそう。シャルロット姫太子はもちろん廃嫡する――ジャン無怖公はそう約束して、怒りと悲しみのあまり泣き止《や》まないイザボーを抱きしめていた。

が、厄介な問題がひとつ、あった。アザンクールでのフランス軍の敗北はジャン無怖公の想定通りだったが、まさかこれほどの大敗を喫するとは、さすがの彼も予想していなかったのだ。

フランス軍の主要な公、伯、貴族、騎士たちがことごとく戦死するか人質に捕らわれ、一万の兵が容赦なく虐殺された。王都パリを防衛すべきフランス軍は一日のうちに「消滅」したのだ。いくらなんでも、考えられない大敗北ではないか。アルマニャック伯とてそれは同じだろう。王太子ルイ、ジャン王子、オルレアン公シャルルの三人が消えた今、王家にただ一人遺されたシャルロットを「不義の子」として廃嫡すれば、フランスの王位継承権は誰のものになるのだろうか？

（イングランド王ヘンリー五世をフランス王にするわけにはいかん。イングランドとフランスには、永遠に戦い続けてもらわねばならん。イングランド＝フランス同君連合王国などという強国が西に誕生してしまえば、ブルゴーニュの独立というわが夢は危うくなる。ならば、誰を王太子として推《お》すべきなのか……）

ジャン無怖公の政治的迷走はこの時からはじまるのだが、今はそんなことよりも、とにかくパリをアルマニャック派から奪い取って占拠《せんきょ》してしまわねばならない時だった。ここでぐずぐずしていれば、ピエール・コーションが煽動したパリ市民たちは皆殺しの憂《う》き目に遭《あ》い、ジャン無怖公はパリ市民たちの支持を失う。

「わかった、イザボー。ただちにパリへと乗り込み宮廷の秩序《ちつじょ》を回復するぞ。オルレアン公が健在ならばともかく、アルマニャック伯の手勢だけでは、わがブルゴーニュ軍の精鋭を押しとどめることなどできん。そなたはパリでわが子を産むがいい。その子をシャルル六世陛下の子、ということにして王位を継承させよう」

「ぜひ、お願いします。シャルロットにだけは、フランスの王権を渡してはなりません！　二人の息子の無念を思えば……あの子を許すことはできません！　絶対に、復讐します！」


ブルゴーニュ公が、王妃イザボーをともなってパリへと進軍開始！

パリの混乱は、ついに究極へと達した。

アルマニャック伯の最大の誤算は、やはりアザンクールでフランス軍が「負けすぎた」ことにあった。アルマニャック派の誰も、パリを守るためにはせ参じないのだ。参戦したくとも、当主がイングランドに捕らわれるか、あるいは討ち死にしているのだ。しかも、兵士たちの半数がアザンクールで殺されている。

「シャルロットが、王位欲しさに兄である王太子を暗殺したらしい」

「王妃イザボーが、シャルロットは不義の子、と無怖公に告白した」

「シャルロットの背後で糸を引くは、味方をアザンクールで見殺しにしたアルマニャック伯」

パリ大学のピエール・コーションは実に見事な「煽動者」だった。パリ市民たちは弾圧されればされるほど、アルマニャック伯とシャルロット姫太子への激しい怒りを増幅させ、武器を取って次々と立ち上がり続けた。

その上、ブルゴーニュ軍が目と鼻の先へと迫っている！

「なんてことだ。なんてことだあああ！　オルレアン公だけは、戦場から生還させねばならなかった……！　オルレアン公を王太子の座に就《つ》けていれば、これほど市民どもの怒りを買うことはなかった……！　わしは、政治と野心との区別を見失っていたというのか!?　あるいは、容赦なくイザボーを殺しておくべきだったのか。あの女め……シャルロットを姫太子の座から引きずり下ろすためならば、フランスをも滅ぼすつもりか！　忌まわしいドイツ女め！」

アルマニャック伯はようやく自分の失敗に気づいたが、もう、手遅れだった。「ブルゴーニュ公万歳！」と叫ぶ暴徒たちが、ついに宮廷へと押し入ってきたのである。すでにパリのあちこちに、片っ端《かたっぱし》から傭兵を繰り出してしまっている。彼を守るべき兵士の数は、絶望的に足りなかった。ジャン無怖公との関係を調停してくれる老ベリー公は、もういない。

「あいつだ！　あいつがアルマニャック伯だ！」

「国賊め……！　アザンクールで戦わなかった臆病者が、なぜ宮廷を牛耳っている！」

「不義の娘シャルロットの王位継承など、パリの市民は認めんぞ！」

「さんざん派閥争いに明け暮れて、イングランドに大敗していながら、なにが独裁だ！」

「いつまでこんな愚かしいことを続けるつもりだ！」

「いっそ、こんな腐った王国など、消えてなくなればいい！」

そして、暴徒たちには「騎士道精神」など関係ない。

「待て！　諸君！　話し合おう！　私の身柄は大金になるぞ！　ジャン無怖公に売り飛ばせば、一財産に……！」

高貴なる者が、貴族が命乞《いのちご》いをしたところで、暴徒たちにとってはお構いなしだ。

それどころか、ジャン無怖公はアルマニャック伯の「首」に賞金をかけていたのである。

アルマニャック伯は、暴徒たちによって首を落とされた。

宮廷の混乱は、酸鼻《さんび》を極めた。


「死んだか。パリ包囲に一年はかかると踏んでいたが、ずいぶんとあっけないものだな。ドルー伯とブシコー元帥が健在であれば、たかが暴徒などに殺されることもなかったものを」

アルマニャック伯の死を知ったジャン無怖公は、（ヘンリー五世の進撃を防ぎ止めねばな。ノルマンディはくれてやってもいい。場合によってはピカルディも一部割譲《かつじょう》せねばならんかもしれん。だが、イル＝ド＝フランスだけは死守せねばならん。問題は、ブルターニュ公国だが……あの気弱な公は妹に弱い。ならばリッシュモンの動向が、ブルターニュ公国の運命を決める。すなわち、フランス王国の運命を――）と顎髭《あごひげ》を撫《な》でながら、イザボーを連れて悠々とパリへの入城を果たしていた。

事実上の王の代行者――フランス王国の「摂政《せっしょう》」として。

ただ、シャルロット姫太子の姿だけは、いくら捜索しても発見できなかった。

従者にして従弟《いとこ》のバタールが、混乱するパリからひそかにシャルロットを南仏へと脱出させていたのである。


「……シャルはどこへ行けばいいの、バタール……もう、シャルには行くところがないよ……逃げたって、生き延びたって、意味なんてないよ……おかわいそうな父上を捨てて、自分だけパリから逃げだすだなんて……やっぱり、シャルは不義の子だね……自分自身が不義の子だからこそ、母の不義を許せなかったんだね……」

　船上で揺られながら。

「オルレアンよりさらに南へ。南仏のブルージュへ逃げます、老ベリー公がシャルロットさまのために遺してくださった町です」

　バタールは打ちひしがれて立ち上がる気力すら失っていたシャルロットの背中をそっと撫でながら、けんめいに励まし続けていた。

「……ブルージュの女王……みんな、シャルをそう呼んで馬鹿にするんだろうね……どうして、こんなことに、なったんだろう……どうして……」

「いいえ。逃げて逃げて逃げ続けて、命さえ失わなければ。きっと、光が射してきます。笑われたって、いいじゃないですか。ボクなんてもう、笑われるのには慣れてますよう。リッシュモンもアランソンもフィリップも、そしてモンモランシも。みんな離れ離れになっちゃいましたけれど、生きています！　いつの日かきっと、シャルロットさまを守るためにみんなが再び集《つど》う時が来ますよ！」

「……来るのかな、バタール」

「来ます！　だから！　いくらでも逃げ続けましょう！　ボクは、最後の最後まで、シャルロットさまと一緒ですよ！」

　ありがとう、とシャルロットはバタールの背中に手を回して、声を殺して泣いた。ブルージユへと到着するまで、泣き続けた。

※

そしてもう一人。

真の錬金術師《アルシミスト》と噂されるニコラ・フラメルもまた、忽然《こつぜん》とパリから姿を消していた。公《おおやけ》には「死んだ」ということになっているが、誰も彼の死を信じなかった。錬金術《アルシミー》の秘術を会得《えとく》したニコラ・フラメルは不老不死の存在だと、パリ市民たちは疑わなかったのだ。

これはまだ先の話であるが、のちにベドフォード公がパリ入城を果たした時、必死になってニコラ・フラメルを捜索させたが、ついに発見できなかった。

しびれを切らしたベドフォード公は、錬金術の秘法が「隠されている」と評判だったニコラ・フラメルの「家」を自ら家捜ししたが、秘法などを発見することは叶わなかった。

「……聖槍《セイント・ランス》を正しく用いる『秘法』を見つけられる、と思ったが……ダメか。空振りか……パリを手中に収めた兄上は、どういうわけか聖槍に興味を抱きはじめている。ニコラ・フラメルさえいればな……悪い予感がするな」

しかし、妙な言葉が、壁に刻まれていた。「マタイによる福音書《ふくいんしょ》」で知られる「ベツレヘムの嬰児《えいじ》虐殺」を描いた凄惨《せいさん》な壁画とともに――。

『モンモランシよ。決して錬金術に関《かか》わろうとするでないぞ』

酸鼻を極める嬰児虐殺の壁画は、錬金術の秘術に関するなんらかの寓意図《ぐういず》なのだろうか？

しかしベドフォード公ほどの博識をもってしても、あるいは寓意図の謎を解き明かせるかもしれないその言葉の意味が、どうしてもわからなかった。ニコラ・フラメル邸に面する道は、「モンモランシ通り」と呼ばれていたからである。

※

アザンクールの大地に描かれた「五芒星」の紋章が一万人のフランス人兵士たちの血を吸ってから、まもなくのことだった。

アンジューとブルターニュの境界。

ロワール川の北岸。

シャントセ城にほど近いとある小さな森の片隅に、ひとつの名もなき「泉」があった。

その泉を、誰も訪れることはない。

人間たちは泉の存在すら知らず、妖精たちもまた「特別な聖地」であるその泉には決して近寄ろうとしない。

その泉から、小さな小さな妖精がただ一匹、浮かび上がっていた。

だが、頭が大きくずんぐりとした、おなじみの妖精の姿ではなかった。

人間の少女をそのまま小さくしたかのような八頭身の身体の持ち主だった。

黒く長い髪。

紅《あか》い瞳。

人間のような整った顔立ちに、鋭い視線。

そして「彼女」は、五芒星の紋章を刺繍《ししゅう》した黒く小さなドレスを身にまとっていた。

背中には一対《いっつい》の羽があった。が、その羽は、ぼろぼろに傷ついていた――。

のちにヘンリー五世が「黒き死の天使」と名付けることになるその「妖精の女王」は、またしても自分自身が「終わらない夢」の世界に引き戻されたことに怯え、震えながら、呟いていた。


「……私を呼び起こした者は、誰……？　誰なの？」


永遠の眠りに、つけたはずだったのに。

この夢は、永遠に終わらないのだろうか。

運命は、いつまでも輪廻《りんね》し続けるのだろうか。

それとも。

それとも、こんどこそ、私は。

妖精の女王は――アスタロトは、目覚めた。
長い長い時間。無限にも等しい時間の輪廻に閉じ込められながら。
彼女自身が探し求めてきた「その者」と、出会うために。

おまけ

どうも！おひさしぶりです。メロントマリです。

一年半ぶりの新刊ですね！
今回表紙には今まで挿絵で登場しなかった、バタールとアランソンがはいってます。

バタールは男の娘！男の娘といえば作中のどの女性キャラよりも見た目が可愛くなければいけないと思うんですが、ぼくだけでしょうか！それを踏まえたデザインになってます。
以降、挿絵で登場する機会があればもれなく可愛く描きたいと思います！

そしてアランソン！
彼が一巻で登場したときからイメージはもう決まってました！
多分一番イメージしやすかったかも・・・
もうあれしかなかったですね！10万10人目に戦死しちゃうかんじ！
（分かる人は分かる・・・）

まだ挿絵に登場していないキャラクターが山ほどいますが、今後徐々に登場してくれたらいいなあと思います！

そしてアニメ化企画進行中ということで、今からとても楽しみです！
動くシャルロットが早く見たいなっ！

ここまでひっぱってくださった春日みかげ先生、担当様、いつもご迷惑ばかりおかけしてしまって申し訳ございません・・・

そして読者の皆様、本当にありがとうございます！

これからもがんばります！

バタール♡

あとがき

お久しぶりです、春日《かすが》です。ただいま整形外科の注射治療《ちゅうしゃちりょう》から戻って参りました。美容整形ではないです。もろもろありまして、しばらくお休みをいただいておりましたが、ようやく「ユリシーズ」の新刊をお届けできることになりました……が、「0」？　ゼロってなに？　そう、実はこの短編集のエピソードは、本編の前日譚がメインなのです。ただし、本編と時系列が重なっているエピソードもあります。

エピソードを時系列順に並べますと、

・「第一話　ジャンヌと妖精たちの冒険」の前半
・「第二話　姫騎士団長殺し」
・「第三話　薔薇《ばら》のジョスト」
・本編第一巻、「I　アスタロト」の騎士養成学校のパート
・「第四話　アザンクールの戦い」
・「第一話　ジャンヌと妖精たちの冒険」の後半

と、少々変則的になってしまいました。「アザンクールの戦い」自体は一巻で発生している

のですが、なにぶんページの都合で合戦《かっせん》シーンを描けなかったので、今回、短編集が出ると決まった時に担当さんに是非にと頼み込んで書かせていただきました。

ジャンヌがモンモランシと出会う前にドンレミ村で妖精たちに囲まれてどんな暮らしをしていたのかとか、騎士《シュバリエ》養成学校でモンモランシやシャルロットたちがどんな学園生活を送っていたのかとか、そういう本来ならば本編に入れたかったけれども、尺の都合で本編に収録できなかったエピソードを詰め込んだという感じです。そもそもどれも入れられなかった一巻の構成はどうなんだという内なる声もありますが……覆水盆に返らず、です。

なので、この巻は番外編ではなく、あくまでもナンバリングがゼロ、ということで。

本編の四巻のほうは、だいじょうぶです、リアルタイムに今現在絶賛執筆中です！

三巻とゼロの間はかなり空きましたが、四巻はあまり間を空けずに出版できる予定です。

あと、突然ですが、アニメ化の企画が進行しているそうです。

京極夏彦《きょうごくなつひこ》宇月原晴明《うつきばらはるあき》荒俣宏《あらまたひろし》諸先生方路線とライトノベルを悪魔合体させたような『ドグラ・マグラ』めいたこの原作をどうやってアニメのフォーマットに落とし込むのか、原作者である自分にも想像できないのですが、ジャンヌやアスタロトが喋って動く姿が見られるのですから、人間、長生きはしてみるものです。まあ、長生きというほど長くは生きていませんが。

メロントマリ先生の表紙が今回、キャラ大量登場ですごい密度ですが、ファー、アランソンやっぱり美形やんけ！　なんでモンモランシのほうがモテるんや！　と思わずアランソン公ファンクラブに入りかけたのです。

が、この時、春日の背中に電流走る——！　ざわっ……！

思わず担当さんに、

「シャルロットの隣にいる、めちゃくちゃかわいい魔法少女みたいな女の子は誰ですか？　カトリーヌですか」

と尋ねたら、

「なに言ってるんですか！　バタールですよ！」

と返ってきたので、即座にバタールファンクラブに鞍替《くらが》えしました。やはり……そうだった……辿り着いてしまった……！　男の娘こそ、至高ッ……！

本編ではやっぱりモンモランシとヒロインたちの活躍で限られたページが埋まってしまいますので、もしもまた短編集を書く機会がありましたら、バタール主役の話とアランソン主役の話を書きたいなあ、と思います。

春日みかげ

ダッシュエックス文庫

ユリシーズ0
ジャンヌ・ダルクと姫騎士団長殺し

春日みかげ

2017年10月30日　第1刷発行
2018年10月14日　第2刷発行

★定価はカバーに表示してあります

発行者　鈴木晴彦
発行所　株式会社　集英社
〒101−8050　東京都千代田区一ツ橋2−5−10
03(3230)6229(編集)
03(3230)6393(販売／書店専用)03(3230)6080(読者係)
印刷所　図書印刷株式会社

ISBN978-4-08-631210-3 C0193

この作品の感想をお寄せください。

あて先　〒101-8050　東京都千代田区一ツ橋2-5-10
集英社　ダッシュエックス文庫編集部　気付
春日みかげ先生　メロントマリ先生

ユリシーズ
ジャンヌ・ダルクと錬金の騎士Ⅰ
春日みかげ
イラスト／メロントマリ

ユリシーズ
ジャンヌ・ダルクと錬金の騎士Ⅱ
春日みかげ
イラスト／メロントマリ

ユリシーズ
ジャンヌ・ダルクと錬金の騎士Ⅲ
春日みかげ
イラスト／メロントマリ

いらん子クエスト
少女たちの異世界デスゲーム
兎月竜之介
イラスト／woguru

百年戦争末期、貴族の息子で流れ錬金術師のモンモランシは、不思議な少女ジャンヌと出会い―― 歴史ファンタジー巨編、いま開幕！

賢者の石の力を手に入れ、超人「ユリス」となったジャンヌは、オルレアン解放のため進軍するが……運命が加速する第2巻！

シャルロット戴冠のため、モンモランシ率いるフランス軍は、司教座都市ランスを目指す。だが、そこにイングランド軍の襲撃が!!

元の世界に戻れるのは、生き残れた人だけ…。どこにも居場所がない7人の少女たちが繰り広げる、希望と絶望の異世界デス・ゲーム！

クオリディア・コード

渡 航(Speakeasy)
イラスト／松竜
口絵・挿絵／wingheart

謎の異生物から世界を守るべく、南関東三都市の少年少女たちは、特殊能力を駆使して戦う……！ 大人気アニメを完全ノベライズ！

クオリディア・コード2

渡 航(Speakeasy)
イラスト／松竜
口絵・挿絵／wingheart

首席と次席を欠いた東京を懸命に支える舞姫《まいひめ》だが、新たな敵の強襲で窮地に！ そして、少年少女は〈世界〉の真実に辿り着いて…。

クオリディア・コード3

渡 航(Speakeasy)
イラスト／松竜
口絵・挿絵／wingheart

反転する世界。ほたるが残した言葉の意味を探るため動き出した霞が見た「世界の真実」とは…？ 人気アニメのノベライズ第三巻。

白蝶記《ハクチョウキ》
―どうやって獄を破り、どうすれば君が笑うのか―

るーすぼーい
イラスト／白身魚

謎の教団が運営する監獄のような施設で育った旭《あさひ》はある出来事をきっかけに悪童と化し、仲間を救うために〝脱獄〟を決意する――。

ダッシュエックス文庫

白蝶記《ハクチョウキ》2
—どうやって獄を破り、どうすれば君が笑うのか—
るーすぼーい
イラスト／白身魚

白蝶記《ハクチョウキ》3
—どうやって獄を破り、どうすれば君が笑うのか—
るーすぼーい
イラスト／白身魚

MONUMENT《モニュメント》
あるいは自分自身の怪物
滝川廉治
イラスト／鍋島テツヒロ

異世界監獄√《ルート》楽園化計画
—絶対無罪で指名手配犯の俺と〈属性：人食い〉のハンニバルガール—
縹　けいか
イラスト／Mika Pikazo

施設からの脱走後、旭は謎の少女・矢島朱理《しゅり》に捕まってしまう。一方、教団幹部に叱責された時任《ときとう》は旭の追跡を開始することに。

テロから約一年半が経ち、旭の周囲も平穏な生活を取り戻しつつあった。しかし、旭は父に連れ去られた陽咲《ひさき》のことが気がかりで…。

孤独な少年工作員ボリスの任務は、1億人に1人の魔法資質を持つ少女の護衛。古代魔法文明の遺跡をめぐる戦いの幕が今、上がる!!

記憶を失くした俺が史上最悪の指名手配犯!?人食い美少女と正義を貫き、仲間を増やして異世界監獄をこの世の楽園へと導く!

ダッシュエックス文庫

クロニクル・レギオン5
騒乱の皇都
丈月 城
イラスト／BUNBUN

クロニクル・レギオン6
覇権のゆくえ
丈月 城
イラスト／BUNBUN

クロニクル・レギオン7
過去と未来と
丈月 城
イラスト／BUNBUN

夜明けのヴィラン
聖邪たちの行進
地本草子
イラスト／赤井てら

皇女・照姫と災厄の英雄・平将門《たいらのまさかど》が束ねる、〝零式〟というレギオン。苦戦を強いられる新東海道軍だが、征継が新たなる力を解放し!?

照姫と平将門の暴走により混乱を極める皇都東京。決戦を控える中、ローマ帝国の将軍・衛青《えいせい》が皇城を制圧、実権を握ってしまい…!?

衛青と共闘し、皇都の覇者となった征継と志緒理。だがジェベとブルートゥスの参戦により戦いは激化していく。最終決戦の行方は…。

最強のヒーローを亡き者にした、最凶最悪のヴィランの息子・ユウマ。市民が何者かに襲撃を受ける中、彼は大きな力を解放して…?